U0109312

古典文學研究輯刊

十二編

曾永義 主編

第12冊

明代嘉隆間戲曲三論（中）

林立仁 著

國家圖書館出版品預行編目資料

明代嘉隆間戲曲三論（中）／林立仁 著 — 初版 — 新北市：
花木蘭文化出版社，2015〔民 104〕
目 6+164 面；19×26 公分
（古典文學研究輯刊 十二編；第 12 冊）
ISBN 978-986-404-410-8（精裝）
1. 明代戲曲 2. 戲曲評論
820.8 104014984

ISBN- 978-986-404-410-8

古典文學研究輯刊
十二編 第十二冊 ISBN：978-986-404-410-8

明代嘉隆間戲曲三論（中）

作　　者 林立仁
主　　編 曾永義
總 編 輯 杜潔祥
副總編輯 楊嘉樂
編　　輯 許郁翎
出　　版 花木蘭文化出版社
社　　長 高小娟
聯絡地址 235 新北市中和區中安街七二號十三樓
電話：02-2923-1455／傳真：02-2923-1452
網　　址 http://www.huamulan.tw 信箱 hml 810518@gmail.com
印　　刷 普羅文化出版廣告事業
初　　版 2015 年 9 月
全書字數 479640 字
定　　價 十二編 26 冊（精裝）新台幣 48,000 元 版權所有・請勿翻印

明代嘉隆間戲曲三論（中）

林立仁　著

目次

上冊

中　冊

第貳章　海鹽腔考述

第一節　海鹽腔的淵源及形成年代

海鹽（今浙江省海寧縣東）古屬浙江嘉興府，南宋時已是重要的通商口岸，且爲浙江主要產鹽區之一，而其所屬的澉浦在元至元十四年（西元 1277 年）也曾設立對外貿易的市舶司，商業和手工業的發達，促進了經濟的繁榮。〔註 1〕這樣的客觀環境對戲曲及其他民間藝術的發展而言，自是十分有利，加上海鹽與杭州相近，南戲由溫州流傳到杭州〔註 2〕，再由杭州流傳到海鹽，融合當地之方言、民歌，而成另一種新腔調，應非難事。

關於海鹽腔的淵源，今日所見最早之記載有二：一爲李日華（生卒年不詳）《紫桃軒雜綴》：

> 張鎡字功甫，循王之孫，豪俊而有清尚。嘗來吾郡海鹽作園亭自恣，令歌兒演曲，務爲新聲，所謂海鹽腔也。〔註 3〕

〔註 1〕詳見葉德均《戲曲小說叢考》〈明代南戲五大腔調及其支流〉〈二、海鹽腔〉，前揭書，頁 16～17。錢南揚《戲文概論》〈引論第一〉第二章〈時代背景與經濟條件〉（臺北：木鐸出版社，民國 77 年 9 月），頁 10～11。

〔註 2〕詳見曾師永義〈也談「南戲」的名稱、淵源、形成和流播〉一文之〈三、南戲的形成：戲文、戲曲與永嘉戲曲〉中根據宋・劉壎《水雲村稿・詞人吳用章傳》及元・劉一清《錢塘遺事》卷 6「戲文誨淫」條而說：「綜合這兩條資料，有明確的年代可證，在宋度宗咸淳年間，戲文或戲曲具有豐沛的力量，由永嘉流傳到杭州、南豐等地。」此文收於曾師永義《戲曲源流新論》，前揭書，頁 149。

〔註 3〕詳見明・李日華《紫桃軒雜綴》卷 3，此書收於《叢書集成續編》第 213 冊〈文

張鎡生於南宋紹興二十三年（西元 1153 年），若據此條資料所述，則海鹽腔應產生在南宋中、晚葉。另一爲姚桐壽《樂郊私語》：

> 州（海鹽）少年，多善樂府，其傳出於澉州楊氏。當康惠公（楊梓）存時，節俠風流，善音律，與武林阿里海涯之子雲石交善。雲石翩翩公子，無論所製樂府、散套，駿逸爲當行之冠，即歌聲高引，可徹雲漢。而康惠獨得其傳，……其後長公國材、次公少中復與鮮於去矜交好，去矜亦樂府擅場。以故楊氏家僮千指無有不善南北歌調者。由是州人往往得其家法，以能歌名於浙右云。〔註 4〕

清代王士禎《香祖筆記》和李調元《劇話》二書，在引述《樂郊私語》此段資料後說：「今俗所謂『海鹽腔』者，實發於貫酸齋，源流遠矣。」〔註 5〕遂將海鹽腔的產生時代確定在元代末年貫雲石個人身上。

學界前賢論海鹽腔之淵源，或據前說以海鹽腔起源於南宋中葉張鎡家樂，或據後者之說以海鹽腔形成於元末貫雲石，或另闢蹊徑從南戲的發展、流播上加以探討。其說主要有三，以下論之。

一、起源於南宋中葉張鎡家樂

此說主張海鹽腔之起源，應在南宋張鎡時代，到了元代，又經楊梓、貫雲石、鮮於去矜等北曲作家之改革，而更趨完善。如：周貽白《中國戲劇史講座》〈明代雜劇傳奇與所唱聲腔〉中說：

> 海鹽這地方，本來是南宋「溫州雜劇」蛻變爲南戲後的流行地區；以後，張鎡命家僮就原有南戲聲調這一基礎，創出一項新聲。到了元代末年，則因楊梓與貫雲石以及楊國材、楊少中與鮮於去矜的關係，從張鎡家僮所唱新聲，參合了北曲的唱法，以銀箏、象板、月面、琵琶等弦索爲伴奏，由是而有了明代的海鹽腔。〔註 6〕

學類、故事〉（臺北：新文豐出版公司，民國 78 年 7 月臺 1 版），頁 653。

〔註 4〕詳見元・姚桐壽《樂郊私語》，收於《叢書集成初編》（3171～77），（北京：中華書局，1991 年新 1 版），頁 12～13。

〔註 5〕詳見清・李調元《劇話》卷上，收於《中國古典戲曲論著集成》八，（北京：中國戲劇出版社，1982 年 11 月第 4 次印刷），頁 46。
清・王士禎《香祖筆記》卷 1，此書收於《景印文淵閣四庫全書》〈子部 176・雜家類〉，總第 870 冊，（臺北：臺灣商務印書館股份有限公司，民國 75 年 3 月初版），頁 395。

〔註 6〕詳見周貽白《中國戲劇史講座》第六講〈明代雜劇傳奇與所唱聲腔〉中說：

錢南揚《戲文概論》〈海鹽腔到崑山腔〉中說：

海鹽腔創於張鎡家歌兒，……到了元朝，又有所改進。……這裏雖沒指明海鹽腔，然澉州，即海鹽之澉浦，當然是海鹽腔無疑。貫雲石……鮮於去矜……都是北散曲作家。即楊梓本人，也是雜劇作家。……所以他們對海鹽腔的改進，恐怕在北曲方面爲多。〔註7〕

劉念茲《南戲新證》〈長江流域的聲腔系統〉下，海鹽腔之部分，亦據明．李日華《紫桃軒雜綴》之說而言：

海鹽腔，可能在南宋時期已經創興。〔註8〕

金寧芬《南戲研究變遷》〈南戲的聲腔〉，關於海鹽腔的產生，認爲起源於南宋中葉張鎡家樂之說較合理。理由有三：

首先，溫州南戲早在北宋末南宋初已經形成，並很快就傳播到當時的京城臨安以及沿海各地。……似不必等到元代才以北曲爲基礎，而後始有海鹽腔的產生。同樣，更不必等到百年後的明代，才在南戲的基礎上發展變化而來。其次，海鹽腔爲南曲聲腔，應以南方曲調爲基礎，不可能由擅長北曲的外地人（貫雲石）來首創此地聲腔。《樂郊私語》所記……應是海鹽腔的改進與更新。再次，張鎡在海鹽令歌兒「務爲新聲」。這就是說，當時海鹽民間還存在一種「舊

「海鹽本來有一種舊調，這舊調，當然是由『溫州雜劇』蛻變而來的南戲聲調。如果此說可信，那麼，在元代楊梓之前，海鹽已經有一種不同於舊有南戲聲調的『新腔』存在。但『楊梓家僮』之說，也可以作爲參考。……根據上述記載，應當是海鹽這地方，本來是南宋『溫州雜劇』蛻變爲南戲後的流行地區；以後，張鎡命家僮就原有南戲聲調這一基礎，創出一項新聲。到了元代末年，則因楊梓與貫雲石以及楊國材、楊少中與鮮於去矜的關係，從張鎡家僮所唱新聲，參合了北曲的唱法，以銀箏、象板、月面、琵琶等弦索爲伴奏，由是而有了明代的海鹽腔。」（臺北：木鐸出版社，民國75年6月初版），頁148。

又：周貽白《中國戲劇史長編》第五章〈明代傳奇〉第十六節〈傳奇的格律與聲腔〉中引述明．李日華《紫桃軒雜綴》之說後，接著說：「按張鎡爲南宋人，循王即張俊。然則海鹽腔當起於宋末，似與當時南戲不無關係。」又引元．姚桐壽《樂郊私語》之說，言道：「據此，海鹽腔雖創自張鎡，在元代經過北曲的薰陶，迨傳至明代，已成『南曲北調』，故通行南北，皆不至發生阻礙。」（上海：上海書店出版社，2007年4月第1版），頁299。

〔註7〕詳見錢南揚《戲文概論》〈源委第二〉第四章〈三大聲腔的變化〉第二節〈海鹽腔到崑山腔〉，前揭書，頁49。

〔註8〕詳見劉念茲《南戲新證》第四章〈南戲的流變〉第二節〈幾種聲腔的流變〉中之〈一、長江流域的聲腔系統〉，前揭書，頁49～50。

> 調」，……張鎡及其歌兒們爲海鹽腔的清柔婉折奠定了基調。〔註 9〕

俞爲民《宋元南戲考論》〈南戲四大唱腔考述・海鹽腔的特點與流變〉中說：

> 張鎡生於宋高宗紹興二十三年（1153），他到海鹽「作園亭自恣」，當在三、四十歲的時候，即宋孝宗淳熙中（1182）到光宗紹熙（1194）間，故海鹽腔的產生最遲也應該在宋光宗朝。……到了元代，又經楊梓、貫雲石、鮮於去矜等北曲作家的改革。……即在原來純爲南曲唱法的基礎上摻入了北曲唱法。……由於北曲是用「官話」，……故海鹽腔在語言上也起了變化，即改用「官話」演唱，這樣就使海鹽腔能夠南北通行。如明顧起元《客座贅語》卷九「戲劇」條云：「海鹽多官語，兩京人用之。」〔註 10〕

以上諸說，都是從南戲在南宋初期已經形成的歷史，來思考張鎡創「新聲」的意涵。其意：南戲在舊有的腔調的基礎上進行改革，於是形成海鹽腔。入元以後，又經楊梓、貫雲石、鮮於去矜等北曲作家的改革，使之能用官話演唱，進而廣受文人士夫所喜。諸家之說，大抵以李日華《紫桃軒雜綴》之說爲主，姚桐壽《樂郊私語》之說爲輔，而將海鹽腔之產生年代論定爲南宋張鎡時期。

但上述諸說只就所見資料加以論述，不免因證據不夠充分而啓人疑竇，如：蔣星煜〈海鹽腔的形成、流傳與《金瓶梅》〉一文中說：

> 《東京夢華錄》中迄未有「海鹽腔」或「海鹽子弟」等字樣出現，《武林舊事》之武林即今之杭州，與海鹽近在咫尺，亦無有「海鹽腔」或「海鹽子弟」之記載，則北宋末年以及整個南宋時期，海鹽腔尚未形成，殆無疑義。〔註 11〕

蔣星煜就南宋人孟元老《東京夢華錄》及周密《武林舊事》二書加以考察，皆未見「海鹽腔」或「海鹽子弟」等字樣出現，以宋人記宋代事，自然較明人記宋代事可靠，因此對李日華之說持質疑的態度。又如，《中國大百科全書・戲曲曲藝》卷在「海鹽腔」條下說：

〔註 9〕詳見金寧芬《南戲研究變遷》上編〈七、南戲的聲腔〉〈一海鹽腔〉（天津：天津教育出版社，1992 年 5 月第 1 版），頁 60～61。

〔註 10〕詳見俞爲民《宋元南戲考論》〈南戲四大唱腔考述・海鹽腔的特點與流變〉，前揭書，頁 21～22。

〔註 11〕詳見蔣星煜〈海鹽腔的形成、流傳與《金瓶梅》〉，蘇州大學學報（社哲版），1986 年 4 月，頁 36。

> 海鹽腔的淵源，舊有二說：一、是李日華《紫桃軒雜綴》，……這裡指的是張鎡家樂中歌童們所傳唱的曲調，其實當時所唱的只是「詞調」，還不能認爲是南戲的一種聲腔。〔註12〕

再如，流沙《明代南戲聲腔源流考辨》〈張鎡和楊梓的家樂與海鹽腔無關〉中，就張鎡的身世背景及交遊情況、南戲形成的時間與發展及南戲的聲調等三方面加以考證，而言：

> 張鎡的自製曲到底是種什麼歌調呢？按照上面文字記載，那是宋代以來流傳在文人雅士間的詞調，而不是南戲曲子。其所謂新聲，即是按照當時燕樂的宮調由音樂家譜成的新曲子。……《紫桃軒雜綴》作者李日華，對於當時正在盛行的海鹽腔卻未作過認眞考察，僅憑個人主觀想像，依據南宋張鎡在海鹽「作園亭自恣」的事實，於是便將海鹽腔的產生歸結爲張鎡命家僮唱曲「務爲新聲」的結果，這是不對的。〔註13〕

二說都認爲李日華之說欠缺周嚴的證據，而不能據之以論海鹽腔之起源，又從南宋當時之音樂環境、張鎡之生平背景加以考量，而言其所創之「新聲」，

〔註12〕詳見《中國大百科全書‧戲曲曲藝》卷「海鹽腔」條，前揭書，頁105。

〔註13〕詳見流沙《明代南戲聲腔源流考辨》〈拾柒、海鹽腔源流辨正〉之〈二、張鎡和楊梓的家樂與海鹽腔無關〉中：

一、就張鎡的身世背景及交遊情況加考證，說：「張鎡的自製曲到底是種什麼歌調呢？按照上面文字記載，那是宋代以來流傳在文人雅士間的詞調，而不是南戲曲子。其所謂新聲，即是按照當時燕樂的宮調由音樂家譜成的新曲子。……張鎡以降，終於張炎，眞謂詞家宗匠，家學淵源。然而，翻遍當時相關著述，對他們之中的每一位都沒有任何一句話涉及到戲劇的演出。」

二、就南戲形成的時間及發展來看，其言：「南戲盛行時代大約是在宋末元初。從時間上推算，南戲在宋光宗朝才定型是最有可能的。當張鎡在海鹽『作園亭自恣，令歌兒衍曲』時，剛剛形成不久的南戲，應該不會很快傳到海鹽這個地方，不知張鎡的家僮是怎樣依據南戲舊調創出海鹽腔來？顯然地，張鎡的家僮創造海鹽腔的說法根本不能成立。」

三、從南戲聲調來說：「從南戲聲調來說，原來就是由溫州『村坊小曲』或『里巷歌謠』發展而成的。……只要南戲經過張鎡改造而變成海鹽腔，他就必須依據詞律要求，……而事實恰恰相反，明代中葉以前的海鹽腔仍舊不入宮調，……張鎡『令歌兒衍曲，務爲新聲』一事與明代的海鹽腔毫不相干。」

根據上述三點流沙推翻李日華之說。（筆者按：流沙文中未有標題，因其文長，故嘗試區別之，以清眉目。）（臺北：財團法人施合鄭民俗文化基金會，1999年5月初版），頁364～368。

應是「詞調」。筆者亦以爲這樣的解釋應是較合歷史現象的。

葉德均在《戲曲小說叢考》〈明代南戲五大腔調及其支流〉一文針對李日華之說，提出他的看法：

> 南宋中、晚葉海鹽張鎡歌童們所唱歌曲（唱慢詞可能性爲最大），和明代流行海鹽腔曲調中間雖沒有直接關係，但就音樂、歌曲的傳承來說，南宋傳唱的歌曲，至少也是後來海鹽腔的先行條件之一。〔註 14〕

雖非認同海鹽腔之產生時代，如李氏所言起源於南宋張鎡家歌童們所傳唱的曲調（新聲），卻從音樂、歌曲傳承的角度思考其對後來海鹽腔的形成應有積極的影響，這樣的說法是可以參考的。〔註 15〕

二、起源於元代楊梓

此說就姚桐壽《樂郊私語》之說，而主張海鹽腔產生於元代楊梓。如：張庚、郭漢城《中國戲曲通史》〈崑山腔與弋陽諸腔戲〉中說：

> 海鹽腔，有一種說法，說在南宋時，有循王張俊之孫張鎡在海鹽「作園亭自恣。令歌兒衍曲，務爲新聲」，才開始有了所謂「海鹽腔」（見明・李日華《紫桃軒雜綴》）。這種說法是靠不住的。一般認爲，海鹽腔產生於元末，有元・姚桐壽《樂郊私語》記載說「海鹽州少年，多善樂府，其傳多出於澉川楊氏」，這是由於楊梓一家與擅長樂府的貫雲石、鮮於去矜交好，得到這些歌唱家、作曲家的幫助。……他們對海鹽腔的加工與創造，使海鹽腔接受北曲的藝術成就得以提高和發展。〔註 16〕

〔註 14〕詳見葉德均《戲曲小說叢考》〈明代南戲五大腔調及其支流・二、海鹽腔〉，前揭書，頁 16。

〔註 15〕與葉德均之說相似者，尚可見於：青木正兒《中國近世戲曲史》第三篇〈崑曲昌盛期〉（自明嘉靖至清乾隆），第七章〈崑曲之興隆與北曲之衰亡〉第一節〈崑曲之興隆〉中說：「崑腔以前之南曲，以海鹽腔爲最古。海鹽之地，音樂素盛，據明李日華之言……張鎡在海鹽爲新聲自適者，當在南宋中葉，與明代南曲之海鹽腔，時代相距過遠。難認其有直接之關係。但苟視此事爲日後海鹽流行音樂之因，則可表同意者。」（臺北：臺灣商務印書館，民國 54 年 3 月臺 1 版），頁 166。

〔註 16〕詳見張庚、郭漢城《中國戲曲通史》（第二冊）第三編〈崑山腔與弋陽諸腔戲〉第七章〈綜述〉第一節〈本時期內戲曲發展的狀況〉（臺北：丹青圖書有限公司，民國 74 年 12 月臺 1 版），頁 2～3。

蔣星煜〈海鹽腔的形成、流傳與《金瓶梅》〉一文中，認爲姚桐壽以元人記錄元代戲曲發展與海鹽腔之形成，且證之以其生活經歷及交遊情況，而認爲其說可信，並舉談遷《國榷》和集「南曲」條所述：「海鹽腔始元澉浦提舉楊氏，昆山腔始邑人魏良輔。」爲例，說明姚壽桐所言並非孤證，而言：

> 姚桐壽聽過楊氏家僮的歌唱，應該是毫無疑問的。所記載楊梓如何在海鹽設置家樂，倡導戲曲也是確鑿可靠的。看來當時還沒有「海鹽腔」這種稱謂，其基本曲調與唱法已發展成爲相當完整的一個體系，則是可以肯定的。〔註17〕

葉德均則從繁榮的社會現象及聲腔發展的歷史淵源著手，其〈明代南戲五大腔調及其支流〉一文中說：

> 海鹽歌曲發達的原因，是在於手工業和商業發達的社會基礎上產生的，並不是單由於楊氏的家樂。由於社會的需求，才形成「州少年多善樂府」。另一方面，海鹽在宋代既以歌曲著名，到元代「以能歌著名於浙右」，正是進一步的發展。……元代海鹽人唱南、北曲，雖然不是單純受了楊氏家樂的影響，但也產生客觀效果，就是楊氏家僮的「家法」對海鹽歌曲的發達也有一定的作用，即是推進海鹽南、北曲的發展。……清・王士禎《香祖筆記》卷一在引《樂郊私語》後寫道：「今世俗所謂海鹽腔者，實發於貫酸齋，源流遠矣。」他把創造海鹽腔歸功於貫雲石個人，顯然是不恰當，也不符合事實。但他從歷史淵源來說明海鹽腔的萌芽時代，確可注意。……海鹽腔的萌芽時代，可以上推到元至正間。〔註18〕

廖奔《中國戲曲聲腔源流史》〈南戲諸腔調述略〉中說：

> 海鹽腔，根據元・姚桐壽《樂郊私語》的記載，當時（該書自序署年爲至正二十三年，即西元1363年）海鹽地區由於著名北曲作者楊梓的影響，州人已經「以能歌名於浙右」，今天一般研究者都以此時爲海鹽腔產生的最初階段。說它已形成一種腔調未免過早，但說其時形成了海鹽一地的歌唱傳統，爲以後此地南曲戲文在腔調上的獨特發展奠定了基礎，則未爲不可。海鹽腔之所以在興起時即因其「體

〔註17〕詳見蔣星煜〈海鹽腔的形成、流傳與《金瓶梅》〉，前揭文，頁35～36。

〔註18〕詳見葉德均《戲曲小說叢考》〈明代南戲五大腔調及其支流〉〈二、海鹽腔〉，前揭書，頁17～18。

局靜好」而受到文人的歡迎，應該與楊梓歌唱集團在這裡研琢音律、研究唱法所留下的影響有關。〔註 19〕

葉德均、廖奔二說雖不直接認同姚桐壽之說，而從聲腔發展的宏觀角度，視之為海鹽腔形成之萌芽時期或形成基礎，亦見其客觀性。

雖然姚桐壽以元人紀錄元代之事，較之明人李日華推測南宋之事，更易令人信服，但亦有反對其說者，如：前引金寧芬《南戲研究變遷》一書中所述，金寧芬認為溫州南戲既然早在北宋末南宋初就已形成，自然不必等到元代才以北曲為基礎，才有海鹽腔的產生。又如，《中國大百科全書・戲曲曲藝》卷在「海鹽腔」條下也說：

海鹽腔的淵源，舊有二說：……二、是清・王士禎《香祖筆記》稱：「今世俗所謂海鹽腔者，實發於貫酸齋。」王的說法是依據《樂郊私語》……這一說也待近一步考證。〔註 20〕

流沙則認為《樂郊私語》中的海鹽州少年多善歌樂府，是指元代小令、散套而言，因而主張「張鎡和楊梓的家樂與海鹽腔無關」，他在《明代南戲聲腔源流考辨》〈海鹽腔源流辨正〉中說：

元代的樂府（散曲），由南曲和北曲兩個部分組成。……海鹽少年唱的南北歌調就包括南北曲兩種不同唱調，甚至是南北調合腔形式也可能在楊國材、楊少中的時代被其家樂採用了。……如果說《樂郊私語》的海鹽少年善唱「南北歌調」是指海鹽腔唱調，卻為何在明代海鹽腔只唱南曲，而不唱北調呢？〔註 21〕

因此明言《樂郊私語》中記載的「樂府」與明代的海鹽腔是截然不同的兩種唱調。流沙這樣的推論是合理的。此處可輔以元代人對「樂府」的看法作進

〔註 19〕詳見廖奔《中國戲曲聲腔源流史》第二章〈南去單腔變體勃興〉第二節〈南戲諸腔調述略〉，前揭書，頁 57～58。

〔註 20〕詳見《中國大百科全書・戲曲曲藝》卷「海鹽腔」條，前揭書，頁 105。

〔註 21〕詳見流沙《明代南戲聲腔源流考辨》〈拾柒、海鹽腔源流辨正〉之〈二、張鎡和楊梓的家樂與海鹽腔無關〉，前揭書，頁 369～370。
又，林鶴宜《晚明戲曲劇種及聲腔研究》上編〈晚明戲曲劇種研究〉第一章〈晚明戲曲劇種考釋〉第二節〈華中地區〉{浙江省}【海鹽腔】之註 24，亦贊成流沙此說，其言：「一般論海鹽腔的形成，常舉明李日華《紫桃軒雜綴》所述南宋張鎡令歌兒唱海鹽腔，以及元姚壽桐《樂郊私語》『海鹽少年多善樂府，其傳出於澉川楊梓』的話，而將海鹽腔的形成定在元甚至宋。其實，這兩條資料，前者指的是詞，後者指的是散曲，最多只能看做海鹽腔的形成基礎，不能據以論斷海鹽腔的形成。」前揭書，頁 33～34。

一步之說明，如：周德清《中原音韻》即區分「樂府」與「俚歌」、「街市小令」不同，在其〈作詞十法・前言〉中說：

凡作樂府，古人云：「有文章者，謂之樂府」。如無文飾者，謂之俚歌，不可與樂府共論也。

〈作詞十法〉之「造語」條，則說：

可作：樂府語、經史語、天下通語。

不可作：俗語、蠻語、謔語……构肆語……。

在「构肆語」下說：

前輩云：「街市小令唱尖新茜意」、「成文章曰樂府」是也。樂府、小令兩途，樂府語可入小令，小令語不可入樂府。〔註22〕

可見在周德清的觀念中，「樂府」是指有文采之作品，與聲腔之觀念是全不相涉的。既如此，自不可將《樂郊私語》中之「樂府」與海鹽腔混為一談了。

三、宋元南戲流播各地，產生地方化

筆者於前章已述，腔調的基礎是建立在語言之上，腔調流播四方，遂有聲腔產生。因此，聲腔之淵源是否可斷然地定於一時一人，則為可斟酌之事。因此，論述海鹽腔之形成淵源，除了贊同李日華南宋張鎡之說或姚桐壽元代楊梓二說外，又有了此第三種看法。如：《中國戲曲志・浙江卷》「南曲」條中說：

南曲每到一地，又與當地民間音樂相結合，繁衍出許多新的地方戲曲聲腔。明代浙江的餘姚腔、海鹽腔以及只知名稱、無史料記載的杭州腔、義烏腔等聲腔的出現，就是古老的南曲傳統和各地民間音樂、方音土語相結合的結果。〔註23〕

這個觀念在流沙《明代南戲聲腔源流考辨》〈海鹽腔是明代南戲衍變的劇種〉中，有更進一步的論述：

根據現有文獻記載，這種腔調（筆者按：海鹽腔）肯定是以明代南戲為基礎，經過重大變革最後成為一個獨立的劇種。……浙江嘉興

〔註22〕詳見元・周德清《中原音韻》，收於《中國古典戲曲論著集成》一，（北京：中國戲劇出版社，1982年11月第4次印刷），二段引文見頁231、232。

〔註23〕詳見《中國戲曲志・浙江卷》〈音樂・聲腔與腔調〉「南曲」條，（中國戲曲志編輯委員會，北京：中國ISBN中心出版，1997年12月北京第1版），頁208。

府所屬海鹽縣，在明代中葉以前正是南戲的流行地區。如明・陸容《菽園雜記》卷十所記：「嘉興之海鹽，紹興之餘姚，寧波之慈谿，臺州之黃巖，溫州之永嘉，皆有爲倡優者，名曰『戲文子弟』，雖良家子不恥爲之。」……可見海鹽腔產生在明成化、弘治年間。……但是，這時剛剛才產生的海鹽和餘姚等腔，除去它們所用的語言不同以外，在聲腔唱法以及伴奏等方面都保持元明南戲固有的傳統和特點。……祝允明如此反對這些腔調，恰好可以說明海鹽腔在當時是種民間土戲，尚不爲士大夫所重視。……如果說，海鹽腔是經過張鎡和楊梓等人的私人樂部很早之前就加以改造而成，卻爲何偏偏到了祝允明時代，反而仍和弋陽腔同樣受到士大夫鄙視和指責？這是根本無法解釋的。〔註24〕

吳戈在〈海鹽腔縱談〉一文中，也認爲李日華《紫桃軒雜綴》所說海鹽腔係南宋前期寓居海鹽的張鎡所創，是絕不可能的；王士禎《香祖筆記》所說海鹽腔發源於貫酸齋，這也是沒有根據的論斷。他說：

我卻認爲，陸容生活的年代，不但海鹽腔早已存在，很有可能，正是此時無名氏文人曲家對就海鹽腔進行了改造，改海鹽方言爲中州音演唱，把海鹽腔加工成爲相當細膩柔婉的戲曲唱腔了。……海鹽腔發源於南戲，不是發源於北曲雜劇，因此也就不可能發源於專寫北曲的貫雲石和楊梓；早期的海鹽腔（僅指方言語音之不同），不可能由任何少數文人作家、曲家創造，而是產生於最初組班、不得已用海鹽方言演唱南戲的海鹽藝人群體。〔註25〕

此外，曾師永義〈也談「南戲」的名稱、淵源、形成與流播〉一文中說：

「永嘉戲曲」或「永嘉戲文」。……因其生命強大而向外流播，流播至一地，必因其民歌小調的注入和方言腔調的影響而有所變化，其變化大抵有兩種情形：一種是保持溫州腔的韻味而揉入流播地腔調，……。一種是腔調被取代而形成新的腔調劇種，我想「溫腔戲文」流入莆仙而爲「莆腔戲文」，流入泉州而爲「泉腔戲文」，流入

〔註24〕詳見流沙《明代南戲聲腔源流考辨》〈拾柒、海鹽腔源流辨正〉之〈三、海鹽腔是明代南戲衍變的劇種〉，前揭書，頁375～377。

〔註25〕詳見吳戈〈海鹽腔縱談〉一文之〈二、海鹽腔如何產生和衍變？〉，此文收於胡忌、洛地主編《戲史辨》第3輯，（藝術與人文科學出版社，2002年8月第1版），頁251～252。

潮州而爲「潮腔戲文」；這就好像後來明代有所謂四大聲腔，就會有「海鹽戲文」、「餘姚戲文」、「弋陽戲文」、「崑山戲文」。也就是「戲文」是指其係屬大戲的體製劇種，而各地名則指其方言所產生的腔調，合而稱之，即爲腔調劇種。〔註 26〕

因此，關於海鹽腔的淵源問題，行文至此，已可爲其作簡單的結論：李日華《紫桃軒雜綴》說張鎡創「新聲」，應爲「詞調」，因其地屬海鹽，故稱之爲「海鹽腔」，實與南戲四大聲腔中之海鹽腔不同；而姚桐壽《樂郊私語》中所述，海鹽州少年唱「南北歌調」，應指元代的散曲，包括小令和散套。那麼海鹽腔的淵源爲何？南戲形成之後，流播四方，所到之處融合各地方言、土音，進而形成新的腔調，海鹽腔的形成背景即是如此。每一種腔調的形成，必然與舞臺演出息息相關，而海鹽地區同時擁有了繁榮的經濟及歷史悠久的音樂傳統，這對海鹽腔的形成而言都是重要的基礎。

至於海鹽腔的形成年代，在陸容《菽園雜記》有「嘉興之海鹽」之語，陸容爲成化年間人，可知至少在憲宗成化年間，海鹽腔已經形成且流播在外了。

第二節　海鹽腔的流播

一、憲宗成化年間所見情況

關於海鹽腔的流播，應可推至明憲宗成化年間，陸容《菽園雜記》中所記：

嘉興之海鹽，紹興之餘姚，寧波之慈谿，臺州之黃巖，溫州之永嘉，皆有習爲倡優者，名曰「戲文子弟」，雖良家子不恥爲之。〔註 27〕

陸容是成化二年（西元 1466 年）進士，曾任浙江右參政，文中所述，應是他在浙江的所見所聞，可視爲成化中、末葉，兩浙戲文流行的情況。由文中「習爲倡優者，名曰戲文子弟」之語可知，當地必有演員存在，「良家子不恥爲之」則見其盛況。雖未用「海鹽腔」之名，但從所述冠以地名「嘉興」判

〔註 26〕詳見曾師永義〈也談「南戲」的名稱、淵源、形成與流播〉，此文收於曾師永義《戲曲源流新論》，前揭書，頁 166～167。

〔註 27〕詳見明・陸容《菽園雜記》卷 10，收於《元明史料筆記叢刊》，前揭書，頁 124。

斷，此時海鹽腔應已向外流播了，否則當地人稱本地戲曲何須冠以地名作區別呢？

稍後，祝允明《猥談》「歌曲」條提及「數十年來，所謂南戲盛行，更爲無端，於是聲樂大亂。……妄名餘姚腔、海鹽腔、弋陽腔、崑山腔之類。」（引文見前〈明代南戲四大聲腔演變略述〉）祝允明站在維護北曲的立場，而對南戲諸聲腔多所不滿，但其說卻可看出海鹽諸腔盛行之勢。

二、世宗嘉靖年間的發展

到了嘉靖年間，海鹽腔得到重大發展，在徐渭《南詞敘錄》中所記載：

> 稱「海鹽腔」者，嘉（嘉興，今浙江省嘉興縣）、湖（湖州，今浙江省吳興縣）、溫（溫州，今浙江省永嘉縣）、臺（臺州，今浙江省臨海縣）用之。〔註28〕

文中進一步紀錄了海鹽腔的流播地區，已由嘉興擴展至湖州、溫州、臺州等地，成爲當時流行的聲腔之一。徐渭文中所述雖不出浙江地區，但事實上，海鹽腔在當時極受歡迎，其流播範圍亦超出了浙南。如何良俊《四友齋叢說》〈詞曲〉中引楊升菴之說：

> 楊升菴曰：「近日多尚海鹽南曲，士夫稟心房之精，從婉孌之習者，風靡如一，甚者北土亦移而耽之。更數世後，北曲亦失傳矣。」〔註29〕

何良俊所引楊升菴（即楊愼）之說，出於《丹鉛總錄》卷14「北曲」條〔註30〕，此書明刊本前有嘉靖三十三年（西元1544年）梁佐序，楊愼（西元1488～1559年）之說記錄了明嘉靖中葉，文人士夫風靡海鹽腔之盛況，影響所及甚至連北方地區都棄北曲雜劇而演唱海鹽南曲了。如：顧起元《客座贅語》「戲劇」條中說：

〔註28〕詳見明・徐渭《南詞敘錄》，前揭書，頁242。

〔註29〕詳見明・何良俊《四友齋叢說》卷37〈詞曲〉，前揭書，頁336～337。

〔註30〕詳見明・楊愼《丹鉛總錄》卷14〈訂訛類〉「北曲」條：「南史蔡仲熊曰：『五音本在中土，故氣韻調平；東南土氣偏詖，故不能感動木石。』斯誠公言也。近世北曲雖皆鄭衛之音，然猶古者總章北里之韻，梨園教坊之調，是可證也。近日多尚海鹽南曲，士夫稟心房之精，從婉孌之習者，風靡如一，甚者北土亦移而耽之。更數十百年，北曲亦失傳矣。」此書收於《景印文淵閣四庫全書》〈子部161・雜家類〉，總第855冊，（臺北：臺灣商務印書館股份有限公司，民國75年3月初版），頁494。

南都萬曆以前，……若大席，則用教坊打院本，乃北曲四大套者。……後乃用而變南唱，……大會則用南戲：其始止二腔，一爲弋陽，一爲海鹽。弋陽則錯用鄉語，四方士客喜閱之；海鹽多官語，兩京人用之。〔註31〕

「南都」即明代南京，嘉靖後期的南京，改變了過去宴會演出北曲雜劇的習慣，形成海鹽腔與弋陽腔分庭抗禮的局面。從「海鹽多官語，兩京人用之」，可知海鹽腔因用官話演出，而爲士大夫階層所喜，故能流行於兩京。

海鹽腔流播至南京的記載，亦可見於陸采（西元1497～1537年）《冶城客論》「劉史二伶」條：

國初教坊有劉色長者，以太祖好南曲，別製新腔歌之，比浙音稍合宮調，南都至今傳之。近始尚浙音，伎女輩或棄北而南，然終不可入弦索也。〔註32〕

陸采爲嘉靖時人〔註33〕，所謂「浙音」，應爲海鹽腔。〔註34〕由此可知，嘉靖時期海鹽腔已傳至南京了。又，范濂《雲間據目抄》〈記風俗〉中云：

戲子在嘉、隆交會時，有弋陽人入郡（松江）爲戲，一時翕然崇高，弋陽人遂有家於松者。其後漸覺醜惡，弋陽人復學爲太平腔、海鹽腔以求佳，而聽者越覺惡俗。〔註35〕

〔註31〕詳見明・顧起元《客座贅語》卷9「戲劇」條，此書收於《元明史料筆記叢刊》，前揭書，頁303。

〔註32〕詳見明・陸采《冶城客論》「劉史二伶」條，此書收於《四庫全書存目叢書》〈子部・小說家類〉第246冊，（臺南：莊嚴文化事業有限公司，1995年9月初版），頁667。

〔註33〕清・錢謙益《列朝詩集小傳》〈丁集上〉「陸永新粲・附見陸秀才采」條下：「粲，字子餘，一字浚明，長洲人。嘉靖丙戌進士……采，字子玄，給事中子餘之弟。」（臺北：世界書局，民國74年2月3版），頁396。

〔註34〕海鹽腔爲早期南曲，其流播地區主要在浙江，又有稱爲「浙腔」、「浙調」者。稱「浙腔」者，如：清・劉廷璣《在園曲志》，眉批題作「崑腔以外諸腔」之下言：「江西弋陽腔、海鹽浙腔，獨存古風，他處絕無矣。」此書收於任中敏編《新曲苑》第19種，（臺北：臺灣中華書局，民國59年8月臺1版），頁279。
稱「浙調」者，如：清・姚華撰《曲海一勺》〈第三明詩〉，眉批題作「宋金元明南北劇之消長分合」之下言：「戲始王魁，永嘉創作，北雜金風、南參浙調，樂府遺音，當在北矣。」此書收於任中敏編《新曲苑》第31種，前揭書，頁474。

〔註35〕詳見明・范濂《雲間據目抄》卷2〈記風俗〉，收於《筆記小說大觀二十二編》第5冊，前揭書，頁2629。

松江府緊臨海鹽腔之發源地嘉興府，可知明嘉靖年間海鹽腔必在此地流行，且受觀眾喜愛，才能吸引弋陽腔藝人向海鹽腔學習。

至於沈德符《萬曆野獲編》「禁中演戲」條下說：

> 內廷諸戲劇俱隸鐘鼓司，皆習相傳院本，沿金、元之舊，以故其事多與教坊相通。至今上始設諸劇於玉熙宮，以習外戲，如弋陽、海鹽、崑山諸家俱有之。〔註36〕

即可視為海鹽腔在北京演出之例。

三、宜黃腔的興起

在崑山腔興起之前，海鹽腔代表著南戲中的雅調，由浙江向南北各地廣泛流傳，更遠及江西宜黃。大約在嘉靖末年，由於譚綸的關係，海鹽腔從浙江傳入江西。在湯顯祖（西元 1550～1616 年）〈宜黃縣戲神清源師廟記〉中記載了海鹽腔在江西流行的盛況：

> 此道有南北，南則崑山，之次為海鹽。吳浙音也。其體局靜好，以拍為之節。江以西弋陽，其節以鼓，其調諠。至嘉靖而弋陽之調絕，變為樂平，為徽、青陽。我宜黃譚大司馬綸聞而惡之，自喜得治兵於浙，以浙人歸教其鄉子弟，能為海鹽聲。大司馬死二十餘年矣，食其技者殆千餘人。〔註37〕

又鄭仲夔《冷賞》「聲歌」條亦記載此事：

> 宜黃譚司馬綸，殫心經濟，兼好聲歌。凡梨園度曲皆親為教演，務窮其巧妙，舊腔一變為新調。至今宜黃子弟咸尸祝譚公惟謹，若香火云。〔註38〕

由以上兩條資料所記可知，海鹽腔在傳入江西之前，江西撫州宜黃縣的地方戲曲原是演唱由弋陽腔變化而來的樂平腔、徽調和青陽腔，他們在演唱上還保留弋陽腔的特色。這種宜黃當地的土腔自然與「體局靜好」的海鹽腔，有著雅與俗、文與野的區別，譚綸不喜甚至厭惡這些土腔，因此引進海鹽藝人

〔註36〕詳見明・沈德符《萬曆野獲編》〈補遺〉卷 1「禁中演戲」條，前揭書，頁 857。

〔註37〕詳見徐朔方箋校《湯顯祖全集》卷 34〈宜黃縣戲神清源師廟記〉（北京：古籍出版社，1999 年 1 月初版），頁 1189。

〔註38〕詳見明・鄭仲夔《冷賞》卷四「聲歌」條，此書收於《叢書集成初編》（2945～51），（北京：中華書局，1991 年北京第 1 版），頁 62。

教其鄉子弟，於是「舊腔一變爲新調」。〔註 39〕

葉德均〈明代南戲五大腔調及其支流〉一文「宜黃腔」下，亦據湯顯祖〈宜黃縣戲神清源師廟記〉及鄭仲夔《冷賞》「聲歌」條中所記，而說：

> 這種新調就是宜黃腔。……譚綸把唱海鹽腔的伶人帶到故鄉宜黃去，……客觀上對宜黃腔戲曲的形成有一定的推動作用。宜黃腔雖是源於海鹽腔，但經過宜黃子弟傳唱，就會和原有海鹽腔有出入。……宜黃子弟是以海鹽腔爲基礎，和結合當地弋陽等腔而創造爲新戲曲。〔註 40〕

徐朔方在《湯顯祖全集》〈宜黃縣戲神清源師廟記〉的「箋」中亦說：

> 海鹽腔傳入江西，形成宜黃腔。……此記可注意者三。一、宜伶盛行於江西，實爲江西化即弋陽化之海鹽腔。二、宜伶人數達千餘人之多，足見其盛。三、據詩（引湯氏詩作）……知玉茗堂曲之演唱者實爲宜伶。明乎此，乃恍然於《尺牘》之四〈答淩初成〉云：「不佞生非吳、越通，智意短陋。」；又云：「不佞《牡丹亭記》，大受呂玉繩改竄，云便吳歌」，是原不爲崑山腔作也。當時水磨調盛行，地方戲爲士大夫及傳奇作家所不齒，湯氏乃特立獨行，寧拗盡天下人嗓子而不顧，以其一代才華爲江右之鄉音俗調。惟其不勉爲吳儂軟語，其情至處人所莫及。玉茗堂傳奇改編者特多，變宜黃爲崑山也。其不協律處一曲或數見，蓋原爲便宜伶，不便吳優也，協南戲宜黃腔之律而無意協崑腔之律也。〔註 41〕

曾師永義〈論說「拗折天下人嗓子」〉中亦言：

> 譚綸因爲厭惡由弋陽腔變化而來的樂平腔、徽調和青陽腔，而愛好「清柔婉折」的海鹽腔，所以把海鹽伶人帶到宜黃去，宜黃人因而受到感染，「舊腔」爲此「一變爲新調」，這種「新調」，就是「宜黃

〔註 39〕曾師永義〈論說「腔調」〉一文，亦引述此二條資料而論「腔調有受流播地影響而發生重大質變者」之情況，其言：「可見譚綸帶到宜黃的『海鹽腔』，在譚綸的琢磨提昇和宜黃本地腔調的影響下，『一變』而爲『新調』，這『新調』雖未知名稱，但必是以海鹽腔爲基礎引發頗大質變的新腔調。」此文收於《從腔調說到崑劇》，前揭書，頁 168。

〔註 40〕詳見葉德均《戲曲小說叢考》〈明代南戲五大腔調及其支流〉一文之〈二、各種滾唱腔調的戲曲〉中的「宜黃腔」，前揭書，頁 55。

〔註 41〕詳見徐朔方箋校《湯顯祖全集》詩文卷 34〈宜黃縣戲神清源師廟記〉「箋」，前揭書，頁 1189～1190。

> 腔」。可見宜黃腔就是以海鹽腔爲基礎，經過宜黃原本流行的腔調弋陽、樂平的影響而形成的。〔註42〕

總上所述可知，海鹽腔傳入江西形成宜黃腔，大司馬譚綸實爲其中之關鍵人物。

譚綸字子理，號二華，撫州府宜黃縣譚坊人。嘉靖二十三年（西元 1544 年）進士，曾任浙江臺州知府、浙江按察使巡視海道副使，治兵於浙江臺州和寧波等地，嘉靖三十九年（西元 1560 年）升爲浙江布政使司左參政，仍兼副使巡視海道。譚綸在浙江任職這段期間，據前引徐渭《南詞敘錄》及楊慎《丹鉛總錄》之說，當時正是海鹽腔盛行的時間。而譚綸把海鹽戲班帶回江西宜黃縣，並傳授給家鄉子弟，應是在嘉靖四十至四十二年（西元 1561～1563 年）丁父憂從浙江回籍之際，從此，奠定了海鹽腔在江西發展的基礎。〔註43〕

與此同時，住在南昌的建安鎮國將軍朱多某，也在王府裏訓練了善於歌唱海鹽腔的家樂女優。據陳宏緒《江城名蹟》〈考古二〉中所記：

> 匡吾王府，建安鎮國將軍朱多某之居，家有女優，可十四、五人。歌板舞衫，纏綿婉轉。生曰順妹，旦曰金鳳，皆善海鹽腔，而小旦彩鸞，尤有花枝顫顫之態。萬曆戊子（萬曆十六年，西元 1588 年），予初試棘圍場，事竣，招十三郡名流大合樂於其第，演《繡襦記》，至斗轉河斜，滿座二十餘人皆霑醉，燈前拈韻屬和。〔註44〕

住在南昌的建安鎮國將軍朱多某其家優中的金鳳，即是嘉靖年間著名的海鹽

〔註42〕詳見曾師永義〈論說「拗折天下人嗓子」〉一文之〈四、《牡丹亭》乃爲宜伶而作〉，收於曾師永義《論說戲曲》，前揭書，頁 190。

〔註43〕關於譚綸生平，可見清·張廷玉等撰《明史》卷 222〈列傳第一百十·譚綸〉：「譚綸，字子理，宜黃人。嘉靖二十三年進士。」前揭書，頁 5833～5836。亦可見於明人所編《譚襄敏公年譜》（編者佚名），此書收於《北京圖書館藏珍本年譜叢刊》第 49 冊，（北京：北京圖書館出版社，1999 年 4 月第 1 版），頁 757～766。

又據《譚襄敏公年譜》所記：「辛酉（嘉靖四十年，西元 1561 年）四十二歲三月，丁父憂回籍。五月，廣賊流劫江西。十二月，起復原職，領浙兵在地方剿賊。」見頁 760。

可見譚綸平亂之軍隊是從浙江調來的，作爲隨軍演唱的海鹽腔，就這樣來到宜黃了。此說與湯顯祖〈宜黃縣戲神清源師廟記〉所記完全符合。

〔註44〕詳見明·陳宏緒《江城名蹟》卷 2〈考古二〉，此書收於《景印文淵閣四庫全書》〈史部 346·地理類〉，總第 588 冊，（臺北：臺灣商務印書館股份有限公司，民國 75 年 3 月初版），頁 329。

腔演員，如褚人穫《堅瓠廣集》「金優」條所載：

> 海鹽有優童金鳳，少以色幸於分宜嚴東樓。東樓晝非金不食，夜非金不寢。金既色衰，食貧里居。比東樓敗，王鳳洲《鳴鳳記》行，而金復塗粉墨，身扮東樓，以其熟習，舉動酷肖，復名噪一時。向日之恩情，直勿問也。〔註 45〕

嚴東樓即嚴嵩之子嚴世蕃（號東樓），於嘉靖四十四年（西元 1565 年）爲鄒應龍、林潤等人相繼奏劾，而遭法司論斬。〔註 46〕由此推知，金鳳活動於舞臺上的時間應是嘉靖中期左右。王府戲班對藝術之要求，自是不在話下，他們和職業戲班都對促進海鹽腔在江西的發展有極大之作用。譚綸死後二十餘年，即萬曆三十年前後（西元 1602 年前後），演唱海鹽腔的藝人已增加到千餘人，當時盛況可想而知。

譚綸之後，對海鹽腔作出重大貢獻的人物，自當首推明代傑出的戲劇家——湯顯祖。在演出上，劇本最初是湯顯祖爲宜黃班而撰寫的。〔註 47〕因此，他與宜黃班藝人也建立了密切的關係。如其〈與宜伶羅章二〉的信中說：

> 《牡丹亭記》，要依我原本，其呂家改的，切不可從。雖是增減一二字以便俗唱，卻與我原做的意趣大不相同了。〔註 48〕

〔註 45〕詳見清・褚人穫《堅瓠廣集》卷 3「金優」條，此書收於《筆記小說大觀二十三編》（臺北：新興書局股份有限公司，民國 74 年 12 月出版），頁 5807。
此外，金鳳事亦可見於：清・焦循《劇說》卷 6，其言：「海鹽有優者金鳳，少以色幸於嚴東樓，晝非金不食，夜非金不寢也。嚴敗，金亦衰老，食貧里中。比有所謂《鳴鳳記》，金又塗粉墨，身扮東樓矣。阮大鋮自爲劇，命家優演之。大鋮死，優兒散於他室。李優者，但有客命演阮所演劇，輒辭不能，復語其同輩勿復演。詢其故，曰：『阿翁姓字，不觸起尚免不得人說；每一演其劇，笑罵百端，使人懊惱竟日，不如辭以不能爲善也。』此人勝金鳳遠矣。」收於《中國古典戲曲論著集成》八，前揭書，頁 201～202。
又，同書卷 3，另記《鳴鳳》演出事，可參看之：「相傳：《鳴鳳》傳奇，弇州門人作，惟〈法場〉一折是弇州自填。詞初成時，命優人演之，邀縣令同觀。令變色起謝，欲亟去，弇州徐出邸抄示之曰：『嵩父子已敗矣。』乃終宴。」前揭書，頁 136。

〔註 46〕嚴世蕃事，可見於清・張廷玉等撰《明史》卷 308〈列傳第一百九十六　奸臣・嚴嵩〉，前揭書，頁 7914～7921。

〔註 47〕湯顯祖爲宜黃班撰寫劇本，可參見曾師永義〈論說「拗折天下人嗓子」〉一文之〈四、《牡丹亭》乃爲宜伶而作〉，前揭文，頁 187～191。流沙《明代南聲腔源流考辨》拾捌〈海鹽腔傳入江西始末〉之〈二、湯顯祖爲海鹽腔撰寫劇本〉，前揭書，頁 385～389。

〔註 48〕湯顯祖詩文之作，多見其與宜伶密切之關係，以下略引數例見之，此處所引

在演出之際，他還親往指點，從〈七夕醉答東君二首〉之二即可看出：

玉茗堂開春翠屏，新詞傳唱《牡丹亭》。傷心拍遍無人會，自掐檀痕教小伶。

從湯顯祖詩作、書信中屢屢提及宜伶，可證湯顯祖劇作原是為宜黃班而撰寫的。他和民間藝人的密切合作，不僅其劇本廣泛流行，也使得宜黃班的聲望日益升高，進而受到上層社會的喜愛。

再由湯顯祖其他詩作所述，亦可知宜黃班經常在臨川和南昌等地演出，在臨川：如〈正唱《南柯》，忽聞從龍悼內楊，傷之二首〉、〈送錢簡棲還吳二首〉，即是湯顯祖家演戲的例證；而〈帥從升兄弟園上作四首〉，所寫即是在帥從升家演戲之事。在南昌，湯顯祖曾在滕王閣上看過《牡丹亭》演出，而有〈滕王閣看王有信演《牡丹亭》二首〉。〔註 49〕除了在家宅演出，湯顯祖也曾帶著宜黃班到其他地方演出他所編寫的劇本，如萬曆三十年（西元 1605 年），湯顯祖為了向李龔美祝壽，就曾派遣宜黃班到南京演出；還有到江西永新縣為甘雨祝壽，亦遣宜伶前往演出。〔註 50〕這些記載不僅看到湯顯祖和宜

俱見徐朔方箋校《湯顯祖全集》。文中所引〈與宜伶羅章二〉，見詩文卷 49，頁 1519；〈七夕醉答東君二首〉，見詩文卷十八，頁 791。

此外，尚有：〈唱二夢〉：「半學儂歌小梵天，宜伶相伴酒中禪。纏頭不用通明錦，一夜紅氍四百錢。」見詩文卷 19，頁 822。〈復甘義麓〉：「弟之愛宜伶學『二夢』，道學也。性無善無惡，情有之。因情成夢，因夢成戲。戲有極善極惡，總於伶無與，伶因錢學『夢』耳。」見詩文卷 47，頁 1464。〈寄生腳張羅二恨吳迎旦口號二首〉詩及小序說：「迎病裝唱《紫釵》，客有掩淚者。近絕不來，恨之。……吳儂不見見吳迎，不見吳迎掩淚情。暗向清源祠下咒，教迎啼徹杜鵑聲。」見詩文卷 18，頁 797。

〔註 49〕「正唱《南柯》，忽聞從龍悼內楊，傷之二首」，見徐朔方箋校《湯顯祖全集》詩文卷 18，原作為：「綠煙吹夢老南柯，淚溼龍岡可奈何。不道楊花眞欲雪，與君翻作鼓盆歌」、「病酒那將心痛醫，白楊風起淚絲垂。可憐解得南柯曲，不及淳郎睡醒時。」前揭書，頁 810。

〈送錢簡棲還吳二首〉，同前書，詩文卷 18，原作為：「中秋作客雨重陽，殘局空將病遶床。歸夢一尊何所屬，離歌分付小宜黃。」、「字吐寒雲箭吐花，虯盤香炧虎丘茶。一秋高閣逢高士，斜踏長橋看落霞。」前揭書，頁 750。

〈帥從升兄弟園上作四首〉，詩文卷 18，其三有：「小園須看小宜伶，唱到玲瓏入犯聽。曲度盡傳春夢景，不教人恨太惺惺。」前揭書，頁 786。

〈滕王閣看王有信演《牡丹亭》二首〉，詩文卷 19，原作為「韻若笙簫氣若絲，牡丹魂夢去來時。河移客散江波起，不解銷魂不遣知。」、「樺燭煙銷泣絳紗，清微苦調脆殘霞。愁來一座更衣起，江樹沈沈天漢斜。」前揭書，頁 838。

〔註 50〕湯顯祖遣宜黃戲班至外地演出，其詩見：徐朔方箋校《湯顯祖全集》詩文卷 18，〈遣宜伶汝寧為前宛平令李龔美郎中壽，時龔美過視令子侍御史江東還內

黃班關係之密切，也反映了宜黃腔在當時受到士大夫階級喜愛的情況。因此，流沙和王安祈在論述海鹽腔之發展與流播時，都認爲：「如果說譚綸當年將海鹽腔引進江西，爲其打開一個繁榮的局面，那麼，湯顯祖劇本的演出，如同錦上添花，使海鹽腔在江西達到了登峰造極的地步。」〔註 51〕

前段曾引沈德符《萬曆野獲編》「禁中演戲」條，記錄神宗時期令玉熙宮習外戲，如弋陽、海鹽、崑山諸家之事，可知直到萬曆前期海鹽腔仍爲盛行。甚至連蘇州人亦有學海鹽腔者，如《金瓶梅詞話》中有很多描寫海鹽腔演出的場面，其中第三十六回〈翟謙寄書尋女子　西門慶結交蔡狀元〉寫道：

> 四個戲子跪下磕頭，蔡狀元問道：「那兩個是生旦？叫甚名字？」於是走向前說道：「小的是裝生的，叫苟子孝……。」安進士問道：「你每是那裡子弟？」苟子孝道：「小的都是蘇州人。」

第七十四回〈宋御史索求八仙壽　吳月娘聽宣黃氏卷〉亦寫道：

> 海鹽子弟張美、徐順、苟子孝、生旦都挑戲箱到了。

可見苟子孝等人應是蘇州人，小說中稱其爲海鹽子弟，並不是因爲籍貫屬海鹽，而是他們是演唱海鹽腔的演員。之後，魏良輔改革崑山腔水磨調成功，海鹽腔之地位逐漸爲之取代，如王驥德《曲律》（成書於萬曆三十八年，西元 1610 年）〈論腔調第十〉中所說即是這種情形：

> 舊凡唱南調者，皆曰「海鹽」。今「海鹽」不振，而曰「崑山」。〔註 52〕

萬曆以後，崑山腔興盛，海鹽腔因此漸趨衰落，以至於絕跡。

第三節　海鹽腔的演唱特色及使用樂器

一、徒歌乾唱，不被管絃

早期南戲諸聲腔的演唱方式爲何？據祝允明《猥談》「歌曲」條中所述：

鄉四首〉之一：「赤縣琴歌積夢思，宜伶尊前寄新詞。大中好醉澄潭菊，彭澤登高此一時。」前揭書，頁 814。同書卷 19〈九日遣宜伶赴甘參知永新〉：「菊花盃酒勸須頻，御史齊年兄弟親。莫向南山輕一曲，千金曾是永新人。」前揭書，頁 855。

〔註 51〕詳見流沙《明代南聲腔源流考辨》〈拾捌、海鹽腔傳入江西始末〉之〈二、湯顯祖爲海鹽腔撰寫劇本〉，前揭書，頁 390。王安祈《明代傳奇之劇場及其藝術》下編，第五章〈音樂與賓白〉第一節〈由海鹽腔到宜黃腔〉，前揭書，頁 279。

〔註 52〕詳見明．王驥德《曲律》卷 2〈論腔調第十〉，收於《中國古典戲曲論著集成》四，前揭書，頁 117。

「若以被之管絃，必至失笑。」可知在明代成化、正德之前，南戲各種聲腔皆爲徒歌乾唱而無絃樂伴奏。又如沈寵綏（？～1645 年）《度曲須知》「絃律存亡」中所說：

昔王元美評曲，謂北筋在絃，南力在板。……慨自南調繁興，以清謳廢彈撥，不異匠氏之棄準繩，況詞人率意揮毫，曲文非盡合矩，唱家又不按譜相稽，反就平仄例填之曲，刻意推敲，不知關頭錯認，曲詞已先離軌，則字雖正而律且失矣。……故魏良輔有北絃索南鼓板之喻，何元朗有慢板大和絃，與緊板花和絃之評。〔註 53〕

沈德符《顧曲雜言》「絃索入曲」條中亦言：

簫、管可入北詞，而絃索不入南詞，蓋南曲不仗絃索而爲節奏也。況北詞亦有不協絃索者，今人一例通用，遂入笑海。〔註 54〕

所述「北筋在絃，南力在板」、「魏良輔有北絃索南鼓板之喻」、「南曲不仗絃索而爲節奏」皆爲南曲不入絃索而以鼓板爲節的乾唱型式。因之，一旦以管絃爲伴奏樂器，遂有「必至失笑」、「遂入笑海」之譏諷。林希恩《詩文浪談》中論集詩曾用唱曲作比喻，其言：

集詩者概以其句之駢麗而耦之，自以爲奇矣。雖云雙美，其如聲之不相涉入何哉？不謂之海鹽、弋陽之聲而並雜於管弦之間乎？〔註 55〕

其意爲：集詩爲集前人之句成篇，雖然詞句駢麗，但格律卻未必吻合；正如把海鹽、弋陽兩腔夾雜在管絃伴奏之中一樣難於合律。此處雖論集詩，然其以海鹽、弋陽爲喻，自可推知海鹽、弋陽二腔應是不用管絃樂器伴奏的。

然而，周貽白《中國戲劇史講座》〈明代雜劇傳奇與所唱聲腔〉中，根據姚桐壽《樂郊私語》、李日華《紫桃軒雜綴》和《金瓶梅詞話》第七十三回中所見資料說：

張鎡命家僮就原有南戲聲調這一基礎，創出一項新聲。到了元代末

〔註 53〕詳見明・沈寵綏《度曲須知》上卷「絃律存亡」條，此書收於《中國古典戲曲論著集成》五，（北京：中國戲劇出版社，1982 年 11 月第 4 次印刷），頁 239～242。

〔註 54〕詳見明・沈德符《顧曲雜言》「絃索入曲」條，此書收於《中國古典戲曲論著集成》四，（北京：中國戲劇出版社，1982 年 11 月第 4 次印刷），頁 204～205。

〔註 55〕詳見明・林希恩《詩文浪談》，此書可見於《說郛續四十六卷》卷 33，收於明・陶宗儀等編《說郛三種》，前揭書，頁 1577。

> 年，則因楊梓與貫雲石以及楊國材、楊少中與鮮於去矜的關係，從張鎡家僮所唱新聲，參合了北曲的唱法，以銀箏、象板、月面、琵琶等弦索爲伴奏，由是而有了明代的海鹽腔。〔註56〕

關於此說，流沙在《明代南戲聲腔源流考辨》〈海鹽腔源流辨正〉中加以辨駁，其言：

> 被周貽白用來證明海鹽腔使用北曲樂器的立論，原來是《詞話》卷八，第七十三回中「邵鏮、韓佐兩個優兒，銀箏象板、月面琵琶，席前彈唱」這段文字。然而，邵、韓所彈唱的歌調，據知僅是一套【集賢賓】「憶吹簫玉人何處也」。這套曲牌由【集賢賓】、【逍遙樂】、【醋葫蘆】、【梧葉兒】、【後庭芳】、【青歌兒】和【浪來裏煞】等組成，此乃明代散曲家陳大聲所寫北曲散套「秋懷代人作」。而且，《詞話》中提到優兒所唱的曲子，據現有曲詞可考者，主要是北曲雜劇、北曲散套、小令，南北曲合套以及南曲散套、小令等等，純粹是散樂性質的唱調。……海鹽腔的伴奏只用鑼鼓板等，根本不用其他絃樂來配合。〔註57〕

關於海鹽腔的演出方式，今再就《金瓶梅詞話》中所述關於海鹽腔演唱之情況，羅列於下，以便論述，如第六十三回〈親朋祭奠開筵席　西門慶觀戲感李瓶〉，李瓶兒死後，西門慶：

> 叫了一起海鹽子弟搬演戲文。廳上垂下簾，堂客便在靈前圍著圍屏，放桌席，往外觀戲。當時眾人祭奠畢……下邊戲子大打動鑼鼓，搬演的是韋臯、玉簫女《兩世姻緣玉環記》。……下邊鼓聲響動，關目上來，生扮韋臯，淨扮包知木，同到勾欄裡玉簫家來。……西門慶

〔註56〕詳見周貽白《中國戲劇史講座》第六講〈明代雜劇傳奇與所唱聲腔〉，前揭書，頁148。
與周貽白之說相似者，如：俞爲民《宋元南戲考論》〈南戲四大唱腔考述‧海鹽腔的特點與流變〉中說：「明代中葉，在一些有關海鹽腔的演唱描寫中，已出現了箏、琵琶等伴奏樂器。如成書於萬曆年間的《金瓶梅詞話》，第七十三回寫到西門慶叫來海鹽子弟一起唱戲，『不一時，堂中畫燭高燒，壺內羊羔滿泛。邵鏮、韓佐兩個優兒，銀箏象板、月面琵琶，席前彈唱。』這雖是小說中的描寫，帶有虛構的成分，但也是根據事實虛構的，尤其是像演戲這樣的細節上，更接近實際。故由此可見，在明萬曆時，海鹽腔已能用箏、琵琶等弦樂器伴奏了。」前揭書，頁23。

〔註57〕詳見流沙《明代南戲聲腔源流考辨》〈拾柒、海鹽腔源流辨正〉之〈二、張鎡和楊梓的家樂與海鹽腔無關〉，前揭書，頁371。

> 令書童催促子弟，快弔關目上來，分付揀省熱鬧處唱罷。須臾打動鼓板，扮末的上來。

第六十四回〈玉簫跪央潘金蓮　合衛官祭富室娘〉，薛內相祭拜李瓶兒之後：

> 西門慶道：「老公公，學生這裡還預備了一起戲子，唱與老公公聽。」薛內相問：「是那裡戲子？」西門慶道：「是一班海鹽戲子。」……子弟鼓板響動，遞上關目揭帖。兩位內相看了一回，揀了一段《劉智遠紅袍記》。……（送走內相，西門慶復坐，叫上子弟來）分付：「還找著昨日《玉環記》上來。」……於是下邊打動鼓板，將昨日《玉環記》做不完的摺數，一一緊做慢唱，都搬演出來。

在第七十六回〈孟玉樓解頤吳月娘　西門慶斥逐溫葵軒〉，宋巡按在西門慶家設席招待巡撫侯蒙，侯巡撫既至：

> 西門慶打發海鹽子弟吃了，……下邊戲子鑼鼓響動，搬演《韓熙夜宴・郵亭佳遇》。

由上述所引文字反覆提及「打動鑼鼓」、「打動鼓板」、「鼓聲響動」、「鑼鼓響動」，可以清楚看出，海鹽戲班搬演戲曲時，以鼓、板、鑼爲伴奏樂器，卻沒有一處提及以管絃樂器伴奏，這些都可證明海鹽腔的演唱方式是只用鼓板伴奏的乾唱。〔註 58〕

〔註 58〕主張海鹽腔是無伴奏乾唱的說法，有：葉德均《戲曲小說叢考》〈明代南戲五大腔調及其支流〉〈二、海鹽腔〉中說：「《金瓶梅詞話》記海鹽子弟唱曲的共有八處，可分爲兩類：一是拍手清唱散曲和戲曲。另一類是演唱戲曲，用鑼、鼓、板打擊樂器。……用鼓、板是海鹽腔特色的緣故。總之，截至目前爲止，還沒有發現海鹽腔用管樂或管、弦樂伴奏的可靠記載，最低限度是：暫時的小結可以說海鹽腔是無伴奏的乾唱。」前揭書，頁 20～22。

蔣星煜〈海鹽腔的形成、流傳與《金瓶梅》〉一文之〈二〉中說：「《金瓶梅》中確實有不少關於海鹽腔演出的記載。……我以爲葉德均的成果最值得重視，他從全書中五處『海鹽子弟』演唱時都沒有提到簫管等管弦樂器這一點，論證了海鹽腔只是用鼓板的『無伴奏的乾唱』，從而發現了十八處用弦索伴奏演唱的南曲是『弦索官腔』而非海鹽腔。」前揭文，頁 36。

劉輝《小說戲曲論集》〈論小說史即活的戲曲史——中國小說與戲曲比較研究之三〉一文中〈二、戲曲時代風貌的忠實反映〉中說：「海鹽腔如何演唱？《金瓶梅》中也有細致的描繪，一是『打動鑼鼓』，只用打擊樂器伴奏，而不用弦樂器。一是『緊做慢唱』，行腔並不拖遝，不似昆山腔，一字之長，延至數息。」前揭書，頁 91。

余從《戲曲聲腔劇種研究》〈戲曲聲腔・南曲系統與北曲系統的聲腔・海鹽腔〉中說：「演唱爲徒歌，不被管弦，只有鑼、鼓、板等打擊樂器伴奏，清唱則省去鑼鼓，僅以拍板或用手擊拍。語言採用官話，並有滾調唱法。」前揭書，

除了搬演戲曲時以鼓、板、鑼爲伴奏樂器的演唱方式之外，在《金瓶梅詞話》中還有「清唱」南曲的情形，如第四十九回〈西門慶迎請宋巡按　永福寺餞行遇胡僧〉，陝西巡按禦史宋盤與巡鹽蔡禦史同到西門慶家：

> 西門慶叫海鹽子弟上來遞酒。蔡御史分付道：「你唱個【漁家傲】我聽。」子弟排手（按：應是拍手）在旁唱道。

此外，第三十六回〈翟謙寄書尋女子　西門慶結交蔡狀元〉，西門慶宴請蔡狀元、安進士，席間蘇州戲子苟子孝和書童先後拍手清唱【朝元歌】、【畫眉序】、【錦堂月】各兩首。〔註 59〕這種「拍手唱曲」以拍手代替鼓板的節奏方式，亦可作爲海鹽腔以打擊樂器爲節奏的乾唱的輔證。

顧起元《客座贅語》「戲劇」條中說：

> 後乃變而用南唱：歌者祇用一小拍板，或以扇子代之，間有用鼓板者。今則吳人益以洞簫及月琴，聲調屢變，益發悽惋，聽者殆欲墮淚矣。〔註 60〕

顧起元所言「今則吳人益以洞簫及月琴，聲調屢變，益發悽惋」，當指崑山腔；而其所言「南唱」，當是南曲清唱，就其文後所述「大會則用南戲：其始

頁 112。

流沙《明代南戲聲腔源流考辨》〈拾柒、海鹽腔源流辨正〉之〈二、張鎡和楊梓的家樂與海鹽腔無關〉，文中反駁周貽白之說，進而引證《金瓶梅詞話》中所述關於海鹽腔演出之情況，其言：「海鹽腔是乾唱，僅用鑼鼓板等伴奏的形式。……南戲各派聲腔在明代正德之前，皆爲乾唱而無管絃伴奏的路子。」前揭書，頁 372～373。

《中國大百科全書・戲曲曲藝》卷在「海鹽腔」條下說：「海鹽腔爲曲牌聯套體結構的傳奇體製……演唱時用鑼、鼓、板等打擊樂器伴奏而不被管弦。採用官話，也有滾調唱法。腔調清柔、婉折，爲官僚、士大夫所愛好。縉紳富家宴請賓客時，往往招海鹽戲子演唱。若係清唱則不用鑼鼓，只用拍板或以手拍板來代替。」前揭書，頁 105。

〔註 59〕詳見《金瓶梅詞話》第三十六回〈翟謙寄書尋女子　西門慶結交蔡狀元〉，西門慶宴請蔡狀元、安進士，叫了一起蘇州戲子承應：

在席上先唱《香囊記》。……蔡狀元又叫別的生旦過來，亦賞酒與他吃。因分付：「你唱個【朝元歌】『花邊柳邊』。」苟子孝答應，在旁拍手唱道。……安進士令苟子孝：「你每記得《玉環記》『恩德浩無邊』？」苟子孝答道：「此是【畫眉序】，小的記得。」……書童兒把酒斟，拍手唱道。……蔡狀元問道：「大官，你會唱『紅入仙桃』？」書童道：「此是【錦堂月】，小的記得。」……那書童拏住南腔，拍手唱道。

〔註 60〕詳見明・顧起元《客座贅語》卷 9「戲劇」條，此書收於《元明史料筆記叢刊》，前揭書，頁 303。

止二腔，一爲弋陽，一爲海鹽」，可知此處所言「歌者衹用一小拍板，或以扇子代之，間有用鼓板者」，爲海鹽腔無誤矣。湯顯祖〈宜黃縣戲神清源師廟記〉中說海鹽腔：「體局靜好，以拍爲之節。」配合著《金瓶梅詞話》中所看到海鹽腔的演唱方式。凡此，皆可看出海鹽腔的表現方式是：不用管絃樂器伴奏，只以鑼鼓板爲節拍的乾唱形式。

二、清柔婉折，體局靜好

海鹽腔是在崑山水磨調興起以前，最優美的南戲聲腔。其整體風格可以湯顯祖〈宜黃縣戲神清源師廟記〉所言：「體局靜好」爲代表，腔調的清柔婉折，加上使用官話演出，更易呈現典雅的風格，因此受到士夫文人的歡迎。明末福建莆田人姚旅《露書》「風俗」上說：

> 歌永言。永言者，長言也，引其聲使長也。所謂逸清響於浮雲，遊餘音於中路也。故古歌也，上如抗，下如墜，曲如折，止如槁木。倨中矩，勾中鉤，累累乎端如貫珠。按今惟唱海鹽曲者似之，音如細髮，響徹雲際，每度一字，幾盡一刻，不背於永言之義。〔註61〕

由姚旅所述即可看出海鹽腔講究唱法、吐氣，聲情婉轉悽切，其言「逸清響於浮雲，遊餘音於中路」、「累累乎端如貫珠」、「音如細髮，響徹雲際」等詞，已充分顯露出對海鹽腔之喜愛。再由，張牧《笠澤隨筆》中所言：

> 萬曆以前，士大夫宴集，多用海鹽戲文娛賓，……若用弋陽、餘姚則爲不敬。〔註62〕

可知嘉靖、隆慶年間，公侯貴族、縉紳豪門及文人士夫之家，若有宴會必招海鹽戲班侑觴；配合上段所述《金瓶梅詞話》中海鹽戲班的演出情形，已可清楚看出海鹽腔受歡迎的情況。

海鹽腔清柔婉折之特色，加上當時擁有一批優秀的演員，更使它在嘉隆年間的劇壇發光發熱。如：前引陳宏緒《江城名蹟》中記匡吾王府中善演海鹽腔之順妹、金鳳「歌板舞衫，纏綿婉轉。」小旦彩鸞「有花枝顫顫之態」，皆見婉麗之情態。又如潘之恆《鸞嘯小品》「金鳳翔」條：

〔註61〕詳見明・姚旅《露書》卷8〈風篇上〉，作者處標「莆田姚旅園客著」，此書收於《四庫全書存目叢書》子部第111冊，(臺南：莊嚴文化事業有限公司，1995年9月初版)，頁678。

〔註62〕詳見清・張牧《笠澤隨筆》，轉引自葉德均《戲曲小說叢考》〈明代南戲五大腔調及其支流〉，前揭書，頁28。

金娘子，字鳳翔。越中海鹽班所合女旦也。余五歲時從里中汪太守宴上見之。其人纖長、色澤俱不可增減一分。……試一登場，百態輕盈，艷奪人目。余猶記其《香囊》之探，《連環》之舞，今未有繼之者。雖童子猶令銷魂，況情熾者乎？〔註63〕

金鳳翔演出之際，「百態輕盈，艷奪人目」、「雖童子猶令銷魂，況情熾者乎」，已清楚地說出其藝術技巧之超凡。

海鹽腔在腔調上「體局靜好，以拍爲之節」，比起弋陽腔「其節以鼓，其調諠」的情味，自是相去甚遠。這種聲腔反映在其所演之劇目上，自然以文人所寫的南戲作品爲多。據《金瓶梅詞話》中提及之劇本，有：邵燦《香囊記》（第三十六回）、佚名《王月英元夜留鞋記》（第四十三回）、楊柔勝《兩世姻緣玉環記》（第六十三、六十四回）、佚名《劉智遠紅袍記》（第六十四回）、崔時佩《南西廂》（第七十四回）、姚茂良《雙忠記》（第七十四回），以及沈采《裴晉公還帶記》和《四節記》（第七十六回）……等。〔註64〕這些劇目都是明嘉靖崑山水磨調盛行之前的作品。徐復祚（西元1560～1630年）《曲論》說：

《香囊》以詩語作曲，處處似煙花風柳，如「花邊柳邊」、「黃昏古驛」、「殘星破暝」、「紅入仙桃」等大套，麗語藻句，刺眼奪魄。〔註65〕

呂天成《曲品》「妙品」云：

《香囊》，詞工，白整，儘塡學問。此派從《琵琶》來，是前輩最佳傳奇也。〔註66〕

〔註63〕明・潘之恆《鸞嘯小品》卷2〈敘曲〉，詳見明・潘之恆原著、汪效倚輯注《潘之恆曲話・上編》，其中「余五歲時從里中汪太守宴上見之」，汪效倚爲之註釋：「潘之恆五歲時爲嘉靖三十九年庚申（西元1560年）。汪太守即汪道昆。汪道昆於嘉靖三十六年十一月任湖廣襄陽府知府，次年赴任，在任凡三載，於嘉靖四十年升任福建按察司副使，兵備福、寧。」據此可知，金鳳翔爲嘉靖年間之演員。（北京：中國戲劇出版社，1988年北京第1版），頁8。

〔註64〕此處所引《金瓶梅詞話》中提及之劇本，參考流沙《明代南戲聲腔源流考辨》〈拾柒、海鹽腔源流辨正〉之〈三、海鹽腔是明代南戲衍變的劇種〉，前揭書，頁378～379。

〔註65〕詳見明・徐復祚《曲論》，收於《中國古典戲曲論著集成》四，（北京：中國戲劇出版社，1982年11月第4次印刷），頁236。

〔註66〕詳見明・呂天成《曲品》「妙品」，收於《中國古典戲曲論著集成》六，（北京：中國戲劇出版社，1982年11月第4次印刷），頁224。評《四節記》，見頁226。

同書，「能品」云：

《四節》，清倩之筆。

從這些評語中可以看出，諸劇風格應屬清麗典雅。海鹽腔既然演唱這類劇作，其腔調必與之相應，方能相得益彰，博得縉紳貴族、士夫文人喜愛，成為當時劇壇一顆巨星。

海鹽腔在明代中葉，嘉靖、隆慶年間，乃至萬曆前期是非常流行的。但是到了萬曆末年，卻開始衰落，如顧起元《客座贅語》所說：「……見海鹽等腔，白日欲睡。」張牧《笠澤隨筆》所說：「今則崑山遍天下，海鹽已無人過問矣。」

海鹽腔何以如此迅速地衰落？在嘉靖年間曾是最優美的戲曲，為士大夫所欣賞，因而風靡一時。但到了嘉靖末年至萬曆初年，魏良輔等人成功地改革崑山腔成為水磨調，其細膩柔婉的程度超過了海鹽腔，尤其是增加了笛、簫、笙、琵琶、月琴……等管絃樂器的伴奏，使之更俱有鮮明的藝術特色。此種情形自是海鹽腔所不敵；萬曆年間還有一派聲勢浩大之聲腔足以與崑山水磨調抗衡，即弋陽腔，它具有錯用鄉語、改調歌之、只沿土俗等特色，流行於廣大的群眾之中，獲得極大之迴響；海鹽腔「體局靜好」的風格，亦難走入市井百姓之中；在這種情況下，似乎就注定了它衰亡的命運了。

第參章　餘姚腔考述

第一節　餘姚腔的形成年代

明中葉以來，江南各地手工業空前發達，不僅促進經濟繁榮，也使人們對於生活享受之需求不斷提高，反映在文化、娛樂之上，則爲戲曲、小說之盛行，各種時調新曲、聲腔劇種亦不斷產生。餘姚腔即爲其中之一。

餘姚腔是南戲流播至浙江餘姚（縣名，浙江省紹興縣東北）、會稽（紹興，今浙江省紹興縣）一帶，與當地的方言土語、民間歌謠結合而產生的戲曲聲腔，因其形成於餘姚而得名。對於它的淵源，不像海鹽腔有具體的人事、史料可供徵引及考證。「餘姚」之名用之於戲文，最早見於成化年間人陸容《菽園雜記》中所說：

> 紹興之餘姚……有習爲倡優者，名曰「戲文子弟」，雖良家子不恥爲之。〔註1〕

稍後，祝允明《猥談》「歌曲」條云：

> 自國初來，公私尚用優伶供事，數十年來，所謂南戲盛行，更爲無端，於是聲樂大亂。……愚人蠢工徇意變更，妄名「餘姚腔」、「海鹽腔」、「弋陽腔」、「崑山腔」之類，變易喉舌，趁逐抑揚，杜撰百端，眞胡說耳。〔註2〕

〔註1〕詳見明・陸容《菽園雜記》卷10，收於《元明史料筆記叢刊》，前揭書，頁124。

〔註2〕詳見明・祝允明《猥談》「歌曲」條，此書收於明・陶宗儀等編《說郛三種》

祝允明生存於孝宗弘治及武宗正德年間，可知此時，餘姚腔已經形成。嘉靖三十八年（西元 1559 年）徐渭《南詞敘錄》中說：

> 稱「餘姚腔」者，出於會稽（紹興，今浙江省紹興縣）、常（常州，今江蘇省武進縣）、潤（潤州，今江蘇省鎮江縣）、池（池州，今安徽省貴池縣）、太（太平，今安徽省當塗縣）、揚（揚州，今江蘇省江都縣）、徐（徐州，今江蘇省銅山縣）用之。〔註 3〕

按照徐渭的說法，餘姚腔之名已經被習慣使用，而且在明代的流行地區，除了其發源地浙江紹興之外，還流播到江蘇、安徽等地。

但自從《南詞敘錄》以後，有關戲曲的文獻資料，包括湯顯祖〈宜黃縣戲神清源師廟記〉、顧起元《客座贅語》、王驥德《曲律》和沈寵綏《度曲須知》……等，都看不到任何有關餘姚腔的記載。其名僅見於明末《想當然》傳奇卷首繭室主人〈成書雜記〉寫道：

> 俚詞膚曲，因場上雜白混唱，猶謂以曲代言，老餘姚雖有德色，不足齒也。〔註 4〕

第 10 冊，《說郛續》46 卷，前揭書，頁 2099。

〔註 3〕 詳見明．徐渭《南詞敘錄》，此書收於《中國古典戲曲論著集成》三，前揭書，頁 242。

〔註 4〕 《想當然》傳奇，據譚友夏〈批點《想當然》序〉中說：「相傳謂盧柟次楩所著。」其卷首有署名「欸思居士」所作之〈盧次楩本敘〉，其文末署「嘉靖丙子秋中」。今收於《全明傳奇》第 150 種，題作《譚友夏批點想當然傳奇》，王光魯撰，明崇禎間刊本，(臺北：天一出版社出版)。
但引人疑竇處在「嘉靖丙子秋中」之語，因爲嘉靖朝並無丙子年，明中葉以後，最早之丙子年在萬曆四年（西元 1576 年）；而譚元春，字友夏，生於萬曆十四年（西元 1586 年），卒於崇禎十年（西元 1678 年），與鍾惺（西元 1574～1625 年）同爲晚明文壇竟陵派之倡導者。因此〈批點《想當然》序〉之序是否爲其所作，亦引起懷疑。如：明．祁彪佳《遠山堂曲品．逸品》「《想當然》」條下說即說：「相傳爲盧次楩所作，譚友夏批評，然觀其詞氣，是近時人筆，即批評亦未屬譚。」收於《中國古典戲曲論著集成》六，(北京：中國戲劇出版社，1982 年 11 月第 4 次印刷)，頁 14。
又，傅惜華《明代傳奇全目》卷 4〈崑曲繁盛時期傳奇家作品〉「王光魯」條下說：「王光魯字漢恭，江蘇廣陵（揚州）人。生平事蹟待考，僅知其爲周亮工之門人。所製傳奇一種，託名盧柟，至今流傳。」之後在《想當然》下，引清初周亮工（萬曆十四年～清康熙十一年，西元 1612～1627 年）《書影》所云：「予門人邗江王漢恭，名光魯，所作《想當然》，猶有元人體裁。托盧次楩之名以行，實出漢恭手。」據此而歸《想當然》爲王光魯所作。(北京：人民文學出版社，1959 年 12 月北京第 1 版)，頁 359。

以及上海人潘允端《玉華堂日記》中提及有名爲「紹興梨園」和「餘姚梨園」在萬曆年間曾到上海演出的記載。〔註 5〕這情況不禁令人疑惑，一個可以流播至外地的聲腔，何以短短數十年間就衰亡了呢？甚至連載籍中，都不見其名。

在有限的資料下，對於餘姚腔的形成年代，學界前輩仍有數說，以下論之。

一、形成於宋代

此說主張餘姚腔形成於宋代，與海鹽腔有同樣悠久的歷史。如：錢南揚《戲文概論》〈餘姚腔到青陽腔〉中說：

> 餘姚腔發生的時代雖不可考，在明朝中葉，它傳播地域的廣泛，不亞於海鹽腔，非與海鹽腔有同樣悠久的歷史，是不可能的，所以也應發生在宋代。《菽園雜記》謂紹興之餘姚，有爲倡優的戲文子弟，所唱當然是餘姚腔，可見明初餘姚腔在當地一定很盛行。〔註 6〕

俞爲民〈南戲四大唱腔考述．餘姚腔的特點與流變〉中說：

> 餘姚腔……其產生年代已不可考，但也當在南宋時就已產生了。……其流傳區域的廣泛不亞於海鹽腔，若沒有與海鹽腔有同樣悠久的歷史的話，這是根本不可能的。而且，餘姚與海鹽祇隔著一個杭州灣，可謂是一衣帶水的近鄰。當南戲從杭州流入海鹽後，也必然會流傳到對岸的餘姚。〔註 7〕

此二說意見極爲相似。都是先據李日華《紫桃軒雜綴》之說，肯定海鹽腔之淵源爲南宋張鎡時期，再就地緣相近之關係推測餘姚腔之產生年代，亦應與海鹽腔相近，遂有「餘姚腔產生於宋代」的看法。但筆者前章已就海鹽腔淵源於南宋張鎡的說法提出質疑，對於此說，自是持存疑之態度。

〔註 5〕詳見安奇〈明福本《玉華堂日記》中的戲曲史資料研究〉之〈二．崑弋並茂與群芳爭艷〉：「《日記》中，除了記錄著弋陽腔、太平腔的演出外，還記有來自浙江的其他梨園：紹興梨園、餘杭梨園、餘姚梨園、浙江戲子等。」此文收於《藝術研究資料》第七輯，（杭州：浙江省藝術研究所，1983 年 12 月），頁 147～149。

〔註 6〕詳見錢南揚《戲文概論》〈源委第二〉第四章〈三大聲腔的變化〉第三節〈餘姚腔到青陽腔〉，前揭書，頁 57～58。

〔註 7〕詳見俞爲民《宋元南戲考論》〈南戲四大唱腔考述．餘姚腔的特點與流變〉，前揭書，頁 25～26。

二、形成於元末明初

劉念茲《南戲新證》〈幾種聲腔的流變〉認爲餘姚腔盛行於元末明初，其言：

> 元末明初已經盛行。……餘姚與海鹽僅隔一個杭州灣，海鹽腔對它不能不無影響。〔註8〕

此說與前說相似，以「餘姚與海鹽僅隔一個杭州灣，海鹽腔對它不能不無影響」爲論述基礎，只是劉念茲未論淵源，僅就徐渭《南詞敘錄》及湯顯祖〈宜黃縣戲神清源師廟記〉所述，見餘姚腔流播廣遠，遂言其「元末明初已經盛行。」

三、形成於成化、弘治年間

主張此說之學者較多，如葉德均〈明代南戲五大腔調及其支流〉文中論餘姚腔：

> 餘姚腔的產生年代，現在還不明白。據前面徵引陸容、祝允明的記載，在成化、正德年間已經流行，其起源當在成化以前。〔註9〕

又如，流沙《明代南戲聲腔源流考辨》〈餘姚腔及越調說〉中引述祝允明《猥談》「歌曲」條，之後說：

> 正如《猥談》所云，宋元時期延續下來的南戲從明初到成化、弘治年間（1465～1505）在南方依然盛行。但是，只有經過發展和變化的南戲，才衍生眾多不同的戲曲聲腔相繼出現。而餘姚腔就是其中一種。〔註10〕

余從《戲曲聲腔劇種研究》〈戲曲聲腔・南曲系統與北曲系統的聲腔〉〈餘姚腔〉下說：

> 它則是南曲戲文在浙江餘姚衍變而成的一種聲腔。明・陸容《菽園雜記》也記載說紹興府之餘姚縣「有習爲倡優者，名曰戲文子弟」，其情況與海鹽腔相似，可知成化年間已有餘姚腔存在了。〔註11〕

〔註8〕詳見劉念茲《南戲新證》第四章〈南戲的流變〉第二節〈幾種聲腔的流變〉之（2）餘姚腔，前揭書，頁50～51。

〔註9〕詳見葉德均《戲曲小說叢考》〈明代南戲五大腔調及其支流・一、明代五大腔調・三、餘姚腔〉，前揭書，頁26～28。

〔註10〕詳見流沙《明代南戲聲腔源流考辨》〈拾肆、餘姚腔及越調說・一、明代餘姚腔亦稱越調〉，前揭書，頁304。

〔註11〕詳見余從《戲曲聲腔劇種研究》〈戲曲聲腔・南曲系統與北曲系統的聲腔〉，

林鶴宜《晚明戲曲劇種及聲腔研究》〈南戲諸腔在晚明的流佈〉中亦言：

> 大約在明正德年間，南戲分別流傳到杭州灣北岸的海鹽和南岸的餘姚，形海鹽腔和餘姚腔。這兩個聲腔一度是明中葉劇壇的兩顆巨星，曾經對當時的劇壇產生影響。〔註12〕

諸說之意相似，都認爲餘姚腔之淵源，應是宋元南戲向地方化衍變的結果，由陸容《菽園雜記》之說可知，其起源當在憲宗成化以前，據祝允明《猥談》之說，至遲在武宗正德年間已見流行了。

第二節　餘姚腔的流播

在嘉靖年間，海鹽、弋陽兩大聲腔對峙的情況下，據前段所引《南詞敘錄》記載可知，餘姚腔興起以後，便向浙江北方的江蘇及西北的安徽發展，所以，江蘇省的常州（今武進縣）、潤州（今鎮江縣）、揚州（今江都縣）、徐州（今銅山縣）及安徽省的池州（今貴池縣）、太平（今當塗縣）等地，都成爲餘姚腔的重要流播地。而浙江本省，除了紹興之外，嘉興、湖州（今吳興）、溫州（今永嘉）和臺州（今臨海）等府，仍屬於海鹽腔勢力範圍。可見餘姚腔在浙江的影響力是比海鹽腔小的。

王驥德，浙江會稽（今紹興）人，萬曆三十八年（西元1610年）所寫《曲律》〈論腔調第十〉中云：

> 舊凡唱南調者，皆曰「海鹽」。今「海鹽」不振，而曰「崑山」。……數十年來，又有「弋陽」、「義烏」、「青陽」、「徽州」、「樂平」諸腔之出。今則「石臺」、「太平」梨園，幾遍天下，蘇州不能與角什之二三。〔註13〕

書中列舉許多當時流行的聲腔，卻不見對餘姚腔有所記載。王驥德是著名的

前揭書，頁112。

〔註12〕詳見林鶴宜《晚明戲曲劇種及聲腔研究》下編〈晚明戲曲聲腔考述〉第四章〈南戲諸腔〉第一節〈南戲諸腔在晚明的流佈〉，前揭書，頁128。該書，上編〈晚明戲曲劇種研究〉第一章〈晚明戲曲劇種考釋〉第二節〈華中地區〉（浙江省）【餘姚腔】條下亦說：「至遲在明正德年間形成在浙江紹興府的餘姚一帶。……安徽池州（安徽貴池）、太平（安徽當塗）一帶的餘姚腔，又和弋陽腔及當地的民間音樂結合，形成青陽腔。以後漸趨衰落，不見記載。」頁20。

〔註13〕詳見明・王驥德《曲律》卷2〈論腔調第十〉，收於《中國古典戲曲論著集成》四，前揭書，頁117。

戲劇家，必定熟悉當時的劇壇，怎可能對自己家鄉的餘姚腔，全然隻字不提？於此，合理的解釋，就是餘姚腔在此之前已經沒落。餘姚腔在浙江的情況如此，在安徽省情況如何呢？

嘉靖年間，弋陽腔流播廣遠，連原來流行餘姚腔的池州、太平兩地，也產生了新的腔調。葉德均〈明代南戲五大腔調及其支流〉一文之〈各種滾唱腔調的戲曲〉下說：

> 當嘉靖間弋陽舊調興盛時，遠到北京、湖廣、福建、廣東各地，它傳入距離江西較近的徽州、池州、太平一帶有很大的可能。……弋陽和餘姚兩腔都具有通俗性的特質，彼此原有融洽可能。當弋陽舊調傳到餘姚腔流行地區的池州、太平兩地，兩者互相結合，再經過加工創造，於是產生了不同於弋陽、餘姚的新腔。〔註 14〕

關於餘姚腔在安徽的發展及其對後來劇壇之影響，錢南揚在《戲文概論》〈餘姚腔到青陽腔〉中說：

> 餘姚腔在江蘇的下落無考，在安徽的發展成為青陽（池州屬縣）腔。《玉茗堂文集》卷七〈宜黃縣戲神清源師廟記〉云：「至嘉靖而弋陽之調絕，變為樂平，為徽青陽。」《曲律》〈論腔調第十〉云：「今則石臺、太平梨園，幾遍天下，蘇州不能與角十之二三。其聲淫哇妖靡，不分調名，亦無板眼。」石臺，即今石埭，也屬池州，《曲律》的話，大都不符事實，惟「幾遍天下」，確是實情。
>
> 現在先來看看萬曆（西元 1573～1620 年）以來所刻行的一批青陽腔選本：
>
> 《新鋟天下時尚南北新調堯天樂》、《新鋟天下時尚南北徽池雅調》以上兩種總題作《秋夜月》
>
> 《新刻京板青陽時調詞林一枝》、《鼎雕昆池新調樂府八能奏錦》、《鼎刻時興滾調歌令玉谷調簧》、《新刊徽板合像滾調樂府官腔摘錦奇音》、《樂府清音歌林拾翠》、《新鐫出像點板北調萬壑清音》、《鼎鍥徽池雅調南北官腔樂府點板曲響大明春》、《新選南北樂府時調青崑》。

〔註 14〕詳見葉德均《戲曲小說叢考》〈明代南戲五大腔調及其支流‧二、各種滾唱腔調的戲曲〉中（三）徽州腔、（四）池州腔（青陽腔），前揭書，頁 58。

> 這裡《堯天樂》、《徽池雅調》、《詞林一枝》、《大明春》等，都是福建書林所刻；而民國四三年，山西萬泉百帝村又發現了青陽腔的四個劇本；可見其時青陽腔已北至山西，南至福建，選本署名稱「天下時尚」，並非虛言。〔註15〕

錢南揚以青陽腔爲餘姚腔在安徽省發展、演變的新腔調，其中滾調更成爲「天下時尚」。但僅以青陽滾調承自餘姚腔，而忽略了弋陽腔對青陽腔之影響亦覺不妥。（詳見下章專論滾調處）無論如何，餘姚腔流播於安徽，影響後來徽池雅調的形成，則是不爭的事實。

第三節　餘姚腔之演唱特色及使用樂器

一、雜白混唱，以曲代言

餘姚腔在劇本上有個很特別的地方，就是人們常常提到的「雜白混唱」。它出自於《想當然》傳奇卷首，繭室主人所寫的〈成書雜記〉：

> 俚詞膚曲，因場上雜白混唱，猶爲以曲代言，老餘姚雖有德色，不足齒也。

葉德均〈明代南戲五大腔調及其支流〉一文之〈餘姚腔〉中對此曾加說明：

> 這種「雜白混唱」就是指曲文中夾著許多以七字句爲主的「滾白」，用流水板迅速的快唱，它又叫「滾唱」或「滾調」。這是從嘉靖到崇禎間（西元1522～1644年）的一百二十多年在各個地區廣泛的流行的唱法，爲當時人民大眾最喜愛的戲曲。唱老餘姚腔的對於「雜白混唱」既有德色，那麼兩者必有相同的地方，才能引起共鳴。這就間接說明餘姚腔在明末一段時間也用滾唱。〔註16〕

可知「雜白混唱」，就是演員在演唱之際，曲文中夾雜著念白一起使用。關於這個特點，戴不凡〈論迷失了的餘姚腔——從四個餘姚腔劇本的發現談起〉一文，在論及《櫻桃記》時說：

> 此記念白較其他三本爲少，但以曲代言、雜白混唱的俚詞膚曲卻是

〔註15〕詳見錢南揚《戲文概論》〈源委第二〉第四章〈三大聲腔的變化〉第三節〈餘姚腔到青陽腔〉，前揭書，頁60～62。

〔註16〕詳見葉德均《戲曲小說叢考》〈明代南戲五大腔調及其支流〉一文之〈一、明代五大腔調．三、餘姚腔〉，前揭書，頁27。

連接不斷的。〔註 17〕

論及《蕉帕記》時說：

有更多證據說明它是餘姚腔劇本。……戊、這部作者自稱爲「淨洗鉛華單填本色」（〈開場〉）的傳奇中，以曲代言、雜白混唱的俚詞膚曲很多，幾乎有三分之二的曲子都是夾白的。

同文〈對餘姚腔的十四點看法〉之第五點，更是肯定地說：

就劇本結構來說，這四個戲有一個共同特徵：當寫道生旦相會時總會遇到風波（例如：男方被女方設計拒絕之類），離而後合，多一層波折。而這一場面總是雜白混唱、以曲代言、俚詞膚曲最多、最淋漓盡致之處。它該是餘姚腔吸引觀眾的一種特殊手法吧？

又據流沙《明代南戲聲腔源流考辨》〈餘姚腔及越調說〉中考證餘姚腔劇目及其特點：

雜白混唱，就是在音樂曲牌唱腔中夾雜純粹念白與唱腔混在一起使用。……其實在元明南戲的劇本中，這種特點早就普遍存在。明刊本《六十種曲》選入的《荊釵記》、《幽閨記》和《琵琶記》等都曾經過明人修改，但是並沒有除掉雜白混唱的特點。……明代的餘姚腔因爲繼承南戲傳統才把這一特點保留下來，並且在新編的傳奇劇本中繼續使用，藉以區別崑山腔的演出。這是南戲聲腔發展上所出現的不同結果。〔註 18〕

正因爲餘姚腔「雜白混唱、以曲代言」的風格，加上使用滾唱，演出之時，人人都能聽懂，遂爲當時廣大群眾愛好的戲曲之一。反之，這種通俗的情味，是不爲文人士夫所喜的。

餘姚腔通俗明快的特色，也可見於所唱曲子之中，如錢南揚《戲文概論》〈餘姚腔到青陽腔〉中即說：

餘姚腔始終能保持著戲文原有的長處，文辭通俗易曉，而且似乎比海鹽腔更富於創造性，它流傳於各地的，在不斷吸收當地的歌謠小曲。從現存的餘姚腔劇本看來，有許多不經見的曲調，如：

〔註 17〕此處三段引文，詳見戴不凡的〈論迷失了的餘姚腔——從四個餘姚腔劇本的發現談起〉，《戲曲研究》第 1 輯，（北京：文化藝術出版社），頁 48、57、61～62。

〔註 18〕詳見流沙《明代南戲聲腔源流考辨》〈拾肆、餘姚腔及越調說・二、餘姚腔劇目及其特點〉，前揭書，頁 318～319。

【金錢問卜】——《薛平遼金貂記》。

【急三鋒】【醉羅綺】【快活歌】——《韓朋十義記》。……

這些曲調，不但海鹽腔中沒有，也不見於弋陽腔，蓋大都出於地方小曲。〔註19〕

張牧《笠澤隨筆》中亦寫道：

萬曆以前，士大夫宴集，多用海鹽戲文娛賓，……若用弋陽、餘姚則爲不敬。〔註20〕

事實上，弋陽、餘姚這兩種被文人士夫鄙視的戲曲聲腔，卻正是多數人民所喜聞樂見的。

二、不被管絃，鑼鼓幫襯

筆者前章論「海鹽腔的演唱特色及使用樂器」時，已述早期南戲聲腔的演唱方式是「徒歌乾唱，不被管絃」，餘姚腔亦是如此。最典型的例子即是：傳一臣《蘇門嘯》卷二《賣情紮囤》第三折〈阻約〉中的這段對白：

（丑）柏亭兄，我和你各把土腔唱一曲，滿浮大白而散如何？

（淨）所見略同，小弟也有些喉癢了，小惜莫笑。

（小旦）好說，正當請教，賤妾傾耳以聽。

（丑）我們莫要兼做，前有江西朋友做作了，至今做青樓笑話，只是板唱罷了。柏亭兄先請。

（淨）省得謙遜，豁拳賭個後先。

……

（丑）做便免做。你我總是越調，不比崑腔。取音律全要腔板緊湊，唱和接換，鑼鼓幫扶，最忌悠長清冷。我唱你接，你唱我接。

（淨）勞小惜打一打板，拏鑼來，我打鑼。

（丑）唱【駐馬聽】。〔註21〕

〔註19〕詳見錢南揚《戲文概論》〈源委第二〉第四章〈三大聲腔的變化〉第三節〈餘姚腔到青陽腔〉，前揭書，頁58～59。

〔註20〕詳見清・張牧《笠澤隨筆》，轉引自葉德均《戲曲小說叢考》〈明代南戲五大腔調及其支流〉，前揭書，頁28。

〔註21〕明・傅一臣雜劇《蘇門嘯》卷2《賣情紮囤》，收於陳萬鼐主編《全明雜劇》（八），（臺北：鼎文書局，民國68年6月初版），第三折〈阻約〉，頁4650～4652。

其中所謂「板唱」，配合下句「勞小惜打一打板」來看，應是「以板爲節」之意；又言「鑼鼓幫扶」、「拏鑼來，我打鑼」，都可清楚看出其以鑼、鼓、板等打擊樂器來伴奏，因爲「不比崑腔」，不用絲竹伴奏，所以場面要熱鬧緊湊，而「最忌悠長清冷」。

周貽白《中國戲劇史講座》〈明代雜劇傳奇與所唱聲腔〉中說：

> 餘姚腔，產生於浙江餘姚，其唱法如何，現在已不能詳知。……據今所知，餘姚舊有一種秧歌土戲，是只有節拍，不用伴奏，同時，還流行著一種調腔戲，除不用伴奏外，每段唱詞，其句尾也是用後場幫腔。（現在還有這種戲班存在。目前南北流行的所謂越劇，最初名「的篤班」，其聲調的來源，就是以「餘姚秧歌」和流行於浙江新昌、嵊縣、紹興、蕭山、浦江、餘姚等縣的調腔戲爲基礎，以嵊縣的語音爲主加以變化而來的。）由此推知，當時的餘姚腔，好像也是不用伴奏，而以後場幫腔的一種路子，其與海鹽腔不同之處，恐怕就是這一點。……假令那時候的餘姚腔，就是現在還在流行的調腔戲，事實也很明白，那就是在餘姚這個地方，還保持著舊有南戲的唱法，其間的變化，也許只是聲腔上的轉折，和字音上的吞吐。基本上是只有節拍，不用絲竹樂器伴奏。〔註22〕

他從今日餘姚地區流行的調腔戲，推測餘姚腔的演唱特色是，只有節拍，不用絲竹樂器伴奏的。

三、一唱衆和，接和幫腔

前引傅一臣《賣情紮囤》第三折〈阻約〉中「唱和接換」、「我唱你接，你唱我接」之句，可知餘姚腔在演出之際，是運用幫腔來增加戲劇效果的。再就上段所引周貽白以餘姚腔現存調腔戲，演出時有後場幫腔，而推測：「餘姚

〔註22〕詳見周貽白《中國戲劇史講座》第六講〈明代雜劇傳奇與所唱聲腔〉，前揭書，頁149。

又，關於餘姚腔「不被管絃，鑼鼓幫襯」之說，亦可參見：《中國大百科全書・戲曲曲藝》卷「餘姚腔」條下說：「其形式爲曲牌聯套體結構的傳奇體製，演唱時不被管絃，只用鼓板。」前揭書，頁549。

《中國戲曲志・浙江卷》〈綜述〉中說：「餘姚腔爲曲牌聯綴體結構，演唱時不被管絃。」前揭書，頁11。

羅海笛〈越腔考〉，《藝術研究》第6輯，總第15輯（杭州：浙江省藝術研究所，1986年12月），頁287～294。

腔，好像也是不用伴奏，而以後場幫腔的一種路子。」是可相互佐證的。

戴不凡〈論迷失了的餘姚腔——從四個餘姚腔劇本的發現談起〉一文〈對餘姚腔的十四點看法〉之第十點中說：「一個有待進一步探討的問題是：餘姚腔究竟有沒有後臺幫唱？」作者觀察《錦箋記》、《蕉帕記》二劇曲文中「合唱」、「眾唱」的情形，得出看法：

> 在餘姚腔本子的「眾」唱處，是指在場眾腳色的合唱（即崑曲的「合唱」），而「合」處，恐怕是由後臺幫著場上腳色的合唱。……可以初步確定餘姚腔是有後臺幫唱的一種戲曲。〔註 23〕

上述這些例子都可看出餘姚腔保有高腔「一唱眾和」、「接和幫腔」的演唱風格。

第四節　餘姚腔與越調、調腔之關係

一、餘姚腔又稱越調

在餘姚腔形成以後，「越調」、「越腔」之名即屢見於文獻之中。餘姚舊屬紹興府，春秋時代越國的都城會稽，即爲今日之紹興。所以，包括紹興在內的浙江東部地區，史家通稱爲「越」。因此，亦有稱餘姚腔爲越調、越腔者。〔註 24〕再者明代南戲聲腔的名稱往往冠以地名，如：海鹽腔、弋陽腔、崑山腔、樂平腔……等，可見，所謂「越調」、「越腔」，顧名思義，即是越地的聲腔曲調，也可視之爲紹興的一種地方戲曲聲腔。〔註 25〕

古代文人用詞遣字多隨其意之所至而爲之，因此同一事物，往往有不同之稱呼，如「越調」，亦有稱「越曲」、「越歌」、「越唱」者，但可加注意者，

〔註 23〕詳見戴不凡的〈論迷失了的餘姚腔——從四個餘姚腔劇本的發現談起〉，《戲曲研究》第 1 輯，前揭文，頁 68。

〔註 24〕關於「餘姚腔又稱越調」，可以參見流沙《明代南戲聲腔源流考辨》〈拾肆、餘姚腔及越調說・一、明代餘姚腔亦稱越調〉一文，前揭書，頁 304～310。羅海笛〈越腔考〉，《藝術研究》第 6 輯，總第 15 輯，前揭文，頁 287～294。

〔註 25〕明清時代的文獻記載中，稱越調者，除了餘姚腔，還有海鹽腔。
海鹽腔的發源地嘉興府在古代爲吳國屬地，而海鹽縣正處於吳越交界地帶。因此，亦有人稱海鹽腔爲越調。事實上，「越」字不過是地方名稱。對於浙江來說，越字既指紹興，同時還可代表浙江。因此要探討餘姚腔的源流問題，必須明確指出所謂的明代的「越調」其實是浙江兩種南戲聲腔——餘姚腔與海鹽腔的代表名詞。詳見流沙《明代南戲聲腔源流考辨》〈拾肆、餘姚腔及越調說・三、越調又指浙江海鹽腔〉，前揭書，頁 322～326。

是這些名詞往往是和「吳歈」連用，二者對等關係是顯而易見的。根據現有史料的考證，越調最早是在明代嘉靖四十四年（西元 1565 年）由徐渭以「越曲」之稱提出，在其〈陳山人墓表〉中有言：

> 海樵山人陳鶴卒之六年，爲嘉靖乙丑。其子……且令予表山人墓。……其所作爲古詩文，若騷賦詞曲，草書圖畫，能效盡諸名家，既已間出己意，工贍絕倫。其所自娛戲，雖瑣至吳歈越曲，綠章釋梵，巫史祝咒，棹歌菱唱……靡不窮態極調。〔註 26〕

陳鶴字鳴埜，號海樵，紹興府山陰人，是明正德、嘉靖年間之一高士，詩文戲曲皆擅長。錢謙益《列朝詩集小傳》「海樵山人陳鶴」條說：

> 鶴，字鳴埜，……其所作爲古詩文，若騷賦詞曲，草書圖畫，能效盡諸名家，間出己意，工贍絕倫。其所自娛戲，瑣至吳歈越曲，綠章釋梵，巫史祝咒，棹歌菱唱……靡不窮態極調。〔註 27〕

文中所謂「吳歈」應是明中葉以後，崑曲之代稱。〔註 28〕而和「吳歈」對舉的「越曲」，自應視之爲越中之戲曲聲腔，而非浙江地區的民歌小調。若如此，在嘉靖年間流行於紹興的餘姚腔，應即此處所謂「越曲」了。

稱「越歌」者，如：與陳鶴同時代的歐大任，他有一首〈伏日同文壽丞徐子與顧汝和飲袁魯望齋中，聽謳者楊清歌〉詩：

〔註 26〕 詳見明・徐渭《徐渭集》卷 26〈陳山人墓表〉（北京：中華書局，1999 年北京第 2 次印刷），頁 641。

〔註 27〕 詳見清・錢謙益《列朝詩集小傳》〈丁集中〉「海樵山人陳鶴」條，錢謙益於此條最後說：「山人卒於嘉靖壬申，又六年乙丑，而文長表其墓。」前揭書，頁 509。

又，傅惜華《明代傳奇全目》卷 6〈崑曲繁盛時期傳奇家作品〉（下），「陳鶴」條下說：「陳鶴，字海樵，浙江山陰（紹興）人。戲曲作品，惟知傳奇一種，未傳。《孝泉記》，《遠山堂曲品》著錄此劇，列入『能品』。」前揭書，頁 239。

〔註 28〕 詳見毛禮鎂〈明清時的昆曲亦稱「吳歈」〉。

衛世誠在〈吳歈不是昆曲，西調亦非秦腔〉一文對「吳歈」是崑曲的說法提出質疑，而主張：「吳歈（即吳歌），是古代江南民間歌謠的總稱。」此文收於《中華戲曲》第 7 輯，（山西師範大學戲曲文物研究所，1989 年 12 月出版），頁 35～40。

毛禮鎂〈明清時的昆曲亦稱「吳歈」〉一文不認同衛世誠之說，他認爲：「由於崑山腔（崑曲）在蘇州的崛起，自明代中葉以後，『吳歈』就成爲崑曲的一個代名詞。我們從明清文人的記載中，查到了大量的史料，說明崑曲亦名『吳歈』，是有歷史根據的。」此文收於《中華戲曲》第 10 輯，（山西師範大學戲曲文物研究所，1991 年 4 月出版），頁 256～260。

葡萄綠酒黃金卮，吳歈越歌多妙詞。歌喉復見薛車子，曲譜似傳楊叛兒。〔註29〕

稱「越唱」者，如：毛甡（字奇齡）紹興府蕭山人，在〈明河篇〉詩中說：

吳謳越唱本超絕，靜對流波一聲徹。繞屋驚翻桂樹烏，滿船涼浸冰壺月。〔註30〕

越調演唱特色如何？是否與餘姚腔相同？如前引傅一臣《蘇門嘯》之《賣情紮囤》第三折〈阻約〉，提到「越調」的演唱形式：

（丑）柏亭兄，我和你各把土腔唱一曲，滿浮大白而散如何？

（淨）所見略同，小弟也有些喉癢了，小惜莫笑。

……

（丑）做便免做。你我總是越調，不比崑腔。取音律全要腔板緊湊，唱和接換，鑼鼓幫扶，最忌悠長清冷。我唱你接，你唱我接。

（淨）勞小惜打一打板，拏鑼來，我打鑼。

（丑）唱【駐馬聽】。

此首【駐馬聽】上有眉批：「此中呂調，用越腔唱，故不必拘板之正。」〔註31〕

傅一臣，字青眉，號無技，別署西泠野史，浙江杭縣（今杭州縣）人。雜劇作品凡十二種，總題曰：《蘇門嘯》，以其作成於姑蘇也。〔註32〕傅一臣的籍貫既鄰近於紹興，他對紹興的地方戲曲應不陌生，加上《蘇門嘯》完成於蘇州，又是餘姚腔流行的地區，那麼他在劇中運用紹興地方流行的餘姚腔是有可能的。《蘇門嘯》今可見於《全明雜劇》，明崇禎十五年（西元

〔註29〕越調有稱「越歌」者，如：與陳鶴同時代的歐大任，廣東順德人，曾任江都縣（今江蘇揚州）訓導，南京工部郎中，他有一首〈伏日同文壽丞徐子與顧汝和飲袁魯望齋中，聽謳者楊清歌〉詩，詳見清・徐釚輯《本事詩》卷3「歐大任」條下，收於杜松柏主編《清詩話訪佚初編》（一），（臺北：新文豐出版公司，民國76年6月臺1版），頁124。

〔註30〕越調有稱「越唱」者，如：毛甡（字奇齡，紹興府蕭山人）〈明河篇〉詩，收於杜松柏主編《清詩話訪佚初編》（一），前揭書，頁478。
流沙《明代南戲聲腔源流考辨》〈拾肆、餘姚腔及越調說・三、越調又指浙江海鹽腔〉中言：「歐大任和毛奇齡等人見到的越歌，應是從揚州到徐州一帶流行的餘姚腔。」前揭書，頁307。

〔註31〕明・傅一臣雜劇《蘇門嘯》卷2《賣情紮囤》第三折〈阻約〉，收於陳萬鼐主編《全明雜劇》（八），【駐馬聽】及其上之眉批，見頁4652。

〔註32〕傅一臣生平，詳見傅大興《明雜劇考》卷2〈後期雜劇家作品〉（臺北：世界書局，民國71年4月3版），頁211。

1642 年）敲月齋刻本，這說明了越調至遲在崇禎十五年，已經在民間流傳和演唱了。

劇中以淨、丑應工，以二人演唱「越調」這種土腔，作爲插科打諢之用。其既稱「土腔」，又言「你我總是越調」，顯然是一種地方戲曲聲腔，而不是南北九宮十三調中的「越調」，徵之於劇中演唱的【駐馬聽】上之眉批：「此中呂調，用越腔唱，不必拘板之正」，其意甚明。這當然不會是指同樣有「越調」之稱的海鹽腔，因爲海鹽腔用官話演唱，是不會自稱「土腔」的；又言「不比崑腔」，因此要「腔板緊湊，唱和接換，鑼鼓幫扶」，而最忌「悠長清冷」。可知此處所指「越調」之演唱風格保持高腔「一唱眾和」的特色，而與講究「流麗悠遠」的崑山水磨調是截然不同。綜合以上幾點，可知此處「越調」，即是餘姚腔。

二、餘姚腔與調腔之關係

調腔，《中國戲曲志・浙江卷》〈劇種〉「調腔」條說：

> 又稱高調、高腔。以紹興、新昌爲中心，流行於紹興、臺州舊府所屬各縣及寧波、舟山、溫州等處的部分地區。早期調腔典雅清麗，細膩感人，後因長期流行於農村，形成粗獷、豪放、雄渾、強烈的藝術風格。清代調腔盛行，班社遍立，後趨衰落，現在只有新昌縣尚能演出。因此，又稱「新昌調腔」或「新昌高腔」，但其聲腔已雜有四平和崑腔了。〔註 33〕

「調腔」之名，今日所知最早見於張岱《陶庵夢憶》「不繫園」條寫道：

> 甲戌（崇禎七年，西元 1634 年）十月，攜楚生住不繫園看紅葉……是夜，彭天錫與羅三、與民（杭州楊與民）串本腔戲，妙絕；與楚生（朱楚生）、素芝（女伶陳素芝）串調腔戲，又復妙絕。〔註 34〕

同書「朱楚生」條寫道：

> 朱楚生，女戲耳，調腔戲耳，其科白之妙有本腔不能得十分之一

〔註 33〕詳見《中國戲曲志・浙江卷》〈劇種〉「調腔」條，前揭書，頁 83。
「新昌高腔」之名，可見於李漢飛編《中國戲曲劇種手冊》「新昌高腔」條：「新昌高腔，原稱『調腔』、『紹興高調』，是浙江省現存較古老的劇種之一。……唱腔包括【調腔】和【四平】（【平調】），並兼唱部分崑曲。」（北京：中國戲劇出版社，1991 年 12 月第 2 次印刷），頁 403～404。

〔註 34〕詳見明・張岱《陶庵夢憶》卷 4「不繫園」條，前揭書，頁 30。

者。蓋四明姚益城先生精音律，與楚生輩講究關節，妙入情理，如《江天暮雪》、《宵光劍》、《畫中人》等戲，雖崑山老教師細細摹擬，斷不能加其毫末也。〔註35〕

張岱，山陰人（今浙江省紹興縣），這些記載反映了明末崇禎年間，調腔流行於紹興的情況，從其文中所述「講究關節，妙入情理」、「雖崑山老教師細細摹擬，斷不能加其毫末也」，可知調腔非凡的藝術成就。

調腔既流行於紹興，與形成於此地的餘姚腔又有何關係呢？張岱文中屢屢以「調腔」和「本腔」對舉，「本腔」又是什麼呢？關於這個問題，學界前賢亦有不同的看法：

1、主張「調腔」即是餘姚腔之遺音，「本腔」即「崑腔」者

如：周貽白《中國戲劇史講座》〈明代戲劇的演出〉：

在明代，除了弋陽腔的發展地區比較廣闊外，其侷限於一省或某幾個地區的戲劇聲調，還有所謂義烏腔（見王驥德《曲律》），調腔（見張岱《陶庵夢憶》「朱楚生」條）……。調腔，今尚存在於浙江紹興一帶地區，其直接根源或當屬於明代中葉曾經流行於江蘇安徽一帶的餘姚腔。我們在第六講裡談到過餘姚腔，曾經推測它也許是不用伴奏，而以後場幫腔的一種路子。調腔既然在明代末年已經出現，而到現在還保持著不用伴奏而以後場幫腔的唱法，那麼，調腔即令不是由餘姚腔轉變而來，以其發源地區而言，其間也當具有一些共通關係吧。〔註36〕

蔣星煜〈從餘姚腔到調腔〉一文中引述張岱《陶庵夢憶》中有關調腔的記載，說：

我們知道當時紹興除了「調腔」之外，尚有所謂「本腔」，把「本腔不能得十一者」與「雖崑山老教師細細摹擬，斷不能加其毫末也。」聯繫起來研究，可知「本腔」即「崑腔」。〔註37〕

他反對清代姚燮《今樂考證》:「越東人呼弋陽腔曰『調腔』。」的說法〔註38〕，

〔註35〕詳見明・張岱《陶庵夢憶》卷5「朱楚生」條，前揭書，頁50。

〔註36〕詳見周貽白《中國戲劇史講座》第七講〈明代戲劇的演出〉，前揭書，頁181～182。

〔註37〕詳見蔣星煜〈從餘姚腔到調腔〉，收於蔣氏《中國戲曲史鉤沈》（河南：中州書畫社，1982年9月第1版），頁59～77。下段蔣氏引文同此。

〔註38〕詳見清・姚燮《今樂考證》〈今曲流派〉，此書收於《中國古典戲曲論著集成》

並舉出《陶庵夢憶》中提到「弋陽腔」的記載〔註39〕，而證明當時的紹興「調腔」與「弋陽腔」是同時存在，「調腔」不是「弋陽腔」是無庸置疑的。那麼「調腔」究竟是什麼呢？可能是「餘姚腔」，或是「弋陽腔」受「餘姚腔」影響而形成的徽池雅調。蔣氏此文專立〈四、調腔是餘姚腔還是徽池雅調〉一節，論述此問題，他說：

> 徽池雅調是弋陽腔從江西進入皖南受了餘姚腔的影響而形成的，這一點研究戲曲史的專家們認為很有可能。因此，我們雖然發現了徽池雅調和調腔在劇本方面有許多共同之點，還應該進一步研究一下：「調腔」是否就是「徽池雅調」呢？或者是更早一些的構成「徽池雅調」的組成部分之一的「餘姚腔」呢？

於是從「調腔」目前的流行地區、「調腔」劇目命名方式、劇本之唱詞等方面作比較，而提出結論：「調腔」就是「餘姚腔」。

此外，羅海笛〈越腔考〉一文之〈四、越腔的歸納〉亦言：

> 越腔：又叫越曲，或稱越調；它既可以作爲餘姚腔的別稱，又可以用來稱呼調腔。在亂彈興起以前，所謂越腔其實就是紹興地方戲曲聲腔的統稱。……綜觀這一條餘姚腔、越腔、調腔參差於內的紹興地方戲曲發展史迹。明顯地反映出「調腔」恰如一條「從餘姚腔過渡到越腔」的鈕帶，把兩者緊密地連在一起。顯然，調腔當是餘姚腔的後裔無疑。〔註40〕

班友書〈明代青陽腔劇本芻議〉一文同意蔣星煜的意見，在文章之「五」中說：

> 餘姚腔的遺響——浙江調腔。調腔流行於紹興、新昌，所以又稱紹興高腔或新昌高腔。〔註41〕

文中引述流沙、萬葉〈各地弋陽腔概況〉中所說：「新昌高腔自餘姚傳入，可能是餘姚腔的餘緒。其聲腔劇本，又與青陽腔接近，同一路子。明末新昌高

十，（北京：中國戲劇出版社，1982年11月第4次印刷），頁19。

〔註39〕詳見明・張岱《陶庵夢憶》卷7「及時雨」條：「壬申七月，村村禱雨，日日扮潮神海鬼，爭唾之。余里中扮《水滸》，且曰：『畫《水滸》者，龍眠、松雪近章侯，總不如施耐庵，但如其面勿黛，如其髭勿鬣，如其兜鍪勿紙，如其刀杖勿樹，如其傳勿杜撰，勿弋陽腔，則十得八九矣。』」前揭書，頁63。

〔註40〕詳見羅海笛〈越腔考〉，前揭文，頁292～293。

〔註41〕詳見班友書〈明代青陽腔劇本芻議〉一文之「五」，《戲曲研究》第27輯，（北京：文化藝術出版社），1988年9月1版，頁241～242。下段引文同此。

腔稱調腔，而明代青陽腔的幫腔也叫調腔。」作爲支持其立論之輔證。

周大風〈實事求是地對待劇種源流問題〉一文亦說：

清代末葉鎮海人姚燮，在他的《今樂考證》中曾說：「越東人呼弋陽腔曰調腔。」後人也很多順著他的論調，誤把今之調腔視作是弋陽腔東流之後的變體，殊不知它正是明四大聲腔之一餘姚腔的遺者（筆者按：者應作音），中間稍受弋陽的影響而已。〔註 42〕

《中國戲曲志・浙江卷》〈綜述〉中說：

明末以後，餘姚腔衰落，不見記載。有人認爲，明末流行於紹興一帶的調腔與餘姚腔關係密切，保留餘姚腔的遺響。……調腔形成並流行於餘姚腔產生之地，亦具有「雜白混唱」特點，自有調腔之名，餘姚腔便不見記載。故有人認爲調腔是餘姚腔的後裔；也有人認爲調腔是曾受餘姚腔影響之青陽腔的倒流。〔註 43〕

同書，又見其釋「本腔」爲「崑腔」：

調腔兼唱崑腔，由來已久。明末張岱的《陶庵夢憶》中就記述了彭天錫等著名演員，既能串本腔（崑腔），也能演調腔。〔註 44〕

以上諸說從流行於紹興一帶的餘姚腔消失之後，調腔遂見流行，並從其相似之演唱風格，而主張調腔就是餘姚腔的遺音。因此，反對姚燮「越東人呼弋陽腔曰調腔」的說法。蔣星煜所舉理由之一，即是：張岱《陶庵夢憶》亦有「弋陽腔」的記載，而可知「調腔」與「弋陽腔」是同時存在，因此肯定地說：「調腔」不是「弋陽腔」這是無庸置疑的。假如蔣星煜這樣的說法合理，那麼在《陶庵夢憶》「朱楚生」條中，亦見「本腔」與「崑腔」並舉，又如何解釋他們堅持「本腔」即「崑腔」的說法呢？若二者果爲同一聲腔，則張岱又爲何要用兩種名稱，徒增困擾呢？二者不同明矣！

2、主張「調腔」是弋陽腔的支派，「本腔」為餘姚腔之說者

如：葉德均〈明代南戲五大腔調及其支流〉之（附）調腔：文中先引述張岱《陶庵夢憶》「不繫園」條及「朱楚生」條，之後說：

驟然看來，「本腔」好像就是崑腔，仔細思考就不然了。先看「調腔」

〔註 42〕詳見周大風〈實事求是地對待劇種源流問題〉，《藝術研究資料》第 1 輯，（杭州：浙江省藝術研究所編），頁 141。

〔註 43〕詳見《中國戲曲志・浙江卷》〈綜述〉，前揭書，頁 11、13。

〔註 44〕詳見《中國戲曲志・浙江卷》〈劇種〉「調腔」條，前揭書，頁 84。

是什麼？清・姚燮《今樂考證・緣起》:「越東人呼弋陽腔曰調腔。」這是說紹興一帶的人早經稱弋陽腔爲調腔。《清稗類鈔》戲劇類也稱「調腔」爲「高調戲」。現在紹興當地也以「調腔」爲「高腔的俗稱」。因此，可以說調腔是聲高調銳用假嗓唱的腔調。現在某些地方戲中稱用本嗓唱的叫「本腔」，稱用假嗓唱的叫「二本腔」。張岱所指的「本腔」，大致也是指用本嗓唱的曲調。如所說不誤，調腔也是弋陽腔的一個支派，本腔可能就是餘姚腔，這還有待於進一步探討。〔註45〕

又如：戴不凡的〈論迷失了的餘姚腔——從四個餘姚腔劇本的發現談起〉一文，在論及《蕉帕記》時明確的提出：

更值得注意的是第八出的雙收明注【本腔雙煞尾】。所謂「本腔」，實即紹興本地腔亦即餘姚腔。……越人張岱記紹興演的戲名「本腔戲」，而本腔戲又是和今天尚在流行的調腔是不同的，則「本腔戲」若非「本地」的餘姚腔是難以說得通的。〔註46〕

同文〈對餘姚腔的十四點看法〉之第三點中說：

有人根據上引《陶庵夢憶》「朱楚生」條……認爲張岱說的「本腔」即崑腔，這是有部分道理的。因爲紹興「本腔」和「崑腔」原就是差不多的；「本腔」可以請崑腔老教師來細細摩擬，這無足爲奇。但「本腔」畢竟不是崑腔的同義語，而實和崑腔同爲南戲正統流派的餘姚腔的又一稱法。

流沙《明代南戲聲腔源流考辨》〈新昌調腔與餘姚腔辨〉一文，反對蔣星煜〈從餘姚腔到調腔〉一文所提出「調腔就是餘姚腔」的看法，認爲調腔原是明代徽池雅調留在浙東的一支，根本不是餘姚腔嫡派後裔。遂就文獻記載、藝人傳說、劇目、音樂唱腔和班底的比較等五方面提出說明，而得出結論：

可以肯定新昌調腔爲安徽傳來的戲曲劇種。當然調腔戲的源頭就是明代徽池雅調，而非出於浙江的餘姚腔。〔註47〕

〔註45〕詳見葉德均《戲曲小說叢考》〈明代南戲五大腔調及其支流〉〈二、各種滾唱腔調的戲曲〉（附）調腔，前揭書，頁63～64。

〔註46〕詳見戴不凡的〈論迷失了的餘姚腔——從四個餘姚腔劇本的發現談起〉，前揭文，頁54。下段引文見頁61。

〔註47〕詳見流沙《明代南戲聲腔源流考辨》〈拾參、新昌調腔與餘姚腔辨・二、調腔非出自餘姚腔〉，前揭書，頁288～296。

那麼，徽池雅調又是什麼呢？流沙書中〈新昌調腔與餘姚腔辨〉一文清楚地說：

> 浙江的新昌調腔既然是徽池雅調系統的劇種，其中包含青陽、四平等腔都和明代的弋陽腔有著密切的關係。因此，徽池雅調作爲高腔戲曲的一個發展階段，不論其唱腔和「一唱眾和」的幫腔形式有何不同變化，只要從聲腔整體上劃分，仍然屬於弋陽腔的範疇。……張岱的《陶庵夢憶》除了提到「本腔」，還特別推崇調腔戲的成就。從調腔與「本腔」比較來看，只有紹興的「本腔」戲才是眞正明代餘姚腔的遺響，所謂「本腔」也就是紹興本地的「高腔」。〔註48〕

關於「本腔」爲何？戴不凡提出的解釋：「所謂『本腔』，實即紹興本地腔亦即餘姚腔。」這是合理的。張岱，山陰人（紹興），稱自己故鄉的土戲爲「本腔戲」是合於情理的。那麼，本腔、調腔與崑腔的糾葛就可以解決了。調腔屬於徽池雅調的系統，在演唱方式上，「一唱眾和」的幫腔形式和弋陽腔有著密切的關係，仍可歸之於弋陽腔系；本腔才是明代餘姚腔的遺響，崑腔當然還是崑腔。

在明代中葉，餘姚腔曾盛行於時，故能與海鹽腔、弋陽腔、崑山腔等並列爲南戲四大聲腔。但它爲什麼衰亡的如此快呢？其中的原因或許是：魏良輔等人將崑山腔改良成水磨調，風行天下，連海鹽腔都難與之匹敵，餘姚腔更不用說了！而更重要的應該是：此時產生於安徽的徽池雅調，正流行於大江南北而有「天下時尚」的讚譽，其聲勢之浩大更甚於崑山腔，徽池雅調進入浙江，自然取代了餘姚腔的地位，餘姚腔便銷聲匿跡了。

〔註48〕詳見流沙《明代南戲聲腔源流考辨》〈拾參、新昌調腔與餘姚腔辨．三、越東人呼弋陽腔曰調腔〉，前揭書，頁296、303。

第肆章　弋陽腔考述

弋陽腔起源於江西弋陽縣（今江西省貴溪縣東北），和其他早期南戲聲腔一樣，都是以地名命名，也是南戲諸聲腔中流傳最廣、最受群眾喜愛的一種聲腔。弋陽縣古屬廣信府（屬江西省，府治上饒，轄上饒、玉山、弋陽、貴溪、鉛山、廣豐、興安七縣，民國二年改為縣），與毗鄰的饒州府（屬江西省，府治鄱陽，轄鄱陽、餘幹、樂平、浮梁、德興、安仁、萬年七縣，民國廢），同是通往浙、皖、閩的要衝。南宋建都臨安，與西南諸省的聯繫、商業往來和藝術交流，贛東北地區是其必經之途。這樣的地理位置就為南戲在南宋淳祐年間先後傳入江西的贛東北和贛中地區創造了條件。（詳見前引宋・劉塤《水雲村稿・詞人吳用章傳》）此外，江西物產資源豐富，手工業發達，如隸屬於饒州府的景德鎮，即為全國首屈一指的陶瓷業中心，經濟的發達，使山西商人成為馳名全國的商幫，所謂「戲路隨商路」，又為弋陽腔的流播提供了有利的條件。

明初，寧憲王朱權分封於江西南昌，由於王室相互傾軋，朱權韜光避禍，寄情於戲曲，對江西地方戲曲的繁盛自有重要的影響。〔註 1〕江西地方戲曲之盛，可再從陸采（西元 1497～1537 年）《冶城客論》「江斗奴」條下所說看出：

〔註 1〕詳見清・錢謙益《列朝詩集小傳》〈乾集下〉，「寧獻王朱權」條下說：「洪武二十四年冊封，之國大寧，文皇帝踐祚，改封南昌……。晚年深自韜晦，……江右俗故質樸，儉於文藻，士人不樂聲譽。王弘獎風流，增益標勝……凡群書有秘本，莫不刊佈國中。……古今著述之富，無逾王者。」前揭書，頁 6～7。

> 齊亞秀者，京師名倡也，……晚年有瞽疾，其女曰江斗奴，以色藝有名。……江斗奴演《西廂記》于勾欄，有江西人三日觀，觀畢，登場呼斗奴曰：「汝虛得名耳！」指其曲謬誤，並科段不合者數處，斗奴恚，留之。……而斗奴不測，以告其母，亞秀曰：「此非江右人，定是相戲。」明旦設酒延坐，……客乃抱琵琶而歌，方吐一聲，亞秀即曰：「乞食漢非濟寧王教師耶？何以紿我。」……命斗奴拜之，留連旬日而去。〔註2〕

文中所述，不僅看到江西雜劇藝人的藝術成就，也可看出他們已活動於省外各地，如濟寧王府的雜劇教師就是來自江西。

第一節　弋陽腔的淵源與形成年代

一、弋陽腔的淵源

關於弋陽腔的淵源，向有數說。

（一）宋元南戲流播各地，產生地方化

主張此說之學界前賢，如：張庚、郭漢城《中國戲曲通史》〈崑山腔與弋陽諸腔戲〉中，論及從明初至嘉靖年間戲曲的發展情況，引述魏良輔《南詞引正》、祝允明《猥談》之說，而言：

> 四大聲腔的形成，是南戲藝人在當地適應群眾的需要，與當地語言、民間藝術相結合，進而逐步變化而來的。每種聲腔以它形成的地方命名，也說明它們已經變化為一種獨立的劇種。……弋陽腔產生於江西。〔註3〕

余從《戲曲聲腔劇種研究》〈戲曲聲腔・昆山腔與弋陽腔及其腔系〉中說：

> 弋陽腔，是南曲戲文在江西弋陽生發出來的地方聲腔，至遲在元代後期已經出現，明清兩代則廣為流布。〔註4〕

〔註 2〕詳見明・陸采《冶城客論》「江斗奴」條，此書收於《四庫全書存目叢書》子部第246冊，（臺南：莊嚴文化事業有限公司，1995年9月初版），頁649～650。

〔註 3〕詳見張庚、郭漢城《中國戲曲通史》（第二冊）第三編〈崑山腔與弋陽諸腔戲〉第七章〈綜述〉第一節〈本時期內戲曲發展的概況〉，前揭書，頁2。

〔註 4〕詳見余從《戲曲聲腔劇種研究》〈戲曲聲腔・昆山腔與弋陽腔及其腔系〉，前揭書，頁121。

二者之意：南戲四大聲腔的形成，是宋元南戲流播各地，融合當地方言土語、民間曲調而逐漸形成的，其中弋陽腔即是南戲在江西弋陽產生的新腔調。

筆者以爲這是南戲四大聲腔形成的相同情況，冠以地名，正藉此強調其各具特色之地方色彩。

（二）南戲受目連戲、連臺戲之影響

此說之意爲以宋元南戲，受民間目連戲及通俗文學之影響，進而產生不少連臺戲劇目，藝術特色鮮明的弋陽腔，至此才眞正形成。

主張此說者，如：李漢飛編《中國戲曲劇種手冊》「弋陽腔」條說：

> 我國戲曲由宋元南戲過渡到明傳奇階段，最早出現在江西的聲腔。（據《猥談》所記大約在十六世紀初形成）……江西弋陽腔，繼承著南戲的優秀傳統，沿著民間戲曲的發展道路，以其獨特的藝術風貌，自成一派。……明、清兩代的戲劇家，說它是南方歌詞，曲高調喧，金鼓雜鬧，聲震雲端，所以它的俗名又叫「高腔」。……它的劇目多脫胎於目連戲文，復受話本、小說影響，並集以家喻户曉的神話傳說和歷史故事爲其題材內容，從而創造了一種連臺大戲的演出方法。〔註5〕

《中國戲曲志・江西卷》〈綜述〉中「明代的戲曲活動」中說：

> 江西經濟的繁榮爲戲曲的發展創造了有利條件。……元末明初，南戲在江浙及江西等地發生了一次重大變化，在江西產生了弋陽腔。……江西崇奉道教歷來很盛。明朝開國之初，朱元璋即封龍虎山的張天師爲全國道教總管。南昌的朱權和張天師關係甚密，……佛教亦然，江西對世稱禪宗六祖大師的惠能禪作了重大發展，……而佛禪的唱贊和天師道的經腔，對弋陽腔的形成有很大影響。南戲《目連戲文》流入江西之後，受到了贛東北一帶市民及農村廣大群眾的喜愛與歡迎，同時，也引起了佛道兩教的關注，並積極組織搬演。……弋陽腔就是在這種客觀環境和佛道兩教的搬演過程中逐漸形成。弋陽縣目連班，在長期的演出中，由於受到了我國通俗文學的影響，其劇目發展選擇了另一條道路，在編演結構方面深受《目

〔註5〕詳見李漢飛編《中國戲曲劇種手冊》〈江西省〉「弋陽腔」條，前揭書，頁433～437。

連戲文》影響。從而在劇目上形成以連臺本戲爲其基本特點。〔註6〕

流沙在《明代南戲聲腔源流考辨》〈弋陽腔中的目連戲〉中說：

按照這段文字記載（魏良輔《南詞引正》），弋陽腔產生年代最早可以推到元代末年。……根據考察，這種判斷是難以成立的。因爲由南戲變成的弋陽腔，中間還有個目連戲爲其過渡。也就是說弋陽腔最早是專演南戲的目連戲，經過發展再由目連戲變成弋陽腔。……屬於佛教一派的目連班，因爲客觀發展上的需要，在元代末年便由業餘轉變爲專業班社。這種歷史性的轉變，才使江西目連戲步入弋陽腔的萌芽時期。〔註7〕

流沙在該文之〈連臺本戲與弋陽腔的產生〉中又說：

根據魏良輔《南詞引正》推斷，明代永樂之後的江西目連戲，由於受到通俗文學的影響，在其劇目發展上選擇另外一條路，變成以搬演連臺本戲爲特徵的劇種。這種戲曲將長篇小說或民間流傳的歷史和靈怪故事，大量地搬上舞臺，使演出成果極爲豐富。同時又在繼承南戲的音樂唱腔基礎上創造了一種新聲。……這種連臺本戲的出現，標誌著南戲的弋陽腔終於在江西誕生。……弋陽腔在江西產生，……元代北曲雜劇南來尤其是個重要因素。……弋陽腔，不僅受通俗文學影響，而且借助北曲雜劇的舞臺演出，使其走上搬演歷史故事的發展道路，這就是連臺本戲形成的主要原因。

此派說法可視爲上一說「弋陽腔是宋元南戲流播各地，產生地方化」之延伸發展，且更嚴謹。他們關注的不僅止於「聲腔」的演變，更從弋陽腔的產生地——江西，這個地區特有的文化背景及宗教信仰來作多方面的思考，並以戲班搬演之劇目作爲佐證。於是在論述弋陽腔的淵源時，看到了一個過渡階段，即目連戲班對它的影響，通俗文學給它的滋養，加上長期的舞臺實踐，因而形成連臺大戲，弋陽腔至此眞正形成。

〔註 6〕詳見《中國戲曲志・江西卷》〈綜述〉（中國戲曲志編輯委員會，北京：中國ISBN中心出版，1989年10月北京第1版），頁11～14。

〔註 7〕詳見流沙在《明代南戲聲腔源流考辨》〈壹、從南戲到弋陽腔・二、弋陽腔中的目連戲〉、〈三、連臺本戲與弋陽腔的產生〉，前揭書，所引兩段引文見頁006～017；018、027～028。

林鶴宜《晚明戲曲劇種及聲腔研究》上編〈晚明戲曲劇種研究〉第一章〈晚明戲曲劇種考釋・第二節〈華中地區〉（江西省）【弋陽腔】條之註44，亦採其說，可參看之。前揭書，頁26。

（三）源自北方之曼綽

葉德輝《重刊秦雲擷英小譜・序》中說：「崑山、弋陽同爲金元北曲變體。」〔註8〕嚴長明《秦雲擷英小譜・小惠傳》：「演劇昉於唐教坊梨園子弟，金元間始有院本。院本之後，演而爲曼綽（俗稱高腔，在京師者稱京腔），……曼綽流於南部，一變爲弋陽腔，再變爲海鹽腔。」

此二說抱持著先有北曲雜劇，而後有南曲戲文之觀念，因而以「崑山、弋陽同爲金元北曲變體。」就戲曲發展史而論，南曲不必等北曲衰微而後發生，早成定論，二說謬誤，明顯可見。又言「曼綽流於南部，一變爲弋陽腔，再變爲海鹽腔。」更爲錯誤。因爲，弋陽腔與海鹽腔並存於明代嘉靖年間，弋陽腔流行於民間，海鹽腔爲文人士夫所喜，同爲當時最受歡迎的兩大聲腔，其同源出於南戲，因流播各地而有不同聲腔產生，豈如嚴長明所謂「弋陽腔，再變爲海鹽腔。」葉德輝、嚴長明二人不明戲曲聲腔之發展概況，謬誤之說，本可置之不論；但其文中提到了「曼綽」，卻引起了學者們的關注。

關於「曼綽」的討論，如：王古魯《明代徽調戲曲散齣輯佚》〈引言・弋陽腔與其他腔調的關係〉中說：

> 要追溯它（弋陽腔）的起源呢？……假使《秦雲擷英小譜》嚴長明《小惠傳》所記：「金元間有院本，……院本之後，演而爲曼綽（原註：俗稱高腔，在京師者，稱京腔。），爲絃索。曼綽流於南都，一變而爲弋陽腔，再變爲海鹽腔。絃索流於北部，安徽人歌之爲樅陽腔（原註：今爲石牌腔，俗名吹腔。），湖廣人歌之爲襄陽腔，陝西人歌之爲秦腔。……」可以憑信，它的來源可遠溯到金元。弋陽腔當傳自北方，流傳到南方之後，因爲善於「錯用鄉語」，可以迎合四方士客，它必然也和當地南戲融合起來。〔註9〕

周貽白《中國戲劇史長編》〈傳奇的格律與聲腔〉中，引嚴長明《秦雲擷英小譜・小惠傳》之後說：

> 「曼綽」，不明何義，亦不知所據何書，或謂即「蒜酪」，則「蒜酪」

〔註8〕清・葉德輝《重刊秦雲擷英小譜・序》、嚴長明《秦雲擷英小譜・小惠傳》，轉引自金寧芬《南戲研究變遷》（天津：天津教育出版社，1992年5月第1版），頁67。

〔註9〕詳見王古魯輯錄《明代徽調戲曲散齣輯佚》〈引言・弋陽腔與其他腔調的關係〉（上海：上海古典文學出版社，1956年6月第1版），頁13～14。

> 實指北曲之氣質，其注作「高腔」，似即「高腔」之舊稱。所謂「爲弦索」，亦即指元雜劇之伴奏，然則「弋陽腔」當傳自北方了。「再變爲海鹽腔」，則似本上引湯范二氏之說。但「弋陽腔」僅有金鼓鐃鈸之類以按節拍，并無管弦伴奏，其尾音用多人隨和，尤非他種腔調所有。最古的淵源，似即起於「徒歌」，其接唱尾音，又似「相和歌」中《董逃歌》之類。接近於戲劇及歌唱者，則爲唐代的「踏搖娘」及「竹枝」、「採蓮」等歌，其近因當即當南戲尾段的合唱而來。《燕京歲時記》云：「高腔者，有金鼓而無絲竹，慷慨悲歌，乃燕土之舊俗也。」然則「弋陽腔」縱非出生北地，亦必早經流傳到了北方。「海鹽腔」既曾經過北曲的陶冶，因而被認爲是由「弦索」而轉變，假使「曼綽」即爲「高腔」之說可靠，則「弋陽腔」這種唱法當早起於宋元之交了。〔註 10〕

周貽白不明「曼綽」之意，推測其或即所謂「蒜酪」。「蒜酪」一詞，可見於焦循《劇說》中引徐又陵《蝸亭雜記》之說。〔註 11〕他認爲嚴長明「弋陽腔，再變爲海鹽腔」之說，應是受湯顯祖〈宜黃縣戲神清源師廟記〉中說：「至嘉靖而弋陽之調絕，變而爲樂平，爲徽、青陽。我宜黃譚大司馬綸聞而惡之，自喜得治兵於浙，以浙人歸教其鄉子弟，能爲海鹽聲。」及范濂《雲間據目抄》〈記風俗〉中說：「戲子在嘉、隆交會時，有弋陽人入郡（松江，今江蘇省松江縣）爲戲。……其後漸覺醜惡，弋陽人復學爲太平腔、海鹽腔以求佳。」但二說都只可視爲弋陽腔在流播的過程中所發生的一些現象，實不能由此斷言海鹽腔乃弋陽腔所演變而來的。因之周氏遂將弋陽腔最古之淵源，推至「徒歌」，若就戲劇及歌唱而論，則爲唐代的「踏搖娘」及竹枝、採蓮等歌。他認爲海鹽腔雖曾受過北曲的陶冶，卻不能說是由北曲所變化而來，因此說「假使『曼綽』即爲高腔之說可靠，則弋陽腔當早起於宋元之交了。」而事實上，他是主張海鹽腔淵源於南宋時期的張鎡，到了元代，又經楊梓、貫雲石、鮮於去矜等北曲作家的改革，而更趨完善。（詳第貳章）

張庚、郭漢城《中國戲曲通史》〈弋陽腔的形成、發展與演變〉中說：

〔註 10〕詳見周貽白《中國戲劇史長編》第五章〈明代傳奇〉第十六節〈傳奇的格律與聲腔〉（上海：上海書店出版社，2007 年 4 月第 1 版），頁 303。

〔註 11〕清‧焦循《劇說》中引徐又陵《蝸亭雜記》之說：「嘉隆間，松江何元朗畜家僮習唱，一時優伶俱避舍，然所唱俱北詞，尚得蒜酪遺風。」收於《中國古典戲曲論著集成》八，前揭書，頁 89。

從明代有關弋陽腔形成的材料看，可以明確弋陽腔來自南曲聲腔的演變，是從南戲基礎上發展、形成的劇種。可是，從清人嚴長明《秦雲擷英小譜・小惠傳》中，又可以看到關於弋陽腔來源的另一種見解。……這種把弋陽腔說成來自北方「曼綽」，即高腔的見解，雖然尚不知其所據，……但是也說明北曲雜劇與弋陽腔的關係，已經早成爲人們注意的題目了。弋陽腔形成的地區——江西，於元末明初是北曲雜劇流行的重要地區，元代始創南北合套的作家沈和，居於江州；明永樂時改封於南昌的寧憲王朱權，在此大力提倡北曲，編撰雜劇，組織王府戲班，自然會對民間戲曲產生影響。……弋陽腔演出的劇目中，有些由北雜劇改編而來，也還有一些雜劇形式演出的事，……。上述這些情況，是弋陽腔曾受北曲雜劇影響和吸收、繼承北曲的一些跡象，至於北曲雜劇和弋陽腔的關係究竟如何？弋陽腔是否來源於北方？則尚待研究。〔註12〕

文中雖然對「曼綽」一詞之來源未能有明確的論證，但卻從「曼綽」來自北方及江西爲北曲雜劇重鎮兩個層面，提出弋陽腔是否淵源於北曲的問題？

關於弋陽腔與北曲的關係，葉德均〈明代南戲五大腔調及其支流〉一文之〈弋陽腔〉中說：

弋陽腔除吸收滾唱外，又吸收了北曲作它的附庸。嘉靖以來，北曲的雜劇在南方雖漸漸消沈，但北曲仍然是存在的。因此，弋陽腔也兼演唱北雜劇，和（筆者按：應作如）萬曆間陳與郊《義犬記》第一齣記弋陽伶人演「舊雜劇」有《鴻門宴》、《儀鳳亭》、《黃鶴樓》三種，就是明證。清李漁《閒情偶寄》卷一〈音律〉記清初弋陽伶人還能兼唱《西廂記》雜劇，清孔尚任《桃花扇》續四十齣〈餘韻〉用弋陽腔唱北曲雙調【新水令】「山松野草帶花挑」一套，都是繼承明代兼唱雜劇和北曲的遺風。由於北曲和弋陽腔同是行腔迅速，所以用弋陽腔唱北曲也能勝任。〔註13〕

曾師永義〈北曲格式變化的因素〉一文中，論及北曲的「增句」具有「滾白」、

〔註12〕詳見張庚、郭漢城《中國戲曲通史》第二冊，第三編〈崑山腔與弋陽諸腔戲〉第七章〈綜述〉第三節〈弋陽腔的形成、發展與演變〉，頁26之註釋，前揭書，頁26。

〔註13〕詳見葉德均《戲曲小說叢考》〈明代南戲五大腔調及其支流〉一文之〈一、明代五大腔調・四、弋陽腔〉，前揭書，頁36。

「滾唱」性質，也提到弋陽腔與北曲的關係：

> 所謂「滾白」或「滾唱」，其實是弋陽腔的專有名詞。……弋陽腔在明代流布得很廣，而且包容力很大，學者甚至認爲它傳自北方，其來源可以遠溯到金元。也因此筆者懷疑北曲中的「增句」應當和弋陽腔的「滾白」和「滾唱」有類似的關係。……也因此筆者以「滾白」和「滾唱」來釋北曲的增句。〔註 14〕

李殿魁：〈「滾調」再探〉一文亦說：

> 目前流行於浙江的臺州高腔的演出本，四折一楔子，每折戲唱同一宮調的一套曲子的方法，均和元雜劇相同。並且李子敏先生在五〇年代整理黃岩（今臺州）亂彈傳統音樂時意外地發現在臺州亂彈的高腔劇目中竟保著元雜劇《漢宮秋》中〈遊宮〉、〈見（餞）別〉殘段。……這個資料也可補充弋陽腔與北雜劇之關係。〔註 15〕

弋陽腔演唱北曲，可視爲南曲戲文在發展過程中，吸收北曲以豐富、提昇其藝術技巧的一個手段。至於滾調本爲弋陽腔的主要特色之一，尤其是夾雜於曲文之中的「滾唱」，其結構與音樂性質都和北曲的「增句」相似。因此，可以說，弋陽腔受北曲「增句」之影響而產生滾調，但若說弋陽腔淵源於北曲，則不免以偏蓋全，失之允當了。

（四）淵源於秧歌

此說僅見於葉德均〈明代南戲五大腔調及其支流〉一文之〈弋陽腔〉中，葉德均先提出弋陽腔之特色，再就此特色考察它的起源：

> 第一是幫合唱。幫合唱是起源於勞動歌。……弋陽腔的幫合唱法，就是導源於勞動歌，但它不是淵源於打號子一類的歌，而是源出秧歌。……它們（秧歌戲）發展過程的基本規律是：(一) 先有秧歌，然後在秧歌的基礎上發展爲集體歌的秧歌隊舞（名稱不一定都叫秧歌）；再由秧歌隊舞發展爲秧歌戲。(二) 或是由秧歌直接發展爲秧歌戲。弋陽腔戲曲的形成，也不出這兩條規律以外。

〔註 14〕詳見曾師永義〈北曲格式變化的因素〉，此文收於曾師永義《說俗文學》，前揭書，頁 337～339。

〔註 15〕詳見李殿魁〈「滾調」再探〉一文之〈二、各家論述〉，(「明清戲曲國際研討會」論文，中央研究院中國文哲研究所籌備處，民國 86 年 6 月 10～11 日)，頁 5。

第二是鑼、鼓幫襯。當農民集體在田中插秧合唱秧歌時，一般是用鑼、鼓節歌、送歌，經常是不用管、弦樂器。因此，鑼、鼓和秧歌有不可分割的聯繫；而且在往日農村的具體環境中，用鑼、鼓的打擊樂器才能把音響傳到遠方，使參加插秧的人們都聽到響亮的聲音。……它（弋陽腔）發展爲正式戲曲進入城市後，還繼續用鑼、鼓，不加入管、弦樂器，因而也就繼續用乾唱方式。

弋陽腔流傳到清代乾隆間還保存「秧腔」的別名。……「秧腔」就是「秧歌腔」的簡稱，從它的來源和唱腔而得名。既然弋陽腔有秧腔的別名，更可證明它是導源於秧歌。總之，從它的本質和現象兩方面考察，都可證明弋陽腔源出於秧歌。〔註 16〕

葉氏認爲弋陽腔本是江西的地方戲，因其和秧歌都具有幫合唱、乾唱、鑼鼓幫襯的特點，而以秧歌爲弋陽腔之淵源。

但事實上，秧歌是普遍流行於農村的一種歌謠，是農民插秧時，藉以鼓舞精神所唱的歌。〔註 17〕南戲流播四處，吸收各地民間歌謠，除了融入當地風土民情以取得觀眾之認同外，也藉此豐富自身的藝術形式。南戲到了江西吸收了秧歌，並將之消化成爲自身之特色，就聲腔之流播而言，實爲正常現

〔註 16〕詳見葉德均《戲曲小說叢考》〈明代南戲五大腔調及其支流〉一文之〈一、明代五大腔調·四、弋陽腔〉，葉氏此段結論又說：「明代弋陽腔發展的歷史是：（一）弋陽腔起源於秧歌，後來才發展成戲曲，最晚在正德間（1506～1521）已經流行。它只用鑼、鼓節制，不用管、弦樂。又繼承秧歌一唱眾和的幫合唱，由後行眾人幫和。（二）當嘉靖間青陽、太平等腔滾唱興盛時，弋陽腔隨著也用滾唱，因而得到發展。這一階段約起於嘉靖中葉到崇禎末（1547 左右～1644）的一百年。（三）後來由於滾唱衰微，它又繼續用幫合唱。這階段約開始於清初（1644 左右）直到現在的高腔戲，共約三百年。它雖經過兩次變化，除了清代後期以外，基本上都沒有改變乾唱方式。」前揭書，頁 30～33、37～38。

〔註 17〕關於秧歌的解釋可參考：楊蔭瀏《中國古代音樂史稿》第 4 冊第三十一章〈歌舞音樂〉【秧歌】下說：「【秧歌】原始的「秧歌」形式與農民的耕作勞動直接相關。清·李調元《南越筆記》（有乾隆年間刊本）卷十六說：『農者每春時，婦子以數十計，往田插秧。一老撾大鼓。鼓聲一通，群歌競作，彌日不絕，是曰秧歌。』在這裡，農民們利用「秧歌」來鼓舞自己集體的勞動生活。」前揭書，頁 101。
《中國大百科全書·戲曲曲藝》「秧歌戲」條下說：「戲曲劇種，又稱秧歌劇。來源於農民插秧時所唱的歌曲，它和採茶歌、山歌、漁歌一樣，是勞動群眾的創造。」前揭書，頁 527。

象。因此，筆者以爲：關於弋陽腔源出於秧歌的說法，視爲弋陽腔發展過程中的一個階段，似較將其定爲淵源之說，更爲圓融。

二、弋陽腔的形成年代

關於弋陽腔的形成年代，亦有數說。

（一）形成於宋元之際

主張此說之學者依憑的資料爲：魏良輔《南詞引正》中所說：

> 腔有數樣，紛紜不類。各方風氣所限，有昆山、海鹽、餘姚、杭州、弋陽，自徽州、江西、福建，俱作弋陽腔。永樂間，雲、貴二省皆作之，會唱者頗入耳。〔註18〕

錢南揚《戲文概論》〈三大聲腔的變化〉中曾概括地說：「在宋代即有海鹽、餘姚、弋陽三大聲腔的產生。」同章〈弋陽腔及其支裔〉中，則據魏良輔之說，而言：

> 弋陽腔在明初永樂間，已流傳到雲南、貴州，可以推想它發生時代之早。自從戲文傳到弋陽，漸漸發展變化成爲新腔，新腔又成長壯大，漸漸向外傳播，一直達到雲南、貴州，必須有一段相當長的時間。推想它發生的年代，至遲應在宋元之間。〔註19〕

類似之說，尚可見於：劉念茲《南戲新證》〈長江流域的聲腔系統・(3) 弋陽腔〉下說：

> 它的產生和餘姚腔一樣，也應在宋元時期，到明中葉，已流傳很廣了。〔註20〕

余從《戲曲聲腔劇種研究》〈戲曲聲腔・昆山腔與弋陽腔及其腔系〉中說：

> 弋陽腔，是南曲戲文在江西弋陽生發出來的地方聲腔，至遲在元代後期已經出現，明清兩代則廣爲流布。〔註21〕

《中國戲曲志・江西卷》〈綜述〉中「明代的戲曲活動」說：

〔註18〕詳見明・魏良輔《南詞引正》，此爲金壇曹含齋於嘉靖丁未（二十六年，1547）所敘，今見於路工《訪書見聞錄》之〈附錄〉，前揭書，頁239～240。

〔註19〕詳見錢南揚《戲文概論》〈源委第二〉第四章〈三大聲腔的變化〉第一節〈一個變化的實例〉、第四節〈弋陽腔及其支裔〉，前揭書，頁46、67。

〔註20〕詳見劉念茲《南戲新證》第四章〈南戲的流變〉第二節〈幾種聲腔的流變〉〈一、長江流域的聲腔系統・(3) 弋陽腔〉，前揭書，頁51～54。

〔註21〕詳見余從《戲曲聲腔劇種研究》〈戲曲聲腔・昆山腔與弋陽腔及其腔系〉，前揭書，頁121。

> 元末明初，南戲在江浙及江西等地發生了一次重大變化，在江西產生了弋陽腔。祝允明《猥談》……又據魏良輔《南詞引正》：「……自徽州、江西、福建具作弋陽腔；永樂間，雲貴兩省皆作之。」可知弋陽腔產生的年代，至遲當在明永樂年間。〔註22〕

以上四說，皆據《南詞引正》中：「永樂間，雲、貴二省皆作之，會唱者頗入耳。」作爲推論之依據。形成於江西弋陽的弋陽腔既能遠播至雲南、貴州，且「會唱者頗入耳」，則必非聲腔形成初期所能致，故而推想其年代應在宋元之際，而以正德年間爲下限。

對於弋陽腔形成於宋元之際的這種說法，流沙在《明代南戲聲腔源流考辨》〈弋陽腔中的目連戲〉提出了反對意見：

> 根據考察，這種判斷是難以成立的。因爲由南戲變成的弋陽腔，中間還有個目連戲爲其過渡。……而明初永樂年間進入雲南、貴州的弋陽腔，按照以上這些情況來看，只能是目連戲階段所唱的高腔。這種高腔因其具有江西地方特點，才被後人稱爲弋陽腔。……我們將元末明初以高腔演出的目連戲，劃作江西弋陽腔的萌芽階段是有根據的。〔註23〕

林鶴宜《晚明戲曲劇種及聲腔研究》〈晚明戲曲劇種考釋〉【弋陽腔】條下，則融合錢南揚及流沙的看法，他說：

> 【弋陽腔】：又稱弋腔。元代時起源於弋陽一帶，但其發展爲獨立成熟的劇種，則應該在明初以後。嘉靖年間，已經流傳到兩京、湖南、廣東、福建、安徽、雲南、貴州等地。〔註24〕

流沙與林鶴宜二說相似，他們對於弋陽腔「起源於宋代」之說，都持保留態度，因爲該說忽略了目連戲及連臺戲對弋陽腔之影響。因此，二人將入元後受目連戲及連臺戲影響之時期，視爲弋陽腔之萌芽階段；入明，方爲成熟之劇種；至嘉靖年間，則已壯大且流播四方，成爲廣受百姓歡迎之聲腔劇種。

〔註22〕詳見《中國戲曲志·江西卷》〈綜述〉中「明代的戲曲活動」，前揭書，頁12。

〔註23〕詳見流沙《明代南戲聲腔源流考辨》〈壹、從南戲到弋陽腔·二、弋陽腔中的目連戲〉，前揭書，頁007～008。

〔註24〕詳見林鶴宜《晚明戲曲劇種及聲腔研究》上編〈晚明戲曲劇種研究〉第一章〈晚明戲曲劇種考釋〉第二節〈華中地區〉{江西省}【弋陽腔】條及此條之註釋，前揭書，頁26、36。

（二）形成於成化、正德年間

主張此說者多據祝允明《猥談》「歌曲」條：「數十年來，所謂南戲盛行……今遍滿四方，輾轉改益，又不如舊，而歌唱愈謬，極厭觀聽，蓋已略無音律腔調。愚人蠢工徇意變更，妄名……『弋陽腔』之類。」之說而論。如：葉德均〈明代南戲五大腔調及其支流〉一文之〈弋陽腔〉中說：

> 弋陽腔……據祝允明的記載，它在正德間（1506～1521）已經流行，其起源最晚也是那個時候。〔註25〕

張庚、郭漢城《中國戲曲通史》〈崑山腔與弋陽諸腔戲〉中說：

> 據祝允明《猥談》記載……祝允明，蘇州長洲人，生於天順四年（1460），卒於嘉靖五年（1526）……我們從他的議論中倒可以看到，在他生活的時期，已經形成了南戲的四大聲腔。〔註26〕

廖奔《中國戲曲聲腔源流史》〈南戲諸腔調述略〉中，據祝允明《猥談》之說，而言：

> 把餘姚、海鹽、弋陽、崑山四處地方流行的南曲戲文，統稱作「某某腔」，這卻是首次見於記載。祝允明卒於嘉靖五年（西元 1526 年），因此上述四種南曲腔調的興盛，很可能是弘治、正德年間（西元 1488～1521 年）的事。成化二年（西元 1466 年）中進士的陸容在寫《菽園雜記》時還沒有明確的腔調概念，我們看他甚至對歷代歌工疊出的吳中——崑山連提都不提，也沒有提到弋陽，這恰可以作爲弘治前南戲變體腔調尚未明確形成的反證。〔註27〕

關於弋陽腔的形成時間，上述二說「形成於宋元之際」、「形成於成化、正德年間」皆是就其所見資料來推論，因而出現不同的看法。對此問題如果我們從南宋度宗咸淳年間，永嘉雜劇已經流播至江西南豐的歷史事實來作考察，則南戲已在當地流行，劉塤〈詞人吳用章傳〉中所述「淫哇盛，正音歇」之句，則可看出當時永嘉戲曲盛行之況。弋陽亦屬江西，應不至全然不受影

〔註25〕詳見葉德均《戲曲小說叢考》〈明代南戲五大腔調及其支流〉一文之〈一、明代五大腔調‧四、弋陽腔〉，前揭書，頁28。

〔註26〕詳見張庚、郭漢城《中國戲曲通史》第2冊，第三編〈崑山腔與弋陽諸腔戲〉第七章〈綜述〉第一節〈時期內戲曲發展的概況〉，前揭書，頁1～2。

〔註27〕詳見廖奔《中國戲曲聲腔源流史》第二章〈南曲單腔變體勃興〉第二節〈南戲諸腔調述略〉〈一、成化、正德年間（西元1456～1521年）產生的腔調〉，前揭書，頁56～57。

響。入元，受目連戲及民間通俗文學之影響，在情節上得到很大的豐富，並深受觀眾喜愛，於是開始流播，魏良輔所說「永樂間，雲、貴二省皆作之，會唱者頗入耳。」應即是此種現象。而祝允明因不喜南戲，故多所批評，但不爭的事實，卻是「南戲盛行」、「遍滿四方」，四大聲腔已流行於世，此正德年間之事也。

可知，弋陽腔在永樂間已見流播，它的形成必不晚於此時，正德年間聲勢日大，使得北曲之擁護者祝允明不得不大加批判，以期挽回北曲於當時劇壇之主流地位。

第二節　弋陽腔的流播及其腔系

一、弋陽腔的流播概況

據前引祝允明《猥談》「歌曲」條之記載可知，弋陽腔在正德年間已經廣爲流行。從魏良輔《南詞引正》中：「弋陽，自徽州、江西、福建，俱作弋陽腔。永樂間，雲、貴二省皆作之，會唱者頗入耳。」、徐渭《南詞敘錄》中：「唱家稱『弋陽腔』，則出於江西、兩京、湖南、閩、廣用之。」及范濂《雲間據目抄》〈記風俗〉中：「戲子在嘉、隆交會時，有弋陽人入郡（松江）爲戲。」（詳下）等資料之記載，可知在嘉靖年間，弋陽腔已從其發源地江西向四周流播，包括今之安徽、浙江、江蘇、湖南、湖北、福建、廣東、雲南、貴州以及南京、北京等地。因其保持戲文原有的長處，文辭通俗易懂，聲調高亢，適於農村廣場中演出，加上「錯用鄉語」的特色，更使它受到廣大群眾的歡迎，與「用官語演出」而爲文人士夫所喜愛的海鹽腔，同爲當時劇壇最爲盛行的兩大聲腔。此點由以下兩段資料，即可略見端倪。

范濂《雲間據目抄》〈記風俗〉：

> 戲子在嘉、隆交會時，有弋陽人入郡（松江，今江蘇省松江縣）爲戲。一時翕然崇高，弋陽人遂有家於松者。其後漸覺醜惡，弋陽人復學爲太平腔、海鹽腔以求佳，而聽者越覺惡俗。故萬曆四、五年（1576、1577）末，遂屏跡，仍尚土戲。近年上海潘方伯，從吳門購戲子頗雅麗，而華亭顧正心、陳大廷繼之，松人又爭尚蘇州戲，故蘇人鬻身學戲者甚眾。又如女旦、女生，插班射利，而本地子戲

十無二三矣，亦一異數。〔註 28〕

松江府是明代棉紡織業中心，在這手工業和商業繁榮的城市，自然有利於戲曲的流行。弋陽班社進入松江府後，因其具有通俗熱鬧的特色，受到觀眾歡迎，「一時翕然崇高」，可見風靡之盛況。他們最初演唱弋陽腔，但為適應當地的語言，便改學太平腔、海鹽腔者。這正是弋陽腔為了爭取觀眾，迎合市場需求的作法，只是效果不佳，反而令人嫌惡，因之「仍尚土戲」。此處所謂「土戲」，必然不同於弋陽、太平、海鹽諸腔，應是唱松江地區「土腔」的「土戲」。後來因為崑山腔興起，才使松江土戲潛跡。如文中所說：「萬曆末，蘇人鬻身學戲者甚眾，而本地戲子十無二、三矣。」蘇州人賣身學藝，到松江來演出，排擠了本地戲子的市場，這已經是萬曆末期的事了。

又如：據梧子《筆夢敘》中記載酷愛崑曲的錢岱，因疑張居正忌己，遂從京中告歸。途經揚州，揚州監稅徐太監為結納錢岱，就從自己認為是「教習之善、選擇之審」的弋陽家班中，挑了四名女樂送他。錢岱不喜弋陽腔，只得姑且應之。歸家後，命四名女樂侑酒，因其所唱為弋陽腔，竟引來滿座大笑。書中所記為：

> 一日江陵酒後，諦視侍御（筆者按：錢岱，官御史，清人通稱為侍御）戲之曰：「兄真福相，老夫此位不久將屬。」蓋非有心也。而侍御無不他疑，遂作引避想。時皇太后萬壽賀畢，疏請終養，江陵挽留甚力，不從。……時也四十有四。出京後……揚州鹽運司趙汝瑚、知府方進皆侍御門人，離郡二十里出郭迎之，……明日出遊瓊花觀，晚至鹽司署設宴觀劇，凡揚郡各班皆集。有揚州監稅徐老公者亦在座，自云有家妓數名，頗嫻音樂，明早乞枉駕一顧，稍申款曲。至次日，復往稅監署觀女樂。徐公屢詡其教習之善、選擇之審。侍御姑口譽之，以其為弋陽腔，心勿悅也。徐監選女樂四名來送，固辭之。徐監乃喚滿江紅（船名）載四女，遣管家二人，女侍二人，候鎮江口，隨侍御至家。……侍御錦歸，會族慶宴，龍橋（錢岱之父）冠帶上座，命四女子侑酒，曲皆弋陽調，舉座大笑。後侍御命掌家韓壽妻老四者，撫五舍、月兒為女，命王成妻老慶者，撫壬壬、觀舍為女（五舍、月兒、壬壬、觀舍，徐老公所送女樂名）。兩婦梳妝

〔註 28〕詳見明・范濂《雲間據目抄》卷二〈記風俗〉，此書收於《筆記小說大觀二十二編》第 5 冊，前揭書，頁 2629。

極好潔，纏弓足，理髮鬟，不逾年皆成秀麗小鬟。〔註29〕

錢岱返鄉應是萬曆初年之事〔註30〕，上述事件亦可視爲弋陽腔在穆宗隆慶年間仍見演出之例證，湯顯祖所謂「至嘉靖而弋陽之調絕」，其實弋陽腔未絕。文中徐太監想藉獻其家樂以討好錢岱，此舉也可看出弋陽腔在當時劇壇之地位，只是風格粗獷豪邁，不爲文人所喜，徐太監此舉反有自討無趣之譏！

二、弋陽腔系略述

明中葉嘉靖以後，弋陽腔流播各地，爲迎合各地觀眾的欣賞要求，於是發生變化，衍生許多新的腔調來。今日可見明人之相關記載有：湯顯祖〈宜黃縣戲神清源師廟記〉中說：

此道有南北，南則崑山，之次爲海鹽。吳、浙音也。其體局靜好，以拍爲之節。江以西弋陽，其節以鼓，其調諠。至嘉靖而弋陽之調絕，變而爲樂平，爲徽、青陽。我宜黃譚大司馬綸聞而惡之，自喜得治兵於浙，以浙人歸教其鄉子弟，能爲海鹽聲。〔註31〕

顧起元《客座贅語》中說：

大會則用南戲：其始止二腔，一爲弋陽，一爲海鹽。弋陽則錯用鄉語，四方士客喜閱之；海鹽多官語，兩京人用之。後則又有四平，乃稍變弋陽，而令人可通者。〔註32〕

王驥德《曲律》〈論腔調第十〉中說：

〔註29〕詳見清·據梧子《筆夢敘》，收於《叢書集成續編》第214冊〈文學類、瑣談〉（臺北：新文豐出版公司民國78年7月臺1版），頁401～402。

〔註30〕隆慶六年（西元1573年）穆宗去世，神宗即位，張居正結納內官馮保驅逐首輔高拱，其時神宗年方十歲，對張居正又敬又畏，故張居正大權在握，極具威權。萬曆十年（西元1582年），張居正病死，在貴族、縉紳的攻訐下，禍發身後，其家被抄，改革被罷。《明史》本傳云：「居正遂代拱爲首輔。帝虛己委居正，居正亦慨然以天下爲己任，中外想望其丰采。……居正病，及卒，帝爲輟朝。……新進者務益攻居正，詔奪上柱國、太師，再奪謚。居正所引用者，斥削殆盡。……後言者復攻居正不已，詔盡削居正官秩，奪前所賜璽書、四代誥命，以罪狀示天下，謂當剖棺戮屍而姑免之。」詳見清·張廷玉等撰《明史》卷213〈列傳第一百一·張居正〉，前揭書，頁5643～5652。由此推測，錢岱疑居正忌己而返鄉之事，在萬曆初年，應爲無誤。

〔註31〕詳見徐朔方箋校《湯顯祖全集》卷34〈宜黃縣戲神清源師廟記〉，前揭書，頁1189。

〔註32〕詳見明·顧起元《客座贅語》卷9「戲劇」條，此書收於《元明史料筆記叢刊》，前揭書，頁303。

> 數十年來，又有「弋陽」、「義烏」、「青陽」、「徽州」、「樂平」諸腔之出。今則「石臺」、「太平」梨園，幾遍天下，蘇州不能與角什之二三。〔註33〕

同書〈論板眼第十一〉亦說：

> 至今「弋陽」、「太平」之「衮唱」，而謂之「流水板」，此又拍板之一大厄也。

沈寵綏《度曲須知》「曲運隆衰」中說：

> 而詞既南，凡腔調與字面俱南，字則宗《洪武》而兼祖《中州》，腔則有「海鹽」、「義烏」、「弋陽」、「青陽」、「四平」、「樂平」、「太平」之殊派。雖口法不等，而北氣總已消亡矣。〔註34〕

萬曆年間，杭州人胡文煥編《群音類選》，其中收入「諸腔類」的劇本，在標目下註明爲「如弋陽、青陽、太平、四平等腔是也。」〔註35〕，亦可證明弋陽腔在晚明劇壇仍佔一席之地。

可見在嘉靖年間以後，弋陽腔以其強大之生命力，流播各地且又發展出許多新的地方腔調。《中國大百科全書·戲曲曲藝》卷「弋陽腔」條中，對於弋陽腔的衍變說：

> 明初至明中葉，百餘年間，弋陽腔已流布於今之安徽、浙江、江蘇、湖南、湖北、福建、廣東、雲南、貴州以及南京、北京等地，並且在各地群眾欣賞要求和趣味的影響下逐漸發生變化。嘉靖年間弋陽腔在贛東北的樂平衍變爲「樂平腔」，在徽州衍變成「徽州調」，在池州青陽衍變爲「青陽腔」，或名「池州調」。萬曆時又出現「稍變弋陽，而令人可通者」的「四平腔」。此外，一般認爲屬弋陽腔藩衍而來的聲腔劇種還有義烏腔、太平腔。……在北方，由弋陽腔與北京語音結合演變形成京腔。〔註36〕

此段資料已對弋陽諸腔的形成作了概略式的說明，今配合上段所列資料，再

〔註33〕詳見明·王驥德《曲律》卷2〈論腔調第十〉、〈論板眼第十一〉，收於《中國古典戲曲論著集成》四，前揭書，頁117、119。

〔註34〕詳見明·沈寵綏《度曲須知》上卷「曲運隆衰」條，此書收於《中國古典戲曲論著集成》五，前揭書，頁189。

〔註35〕詳見明·胡文煥編《群音類選》〈新刻群音類選諸腔卷一〉「諸腔類」，此書收於王秋桂主編《善本戲曲叢刊》第4輯，（臺北：臺灣學生書局，民國76年11月景印初版），頁1467。

〔註36〕詳見《中國大百科全書·戲曲曲藝》「弋陽腔」條，前揭書，頁542。

作說明如下：

【樂平腔】：弋陽腔在江西饒州府的樂平縣衍變為「樂平腔」，樂平縣和廣信府的弋陽鄰近，湯顯祖說「至嘉靖而弋陽之調絕，變而為樂平」，可知其與弋陽腔必有淵源。

【宜黃腔】：產生於江西撫州宜黃縣，是嘉靖年間，宜黃大司馬譚綸因為厭惡當地流行的樂平、徽州、青陽等通俗的戲曲聲腔，而將清柔婉折的海鹽腔從浙江帶回，又結合流行於江西的弋陽腔及宜黃當地的語言而形成的新聲腔。（詳見第貳章第二節：海鹽腔之流播）

【徽州腔】：弋陽腔在徽州（今安徽省歙縣）衍變成「徽州腔」，湯顯祖說它也是由弋陽腔衍變而來的。徽州腔除了繼承弋陽腔原有的唱法，又增加了流水板的滾唱，和青陽腔（池州腔）同為晚明最受歡迎的聲腔之一。萬曆年間刊行戲曲選集蔚為風氣，其中如：《新鋟天下時尚南北徽池雅調》、《新刊徽板合像滾調樂府官腔摘錦奇音》、《鼎鍥徽池雅調南北官腔樂府點板曲響大明春》，或標以「徽池雅調」，或強調「徽板」，都可看出徽州腔在當時受歡迎的情況。

【青陽腔】：弋陽腔在池州（今安徽省貴池縣）青陽衍變為「青陽腔」，或名「池州腔」〔註37〕，是弋陽腔系中最受歡迎的腔調。它和弋陽腔的關係，

〔註37〕關於青陽腔的淵源，大部分的學者主張是由弋陽腔演變而來，如葉德均《戲曲小說叢考》〈明代南戲五大腔調及其支流〉一文之〈二、各種滾調唱腔的戲曲・（三）徽州腔（四）池州腔（青陽腔）〉下說：「弋陽和餘姚兩腔都具有通俗的特質，彼此原有融洽可能。當弋陽舊調傳到餘姚腔流行的池州、太平兩地，兩者互相結合，再經過加工創造，於是產生了不同於弋陽、餘姚的新腔。弋陽、徽州、池州三腔都是行腔迅速，具有明朗、通俗特性的戲曲，弋陽和青陽又同是乾唱。基於這兩項理由，可以證明徽、池兩腔是由弋陽變化而來的新戲曲。」前揭書，頁58。
但，錢南揚則認為青陽腔源自餘姚腔，他在《戲文概論》〈源委第二〉第四章〈三大聲腔的變化〉第三節〈餘姚腔到青陽腔〉中說：「餘姚腔在江蘇的下落無考，在安徽的發展成為青陽（池州屬縣）腔。」前揭書，頁60。
大多數的學者主張弋陽、餘姚二腔皆對青陽腔的形成產生影響，如：班友書〈明代青陽腔劇本芻議〉第三節中說：「青陽腔乃是餘姚、弋陽在皖南結褵後，融合當地語言、民歌、土戲而產生的新腔，還有它的孿生兄弟徽州腔。如從劇目的發生發展角度來看，既然餘姚、弋陽都先後來到皖南，這已是客觀事實，那麼伴隨著兩腔而來的，必然還有一大批劇目。……因此早期的青陽腔劇目，既與弋陽腔有傳承關係，也當與餘姚腔有傳承關係，只談弋陽

在李漢飛編《中國戲曲劇種手冊》「青陽腔」條中有清楚的說明：

> 青陽腔不僅繼承了弋陽腔以打擊樂器伴奏與一唱眾和的演唱特點，還發展了弋陽腔的「滾調」唱法。……「滾調」包括散文體的「滾白」和韻文體的「滾唱」。青陽腔運用滾調的方法有兩種：一種是在曲牌內插入滾唱或滾白，這叫做「加滾」（又稱「夾滾」）；一種是在曲牌之外加唱大段滾調，這叫「暢滾」。「暢滾」這種方法在弋陽腔裡只是略見端倪，青陽腔把它大大豐富發展了，形成了一套程式，這是很可貴的創造。「滾調」演唱時，板急調促，字多腔少，成爲「流水板」的板式。這種板式的出現，很自然地突破了曲牌聯套體的音樂結構形式，開創了向板腔體音樂結構形式發展的先河。……同時也促進了傳奇劇本固定的長短句體製的變化，爲劇本整齊句格和文學體裁的新形式的產生創造了條件。〔註 38〕

【四平腔】：據顧起元之說「後則有四平，乃稍變弋陽而令人可通者。」可知，四平腔在嘉靖、隆慶年間已經傳入南京，且由弋陽腔變化而來。李漁《閒情偶寄》〈音律第三〉中所說：

> 弋陽、四平等腔，字多音少，一洩而盡。又有一人啓口，數人接腔者，名爲一人，實出眾口。〔註 39〕

從其所謂「字多音少，一洩而盡」、「一人啓口，數人接腔者」，可知四平腔到清初還保持著弋陽腔行腔迅速及運用幫合唱的特色。

而不談餘姚，或是只談餘姚而不談弋陽，都不是實事求是的態度。」同文第四節又說：「談到弋陽腔，自然也聯想到餘姚腔，因爲青陽腔正是這兩大聲腔在皖南結合後的產物。」《戲曲研究》第 27 期，1988 年 9 月 1 版，頁 223～245。

又如：《中國戲曲志・安徽卷》〈綜述〉中「明代的安徽戲曲」中說：「青陽腔又稱池州調。以滾唱爲特點的青陽腔，接受外來劇種的影響主要是餘姚腔。……青陽腔繼承了餘姚腔『雜白混唱』、『以曲代言』的表現方式，發展成了包括滾白、滾唱、暢滾的滾調。滾調是青陽腔的重要發展，特色尤著，也是使它區別於其他劇種的一種標誌。另一種說法：青陽腔是從弋陽腔演變來的。其主要依據是湯顯祖〈宜黃縣戲神清源師廟記〉中說到：『江以西弋陽，其節以鼓，其調諠。至嘉靖而弋陽之調絕，變而爲樂平，爲徽、青陽。』」（北京：中國 ISBN 中心出版，1993 年 11 月第 1 版），頁 11。

〔註 38〕詳見李漢飛編《中國戲曲劇種手冊》「青陽腔」條，前揭書，頁 325～331。

〔註 39〕詳見清・李漁《閒情偶寄》卷 2〈音律第三〉（臺北：長安出版社，民國 68 年 9 月臺 3 版），頁 29～30。

【太平腔】：明中葉形成於太平（今安徽省當塗縣），據范濂《雲間據目抄》〈記風俗〉：「戲子在嘉、隆交會時，有弋陽人入郡（松江，今江蘇省松江縣）爲戲。一時翕然崇高，弋陽人遂有家於松者。其後漸覺醜惡，弋陽人復學爲太平腔、海鹽腔以求佳，而聽者越覺惡俗。」可知太平腔最晚在嘉靖、隆慶年間已經形成。萬曆年間，流行甚廣，如王驥德《曲律》〈論腔調第十〉中即說「今則『石臺』、『太平』梨園，幾遍天下，蘇州不能與角什之二三。」即使到崇禎年間，亦見流行，見諸沈寵綏《度曲須知》可見一斑。王驥德《曲律》中還說：「至今弋陽、太平之袞唱，而謂之流水板。」則可看出太平腔和弋陽腔在唱法上的淵源關係，即是它們都有使用滾調。

【義烏腔】：形成於金華府義烏縣（今浙江省金華縣東北），其名首見於王驥德《曲律》，推測其形成年代應是嘉靖年間，據沈寵綏《度曲須知》之記載，在崇禎年間它仍然和海鹽、弋陽、青陽……等腔流行於世。入清，在徐大椿之《樂府傳聲》僅記其名其。〔註 40〕諸書皆未對義烏腔的淵源、音樂特色有所描述，從王驥德將之與弋陽、徽州、樂平等腔並列，推知其亦爲使用滾調之腔調。〔註 41〕

以上所述都是弋陽腔在江西本省或流播安徽、浙江等地所衍生出之新腔調，在地理位置都與江西鄰近，它們既有各地的方言特色，也帶著弋陽腔「金鼓喧闐，一唱眾和」〔註 42〕的基本特色。弋陽腔流播廣遠的情況，自然也會反映在戲曲選集的刊行之上，萬曆年間，江西、福建、浙江地方刻印的曲

〔註 40〕詳見清・徐大椿《樂府傳聲》〈源流〉：「南曲之異，則有海鹽、義烏、弋陽、四平、樂平、太平等腔。至明之中葉，崑腔盛行，至今守之不失。」收於《中國古典戲曲論著集成》七，（北京：中國戲劇出版社，1982 年 11 月第 4 次印刷），頁 157。

〔註 41〕葉德均《戲曲小說叢考》〈明代南戲五大腔調及其支流〉一文之〈二、各種滾調唱腔的戲曲〉中說：「綜合各書記載，這類新興的地方戲計有：樂平腔、徽州腔、青陽腔、太平腔、四平腔、義烏腔，見於其他書籍的還有宜黃腔、越調，共計八種。……這八種支派產生於嘉靖間的爲多，晚於海鹽、餘姚、弋陽等腔；而且直接、間接和弋陽、餘姚兩腔有血緣關係。……它們的主要特色是滾唱，因此用滾唱來概括。」前揭書，頁 53～54。

〔註 42〕詳見清・李振聲《百戲竹枝詞》〈弋陽腔〉之說明：「弋陽腔，俗名高腔，視崑調甚高也。金鼓喧闐，一唱數和。」原詩爲：「查樓倚和幾人同？高唱喧闐震耳聾。正恐被他南部笑，紅牙槌碎大江東。」收於楊米人等著，路工編選《清代北京竹枝詞》（十三種），（北京：北京古籍出版社，1982 年 1 月出版），頁 157。

選，如《群音類選・諸腔》、《大明春》、《摘錦奇音》、《詞林一枝》、《八能奏錦》、《玉谷調簧》……等，〔註 43〕所收即包括弋陽、青陽、徽州、太平、四平諸腔劇目，面對這股聲勢浩蕩的民間戲曲聲腔，難怪王驥德要感嘆：「今則『石臺』、『太平』梨園，幾遍天下，蘇州不能與角什之二三。」了！

【京腔】：弋陽腔向北方流播，進入北京，其時甚早。如：徐渭寫於世宗嘉靖三十八年（西元 1559 年）的《南詞敘錄》中，對此就有明確記載：「今唱家稱弋陽腔，則出於江西，兩京、湖南、閩、廣用之。」其所謂「兩京」，就是南京和北京。又如：沈德符《萬曆野獲編》〈畿輔〉「京師名實相違」條：

> 若套子宴會，但憑小唱，云請面（麵）即面，請酒即酒，請湯即湯，弋陽戲數折之後，各拱揖別去，曾得飲趣否？〔註 44〕

可知萬曆年間，北京城內一般人家宴席演戲，還是請弋陽戲班來演出。此外，明末崇禎間，江蘇如皋人冒襄在蘇州見過弋陽腔演出的《紅梅記》，在其《梅影庵憶語》中有一段記載：

> 辛巳（崇禎十四年，西元 1641 年）早春，余省覲去衡嶽，繇浙路往，過半塘訊姬，則仍滯黃山。許忠節公赴粵任，與余聯舟行，偶一日，赴飲歸謂余曰：「此中有陳姬某，擅梨園之勝，不可不見。」余佐忠節治舟數往返始得之。……是日燕（筆者按：演）弋腔《紅梅》，以燕俗之劇，咿呀啁哳之調，乃出之陳姬之身口，如雲出岫、如珠在盤，令人欲仙欲死。〔註 45〕

這三段資料，皆未用「京腔」之名。「京腔」之名，據今所知最早出現在萬曆年間的《缽中蓮》傳奇第十五齣〈雷殛〉【京腔】。〔註 46〕

〔註 43〕關於此處所列戲曲選集之刊刻地點及年代，可參閱林鶴宜《晚明戲曲劇種及聲腔研究》上編〈晚明戲曲劇種研究〉第三章〈晚明戲曲的刊行〉第三節〈晚明戲曲刊行者及其刊本〉，前揭書，頁 116、117、120～122。

〔註 44〕詳見明・沈德符《萬曆野獲編》卷 24〈畿輔・京師名實相違〉條，前揭書，頁 652。

〔註 45〕詳見清・冒襄《梅影庵憶語》此書收於《説庫》（臺北：新興書局有限公司，民國 62 年 4 月出版），頁 1306。
關於此段資料中的「弋腔」，流沙認爲那正是所謂的「京腔」，他在《明代南戲聲腔源流考辨》〈玖、京腔考〉之〈一、京腔起源〉中說：「這裡所謂燕，正是北京的簡稱。而『燕俗之劇』的弋陽腔，無疑就是北京的京腔。」前揭書，頁 198。

〔註 46〕《缽中蓮》傳奇，原載於《劇學月刊》第 2 卷第 4 期，後收錄於孟繁樹、周傳家編校的《明清戲曲珍本輯選》（北京：中國戲劇出版社，1986 年出版）。

眞正清楚地對京腔的起源作探討的，應要算明末清初人王正祥了，在其《新訂十二律京腔譜》（康熙二十三年停雲室刊本，西元 1684 年），在〈凡例〉中寫到：

弋腔之名何本乎？蓋因起自江左弋陽縣，故存此名，猶崑腔之起于江左之崑山縣也。但弋陽舊時宗派淺陋猥瑣，有識者已經改變久矣。即如江浙間所唱弋腔，何嘗有弋陽舊習，況盛行於京都者，更爲潤色其腔，又與弋陽迥異。子（筆者按：子字似應作予）又不滿其腔板之無準繩也，故定爲十二律，以爲曲體唱法之範圍，亦竊擬如正樂者之雅頌各得其所云爾。況乎集眾美而集大成，出新裁而闢鄙俗，則又如製錦者之必求其華贍也，尚安得謂之弋腔哉？今應顏（筆者按：顏字似應作題）之曰京腔譜，以寓端本行化之意，亦以見大異於世俗之弋腔者。〔註 47〕

乾隆間人李調元《劇話》卷上說：

「弋腔」始弋陽，即今「高腔」，所唱皆南曲。又謂「秧腔」，「秧」即「弋」之轉聲。京謂「京腔」，粵俗謂之「高腔」，楚、蜀之間謂之「清戲」。向無曲譜，祇沿土俗，以一人唱而眾和之，亦有緊板、慢板。王正祥謂「板皆有腔」，作《十二律京腔譜》十六卷，又有《宗北歸音》四卷以正之，謂「高腔即《樂記》『一唱三嘆』，有遺風之意也。」〔註 48〕

二說之意，都主張「京腔」是弋陽腔進入北京以後所衍生出的新腔調。王正祥認爲腔調流播會產生變化，因此，即使是江西近鄰的江浙地區，其所唱弋陽腔都未必有弋陽舊習，更何況是盛行於京都，又經潤色的弋陽腔呢？因其與弋陽迥異，故爲之定名曰「京腔」，並定曲譜以刊行於世。雖然王正祥強調

〔註 47〕詳見明・王正祥《新訂十二律京腔譜》〈凡例〉第三則，此書收於王秋桂主編《善本戲曲叢刊》第 3 輯，（臺北：臺灣學生書局，民國 73 年 8 月景印初版），頁 49～50。
又任中敏《曲海揚波》卷 5 說：「《十二律京腔譜》，茂苑王正祥瑞生纂。此書乃弋陽腔曲譜，不名弋腔譜者，因弋腔久經改變，失其本來。茲載清初之弋腔而欲推曲調之正宗，故以京腔名之。又因崑腔諸譜，皆以九宮類調，實破碎不能自圓其論，特改按月令，以律類調，故名《十二律京腔譜》也。」收於任中敏編《新曲苑・附》第 4 冊，（臺北：臺灣書局股份有限公司，民國 59 年 8 月臺 1 版），頁 870。

〔註 48〕詳見清・李調元《劇話》卷上，收於《中國古典戲曲論著集成》八，前揭書，頁 46。

京腔與弋陽腔的不同，但京腔淵源於弋陽腔，卻是明顯之事實。

三、「至嘉靖而弋陽之調絕」辨

湯顯祖在〈宜黃縣戲神清源師廟記〉中曾說：「江以西弋陽，其節以鼓，其調諠。至嘉靖而弋陽之調絕，變而爲樂平，爲徽、青陽。」這段話引起許多討論〔註 49〕，如：青木正兒《中國近世戲曲史》論〈崑曲之興隆〉中說：

> 弋陽腔在嘉靖間成絕響，宜黃大司馬譚綸者偕浙江人歸，教海鹽腔於其鄉子弟，復興之云。（湯顯祖〈宜黃縣戲神清源師廟記〉）然則此爲海鹽腔之別派耳。但復興以前之弋陽腔反在北方以「高腔」保存其傳統。「高腔」一名弋陽腔，以直隸高陽爲中心，至今保其命脈也。按上文所引《南詞敘錄》文中，有流行兩京之語，然此腔之流行於北京，當在嘉靖以前，亦在以海鹽腔復興以前。換言之，在發源地之弋陽雖中絕，反而在北京依然流行，遂下種於高陽，結果而得高腔之名也。〔註 50〕

葉德均〈明代南戲五大腔調及其支流〉〈弋陽腔〉中說：

> 這裏的「弋陽之調絕」，曾經引起不少人的誤會，其中最顯著的是青木正兒《中國近世戲曲史》所說「弋陽腔在嘉靖成爲絕響」。這說法顯然與事實不符。弋陽腔在明代始終沒有絕響，……可是，弋陽腔在嘉靖間並不是沒有改革，而是確有不小的變化。按湯顯祖的原文是說這時樂平等腔聲勢浩大，弋陽腔也就有變化，原來的舊調就成絕響了。這時全部情況是：在江西省內有新興的樂平腔、宜黃腔；省外也有新興的徽州腔、青陽腔等；……和弋陽腔對峙的海鹽腔這時還有相當雄厚的力量。在這樣的情勢下，那簡單樸素的弋陽腔就有一蹶不振之勢。它爲了生存，就非改革不可。……當它（弋陽腔）改革以後，那原有的簡單樸素的舊調子、舊唱法就湮沒了。湯顯祖所說的「弋陽之調絕」，不是說弋陽腔完全滅亡，而是說弋陽之舊調絕。由於它改用滾唱，就和徽州、青陽、太平等腔趨於一致，所以

〔註 49〕詳見周貽白《中國戲曲論集》〈湘劇漫談〉（北京：中國戲劇出版社，1960 年 7 月北京第 1 版），頁 253。

〔註 50〕詳見青木正兒《中國近世戲曲史》第三篇〈崑曲昌盛期（自明嘉靖至清乾隆）〉第七章〈崑曲之興隆與北曲之衰亡〉第一節〈崑曲之興隆〉，前揭書，頁 172。

> 湯顯祖說「變而爲樂平，爲徽、青陽」。據湯氏所說這種變化是在嘉靖間，由此可知，弋陽腔改用滾唱還不是始於「嘉隆交會」，而是要提早到嘉靖間的。〔註 51〕

葉德均之意爲：弋陽腔接受了太平、徽州、青陽等腔的滾調唱法，又吸收了北曲作爲它的附庸，因此產生變化。所以，湯顯祖所謂「弋陽之調絕」，應指其「舊調」〔註 52〕而言，而非弋陽腔在戲曲舞臺上突然銷聲匿跡了。由弋陽腔衍生出的新腔調，始終沒有加入管絃樂器伴奏及改變乾唱方式，它們仍保留弋陽腔的基本特色。

事實上，在明代弋陽腔一直在民間流行著。嘉靖年間，蘇州府長洲人陸粲〔註 53〕路經江西上饒時，即曾聽過船夫唱弋陽歌。他在〈上饒道中〉一詩中說：

> 桃花參差柳葉多，新雨灘頭生綠波。一夜東風吹驛舫，榜人齊唱弋陽歌。〔註 54〕

袁宏道（西元 1568～1610 年）也在《瓶史》「十二鑒戒」裡提到「衚衕歌童弋陽腔」〔註 55〕，袁中道（西元 1570～1623 年），曾經聽到舟人有少年者「能

〔註 51〕詳見葉德均《戲曲小說叢考》〈明代南戲五大腔調及其支流〉〈一、明代五大腔調・四、弋陽腔〉，前揭書，頁 33～35。

〔註 52〕主張湯顯祖所謂「弋陽之調絕」，應指其「舊調」不再流行，此說爲大部分學者所認同者。如：張庚、郭漢城《中國戲曲通史》第 2 冊，第三編第七章〈綜述〉第三節〈弋陽腔的形成、發展和演變〉中說：「我們從字面上無法確知『調絕』的含意指的是什麼，但從歷史上聲腔劇種發展的規律和全句的意思來看，這絕不能解釋成爲弋陽腔突然消失或者中斷。這裡，可以作出的解釋是：由於弋陽腔流傳於民間，在他的面貌上經歷了重大的變化，那種原來的純粹是弋陽腔本地的音調已有所改變，而發展成爲新的更多的地方聲腔劇種了。」前揭書，頁 28。
流沙《明代南戲聲腔源流考辨》〈貳、江西弋陽調絕辯〉中說：「原來在宜黃流傳的弋陽腔，自從嘉靖間被徽州、青陽等腔取代之後，逐漸成爲絕響。但是，這裏所謂『絕』，是指舊腔不再流行，另有新腔在傳唱。」前揭書，頁 053。

〔註 53〕陸粲，字子餘，一字浚明，長洲人。嘉靖丙戌（5 年，西元 1562 年）進士，選翰林庶吉士，七試皆第一。……其弟陸采，年十九，作《王仙客無雙傳奇》，子餘助成之。詳見：清・錢謙益《列朝詩集小傳》〈丁集上〉，「陸永新粲」、「附見陸秀才采」條，前揭書，頁 395～396。

〔註 54〕陸粲〈上饒道中〉詩，見清・陳田《明詩紀事》〈戊籤〉卷 16，此書收於王雲五主編《國學基本叢書四百種》（臺北：臺灣商務印書館股份有限公司，民國 57 年 6 月臺 1 版），頁 1633。

〔註 55〕詳見明・袁宏道《袁中郎全集》〈袁中郎隨筆・瓶史〉「十二鑒戒」條：「花折

唱弋陽腔者，亦自流利可喜。」〔註 56〕胡同歌童、舟中少年都能哼上一段弋陽腔，這正是弋陽腔生命力的具體展現。

萬曆以後，如明刊本《樂府豔曲雅調大明春》所收〈弋陽童聲歌〉有：

> 時人做事巧非常，歌兒改調弋陽腔。唱來唱去十分好，唱得昏迷姐愛郎。好難當，怎能忘，勾引風情掛肚腸。
>
> 姐在房中繡枝花，郎唱山歌唱得佳。分明繡朵櫻桃蕊，緣何繡出瑞香花？亂如麻，老冤家，恨不得番身摟抱他。〔註 57〕

李平〈流落歐洲的三種晚明戲劇散齣選集的發現〉一文中說：

> 〈弋陽童聲歌〉十四首，……顧名思義，它當然是江西弋陽地區的「土產」。
>
> 〈弋陽童聲歌〉……說是「童歌」，其實是中、晚明階段市井和農村群眾中流行傳誦的情歌。……是以弋陽地區音樂俚曲唱的。〔註 58〕

流沙在《明代南戲聲腔源流考辨》〈江西弋陽調絕辯〉中，據上引〈上饒道中〉及〈弋陽童聲歌〉「時人做事巧非常」，而主張弋陽腔從未斷絕，他說：

> 「弋陽歌」就是弋陽腔。萬曆以後，江西弋陽當地（甚至包括更大的範圍）也在傳唱著弋陽腔。……在戲曲舞臺演出以外，弋陽腔在其他領域中也很流行。可見，這種戲曲在贛東北地區的影響至深。如果沒有任何重大原因，弋陽腔也不會「調絕」。〔註 59〕

從以上資料所記，船夫、歌童所唱的「弋陽歌」、「弋陽腔」，就其文意來看，應是指以具有弋陽地區特色的腔調所演唱的民歌、小調、時曲。這自然不能視之為戲劇演出的直接記載，但卻不可否認的是：它讓我們看到弋陽腔在民間流行的情況，如果這樣的推論是合理的，那麼，在嘉靖年間，弋陽腔當然

辱凡二十三條：……衚衕歌童弋陽腔。」前揭書，頁 22。

〔註 56〕詳見明・袁中道著，錢伯城點校《珂雪齋集》卷 16〈採石度歲記〉（上海：上海古籍出版社，1989 年 1 月第 1 版），頁 693。

〔註 57〕明刊本《樂府豔曲雅調大明春》卷 7 所收〈弋陽童聲歌〉，可見於（俄）李福清、（中）李平編《海外孤本晚明戲劇選集三種》（上海：上海古籍出版社，1993 年 6 月第 1 版），頁 534～535、539。

〔註 58〕詳見李平〈流落歐洲的三種晚明戲劇散齣選集的發現〉一文之〈二〉，收於（俄）李福清、（中）李平編《海外孤本晚明戲劇選集三種》，前揭書，頁 18～19。

〔註 59〕詳見流沙《明代南戲聲腔源流考辨》貳〈江西弋陽調絕辯〉一文之〈三、弋陽腔在贛東北從未絕響〉，前揭書，頁 058。

沒有「調絕」了。

弋陽腔不只流行於民間，甚至在萬曆年間，文人的聚會宴飲中，也同樣可以看到弋陽腔的演出。馮夢禎《快雪堂日記》萬曆二十八年（西元 1600 年）九月廿八日：

> 唐季泉等宴壽翁，扳余作陪，搬弋陽戲。夜半而飲，疲苦之極，因思長卿乃好此聲，嗜痂之癖，強不可解。〔註 60〕

唐季泉爲其岳父慶壽，邀請一班文人作陪，馮夢禎亦爲座上賓，當時請的戲班就是弋陽班。馮夢禎並不喜歡弋陽腔，因此對於屠隆（字長卿）喜好弋陽腔，頗覺不可理解，而稱之爲「嗜痂之癖」。雖然馮夢禎不喜弋陽腔，但其書中卻屢見弋陽腔演出之記載，可見弋陽腔之流播，不僅限於民間，在文人士夫的圈子中亦見演出，只是喜歡弋陽腔的文人應屬少數例外，故不爲馮夢禎所解。此情況和顧起元《客座贅語》卷九「戲劇」條中說：「大會則用南戲：其始止二腔，一爲弋陽，一爲海鹽。弋陽則錯用鄉語，四方士客喜閱之；海鹽多官語，兩京人用之。後則又有四平，乃稍變弋陽，而令人可通者。」又可相互印證。

此外，袁中道萬曆癸丑年（四十一年，西元 1613 年）三月遊湖南桃源，而「張阿蒙諸公攜榼宮中，帶得弋陽一部佐酒。」〔註 61〕則爲宮內太監喜愛弋陽腔的例子。

文人不喜弋陽腔，鄙夷之態屢見於筆下，除了前引馮夢禎《快雪堂日記》所述「惜爲弋陽腔耳」、「大可厭」之外；如王驥德《曲律》〈論曲之亨屯

〔註 60〕詳見明・馮夢禎《快雪堂日記》萬曆二十八年（西元 1600 年）九月二十八日，其書中卻屢見弋陽腔之演出，如：萬曆二十三年（西元 1595 年）元月二十二日記：「晚歸（姚）仲文作主，有弋陽梨園。」萬曆二十七年（西元 1599 年）四月十五日記：「更餘，賀七明左治現具款。此日有妓女三，惜爲弋陽腔耳。」萬曆三十三年（西元 1605 年）三月一日記：「下午赴（凌）元之席，優人改弋陽爲海鹽，大可厭。」轉引自廖奔《中國戲曲聲腔源流史》，前揭書，頁 65～68。

〔註 61〕詳見明・袁中道《遊居柿錄》卷 8，第三十三則：「往遊桃源……馳道整潔，間栽松杉。張阿蒙諸公攜榼宮中，帶得弋陽一部佐酒。予曰：『今年天常雨，新歲尚未數見月，至今日始得此圓滿清光。乃舍月不看，而對此昏暗燈燭；舍數千樹桃花下不飲，而住此欹側破屋；舍清泉不聽，而聽此下里惡聲，亦甚非計！』酒間，予乃竊步馳道間，至桃花下……頃之，文弱亦至，相顧大笑曰：『已較遲八刻矣。』」由文中所述可以看出文人以弋陽腔爲「下里惡聲」，鄙視之意明矣。（上海：上海古籍出版社，1989 年 1 月第 1 版），頁 1281～1282。

第四十〉：

> 夫曲曷嘗不藉所遇以爲幸不幸哉，遇則亨，而不遇則屯也。……曲之屯：賽社、醵錢、酬願、……老醜伶人、弋陽調、窮行頭，演惡劇、唱猥詞、沙喉、訛字、錯拍、刪落、鬧鑼鼓、……。〔註62〕

淩濛初《譚曲雜劄》中也說：

> 《蕉帕》一記，頗能不塡塞；……至尾必雙收，則弋陽之派，尤失正體也。〔註63〕

祁彪佳（西元1602～1645年）《遠山堂曲品》在其〈凡例〉第三條說道：

> 呂《品》（筆者按：呂天成《曲品》）傳奇之不入格者，擯不錄，故至具品而止。予則槩收之，而別爲雜調。工者以供鑑賞，拙者亦以資捧腹也。〔註64〕

該書前有〈《遠山堂曲品》提要〉亦言：

> 《遠山堂曲品》，是就呂天成《曲品》加以擴展的。體例大致同於呂書，而分爲妙雅逸艷能具六品；此外又有雜調一類，專收弋陽諸腔劇本。

馮夢龍《新平妖傳》卷首張無咎〈敘〉：

> 辟諸傳奇……七國、兩漢、兩唐宋，如弋陽劣戲，一味鑼鼓了事，效《三國志》而卑者也。〔註65〕

在崑山腔盛行之際，文人不喜弋陽腔，不僅不將它與崑山腔並列，甚者以其非「正體」，而視之爲捧腹之資；王驥德甚至一口氣列了一大串所謂「曲之屯」者的醜陋形狀，其中即包括了弋陽腔。這些記載都清楚地道出文人厭惡弋陽腔的態度。

弋陽腔若用之於劇本，則多藉之爲科諢之依據。明・蘇元儁（生卒年不詳），字漢英，所著傳奇《呂眞人黃粱夢境記》第九齣〈蝶夢〉，旦、貼旦扮

〔註62〕詳見明・王驥德《曲律》卷4〈論曲之亨屯第四十〉，收於《中國古典戲曲論著集成》四，前揭書，頁182。

〔註63〕詳見明・淩濛初《譚曲雜劄》，收於《中國古典戲曲論著集成》四，前揭書，頁260。

〔註64〕詳見明・祁彪佳《遠山堂曲品》，收於《中國古典戲曲論著集成》六，（北京：中國戲劇出版社，1982年11月第4次印刷），頁7。〈《遠山堂曲品》提要〉，同此，見頁3。

〔註65〕明・馮夢龍《新平妖傳》，全名《墨憨齋批點北宋三遂平妖傳》，今見於：魏同賢主編《馮夢龍全集》卷29，張無咎〈敘〉亦見同書，引文見頁2～4。

花神，丑淨扮黃衣作蜂飛鳴上，三人上場道：

（淨）我們如今要打點喉嚨，把青陽腔曲兒亨進去。

（作唱青陽、弋陽曲科）

（花）吳下人曾說，若是拿著強盜，不要把刑具拷問，只唱一臺青陽戲與他看，他就直招了。蓋由吳下人最怕這樣的曲兒。又說唱弋陽腔曲兒，就如打磚頭的教化（按：叫化）一般，他若肯住子聲，就該多把幾文錢賞他。〔註 66〕

此處原是淨丑打諢的一段話，卻也看出弋陽腔流行於民間或是下層階級，與文人士夫喜愛的海鹽腔、崑山腔自是不同。

總上所述，從弋陽腔系的支脈浩繁，到船夫歌童哼唱的民歌時曲，乃至文人宴會侑觴演出，都可以看得到弋陽腔的身影，若果然「弋陽之調絕」，又怎會有如此多的文人鄙夷這種通俗的戲曲呢？可見弋陽調「未絕」！

第三節　弋陽腔的演唱特色及使用樂器

弋陽腔，繼承著南戲音樂的傳統，以「里巷歌謠」、「村坊小曲」爲詞，以「本無宮調，亦罕節奏」、「畸農市女，順口可歌」的「隨心令」爲其音樂特色，其獨特的藝術風貌，在民間戲曲的發展路上，得到極大的迴響，甚至在萬曆年間，崑山水磨調盛行以後，形成崑、弋爭勝的局面，其之受歡迎於此可見。

關於弋陽腔的演唱特色與使用樂器，戲曲音樂家何爲在〈從弋陽腔到高腔〉一文中說：

歷史上弋陽腔的特點：第一、它是善於「改調歌之」……第二、「錯用鄉語」……第三、它是「向無曲譜」……。正是由於這種種特點，使得弋陽腔一變爲樂平、青陽、徽州、四平、義烏、太平諸種聲腔。〔註 67〕

〔註 66〕明．蘇元儁，字漢英，所著傳奇《呂眞人黃粱夢境記》，收於《全明傳奇》第 111 種，作者題爲：不二道人蘇漢英。

〔註 67〕詳見何爲〈從弋陽腔到高腔〉一文，收於《戲曲音樂散論》（北京：人民音樂出版社，1986 年 7 月第 1 版），頁 55～79。

主張以上述三點「改調歌之」、「錯用鄉語」、「向無曲譜」爲弋陽腔的音樂特色，尚可見於：

張庚、郭漢城《中國戲曲通史》第二冊，第三編第七章〈綜述〉第三節〈弋

在《中國大百科全書・戲曲曲藝》卷「明清傳奇與雜劇」條中「明清傳奇的演出與舞臺藝術成就」部份，曾論及不同的聲腔具有不同的特色。其中關於「弋陽腔」的音樂特色，也有概括的說明：

> 弋陽諸腔的音樂，則是在「字少音多，一泄而盡」的基礎上，創造出「幫腔」和「滾調」。「幫腔」是獨唱與合唱結合的聲樂藝術，在某種程度上彌補了弋陽諸腔演唱時無樂器伴奏的不足，同時也豐富了演唱的形式，起渲染人物情感、烘托環境氣氛的作用。「滾調」是以流水板誦唱通俗易懂的唱詞，既增加了音樂節奏的變化，也有助於更加酣暢的表達曲情。弋陽諸腔絕大多數只用鑼、鼓等音響效果強烈的打擊樂器作爲襯托，這同多在村鎮廟宇、廣場爲人數眾多的下層群眾演出的條件有關，也與弋陽腔前期作品內容偏重於人物眾多、場面熱鬧的歷史劇有密切的聯係，所以弋陽諸腔在整體風格上顯得高昂奔放。〔註68〕

從文中所述可知，「幫腔」和「滾調」是弋陽腔演唱藝術上最鮮明的特色，二者的形成原因，則和弋陽腔無絲竹伴奏，只以鑼鼓幫襯的舞臺表現方式有關；此外，弋陽腔流行於民間，藉著滾調（滾唱）的運用對深奧的曲文，作進一步的解釋、發揮和渲染，既拉近了與觀眾的距離，也豐富了藝術表現的技巧。

在諸腔競奏的年代，如何發揮聲腔劇種的特色，以吸引觀眾的目光，這對戲班的經營而言，是很重要的。以下就文獻所見及前賢所論，進一步探討弋陽腔的演唱色特色及使用樂器。

一、徒歌乾唱，鑼鼓節拍

弋陽腔的演唱風格和早期南戲一樣，都是徒歌乾唱，只用鑼、鼓等打擊樂器控制節拍。此點就明人之記載所見，有：楊愼《升庵詩話》〈寄明州于駙馬〉詩注中說：

陽腔的形成、發展和演變〉，前揭書，頁33～34。

《中國大百科全書・戲曲曲藝》「弋陽腔」條，前揭書，頁542。

余從《戲曲聲腔劇種研究》〈戲曲聲腔・昆山腔與弋陽腔及其腔系〉，前揭書，頁123。

〔註68〕詳見《中國大百科全書・戲曲曲藝》卷「明清傳奇與雜劇」條，前揭書，頁258。

> 南方歌詞，不入管弦，亦無腔調，如今之弋陽腔也。蓋自唐、宋已如此，謬音相傳，不可詰也。〔註 69〕

所謂「南方歌詞」，即指南戲，言其「不入管弦，亦無腔調」，正是南戲無絲竹伴奏，「本無宮調，亦罕節奏」的眞實反映；下句「如今之弋陽腔也」，則是清楚地道出弋陽腔之演唱風格。

湯顯祖〈宜黃縣戲神清源師廟記〉中說：「江以西弋陽，其節以鼓，其調諠。」更可看出弋陽腔演唱時，沒有文場伴奏，只以鑼鼓幫襯。所謂「其節以鼓」，知其以鼓節拍，故有奔放粗獷之風格；但只徒歌獨唱，則未必有諠鬧之特色，因此，由「其調諠」，判斷弋陽腔演出時應有幫腔的形式。（詳下點，論「一唱眾和，曲高調諠」）馮夢龍《新平妖傳》卷首張無咎之〈敘〉亦寫到：

> 辟諸傳奇……七國、兩漢、兩唐宋，如弋陽劣戲，一味鑼鼓了事，效《三國志》而卑者也。

以「鑼鼓了事」的表現方式，而稱弋陽腔爲「劣戲」，不喜之意甚明。

從以上所述可知，弋陽腔的表現方式爲：徒歌乾唱，所用樂器爲鑼、鼓等打擊樂器。學界前賢對此問題之看法大抵一致，如前節所述葉德均〈明代南戲五大腔調及其支流〉一文中，即提出弋陽腔之特色之一「鑼、鼓幫襯」；又如周貽白《中國戲劇史講座》〈明代雜劇傳奇與所唱聲腔〉：

> 弋陽腔，出於江西弋陽，也是南戲聲調的範疇。其特點是只用金鼓鐃鈸等打擊樂器隨腔按拍，唱詞的尾段或句尾由後場幫腔，和調腔戲相近。〔註 70〕

李漢飛編《中國戲曲劇種手冊》「弋陽腔」條說：

> 江西弋陽腔，其曲調多半是出於宋人詞曲和里巷歌謠，用不同的曲牌聯綴成套，保持著我國古代「村坊小曲」的本色。本無宮調，亦罕節奏，畸農市女，順口可歌。演出時，臺上一人乾唱，後臺眾人幫和，只用鑼鼓助節，沒有管絃伴奏。明、清兩代的戲劇家，說它是南方歌詞，曲高調喧，金鼓雜鬧，聲震雲端，所以它的俗名又叫「高腔」。〔註 71〕

〔註 69〕明・楊慎《升庵詩話》卷 9〈寄明州于駙馬〉詩注，詳見楊文生箋校《楊慎詩話》（四川：四川人民出版社，1990 年 7 月第 1 版），頁 241。

〔註 70〕詳見周貽白《中國戲劇史講座》第六講〈明代雜劇傳奇與所唱聲腔〉，前揭書，頁 149。

〔註 71〕詳見李漢飛編《中國戲曲劇種手冊》「弋陽腔」條，前揭書，頁 433～434。

略舉數家之說，已清楚可知弋陽腔「徒歌乾唱」及「鑼鼓節拍」的演唱特色。

二、錯用鄉語，改調歌之

任何一種表演都需要有觀眾的掌聲，才能延續其藝術生命，而弋陽腔之所以能夠流播四方，在音樂上自有其調適之道。如顧起元《客座贅語》卷九「戲劇」條中所說：「弋陽則錯用鄉語，四方士客喜閱之。」正因爲弋陽腔有「錯用鄉語」之特色，因此，流播至他鄉，不需擔心語言不同造成隔閡，反而能適應新環境，進而產生新的地方腔調。如：朱彝尊《靜志居詩話》「梁辰魚」條說：

> 傳奇家劇本，弋陽子弟可以改調歌之，惟《浣紗》不能。〔註72〕

朱彝尊之意：弋陽腔除了梁辰魚《浣紗記》之外，其他聲腔的劇本，可以「改調歌之」。張庚、郭漢城在《中國戲曲通史》論述「弋陽腔的形成、發展和演變」中說：

> 「改調歌之」，從聲腔上來說，是把原係崑山腔或其他聲腔劇種的劇本，改用自己的弋陽腔來上演。有了「加滚」的辦法以後，更可以加入曲文豐富原作的內容並加以通俗化。……弋陽腔的這種特點，正是南戲「隨心令」、「順口可歌」的民間戲曲藝術特徵的繼續和發展。〔註73〕

事實上，「改調歌之」這一特色不只表現在「將民間戲曲藝術特徵的繼續和發展」而已，更藉此充實了弋陽腔的演出劇目，對於這些盛行於民間的聲腔劇種而言，他們不像崑山水磨調有大批的文人投入創作，「改調歌之」正好可以彌補這一不足之處。

三、向無曲譜，隨心入腔

弋陽腔在音樂部分，繼承了南戲「隨心令」的特色，不像北曲雜劇有嚴格的規律，也不像崑山水磨調往嚴謹精緻的路上發展，它充滿了民間文學活

〔註72〕詳見清・朱彝尊《靜志居詩話》卷14「梁辰魚」條，此書收於郭紹虞主編《中國古典文學理論批評專著選輯》（北京：人民文學出版社，1998年），頁430。

〔註73〕詳見張庚、郭漢城《中國戲曲通史》第2冊，第三編第七章〈綜述〉第三節〈弋陽腔的形成、發展和演變〉，前揭書，頁33。

潑的特色。李調元《劇話》卷上，對弋陽腔的音樂特色有很典型的介紹，他說：

> 「弋腔」始弋陽，即今「高腔」，所唱皆南曲。又謂「秧腔」，「秧」即「弋」之轉聲。京謂「京腔」，粵俗謂之「高腔」，楚、蜀之間謂之「清戲」。向無曲譜，祇沿土俗，以一人唱而眾和之，亦有緊板、慢板。〔註 74〕

所謂「向無曲譜，祇沿土俗」，即簡潔扼要地道出弋陽腔的自由性及強韌的適應力，故能流播四方，融合各地之方言土語、民間歌謠，進而衍生出新的腔調。這種自由性對弋陽腔吸收其他聲腔劇種之劇目，也有著莫大之助益。因此弋陽腔在晚明劇壇可以快速成長，成爲聲勢最浩大的聲腔劇種。

凌濛初《譚曲雜箚》中說：

> 江西弋陽土曲，句調長短，聲音高下，可以隨心入腔，故總不必合調。〔註 75〕

凌濛初描述當時所見弋陽腔之演唱情形，說明了弋陽腔不僅不必恪守格律，連字句長短、音調高低都可以自由變化。所謂「隨心入腔」即充分顯現了「隨心令」的特色。當然，這種自由性、隨意性也破壞了南戲、傳奇在音樂體製上的規律，因此也受到極大之批評，如王驥德《曲律》中即曾將弋陽腔列爲「曲之屯」者，該書〈論腔調第十〉中更說：

> 數十年來，又有「弋陽」、「義烏」、「青陽」、「徽州」、「樂平」諸腔之出。……其聲淫哇妖靡，不分調名，亦無板眼；又有錯出其間，流而爲「兩頭蠻」者，皆鄭聲之最，而世爭氈趨痂好，靡然和之，甘爲大雅罪人。〔註 76〕

所謂「不分調名，亦無板眼」，與凌濛初所言「句調長短，聲音高下，可以隨心入腔」之意相同，只是王驥德站在維護崑山水磨調之立場，故視弋陽腔爲「鄭聲之最」、「大雅罪人」。

弋陽腔這種「隨心入腔」的情形，一直到清朝都沒有改變，如：清初王

〔註 74〕詳見清・李調元《劇話》卷上，收於《中國古典戲曲論著集成》八，前揭書，頁 46。

〔註 75〕詳見明・凌濛初《譚曲雜箚》，收於《中國古典戲曲論著集成》四，前揭書，頁 254。

〔註 76〕詳見明・王驥德《曲律》卷 2〈論腔調第十〉，收於《中國古典戲曲論著集成》四，前揭書，頁 117～118。

正祥《新定十二律京腔譜》〈總論〉中說：

> 精於弋曲者，猶存其意於腔板之中，故泠然善也。無如曲本混淆罕有定譜，所以後學惘憒。不較腔板、不分曲滾者有之，不辨牌名、不知整曲、犯調者有之矣。夫崑、弋既已並行於世，而弋曲之板既無傳，腔多乖紊，予心惄焉，而忍令其蕩廢如是乎？〔註 77〕

京腔是弋陽腔傳至北京之後所產生的新腔調，王正祥此書不僅要替京腔正名，更試圖解決弋陽腔在格律上雜亂無章的狀況，故而定出一套曲譜以爲規範。關於這點在《新定十二律京腔譜》〈凡例〉第五則中有更清楚地說明：

> 京腔詞曲，雖通行於外者，每有混淆字句。此無他故也，一則淺學詞人，未能究心於其間，或損或益，漸失曲體之眞。而歌聲者識見不廣，亦竟不爲之探討，而強諧腔調，甚至以襯字認爲曲文，滾白混入詞句者，謬而又謬，皆因無譜相傳之故也。

可見他認爲京腔之所以會有「不較腔板、不分曲滾」、「不辨牌名」、「不知整曲、犯調」、「以襯字認爲曲文」等情況發生，原因就在「無譜相傳」，此即王正祥編撰《新定十二律京腔譜》之背景。

《新定十二律京腔譜》刊行之後，弋陽腔的演唱情形如何呢？在清乾隆四十五年（西元 1780 年）十二月，江西巡撫郝碩爲查辦違礙朝廷的戲劇劇本，對當時流傳的劇本進行考察，在其所上奏摺中寫道：

> 崑腔之外，有石牌腔、秦腔、弋陽腔、楚腔等項，江廣閩浙，四川雲貴等省，皆所盛行。……臣查江西崑腔甚少，民間演唱有高腔、梆子腔、亂彈等項名目，其高腔又名弋陽腔，臣檢查弋陽舊縣志，有弋陽腔之名。……弋陽腔之名不知始於何時，無憑稽考，現今所唱，即係高腔。……查江右所有高腔等班，其詞曲悉皆方言俗語，鄙俚無文，大半鄉愚隨口演唱，任意更改，非比崑腔傳奇出自文人之手，剞劂成文，遐邇流傳。〔註 78〕

此處「高腔」，是清人對弋陽諸腔的稱呼，所謂「詞曲悉皆方言俗語，鄙俚無

〔註 77〕詳見明．王正祥《新定十二律京腔譜》〈總論〉，此書收於王秋桂主編《善本戲曲叢刊》第 3 輯，前揭書，頁 39。下段所引〈凡例〉第五則，見頁 52～53。

〔註 78〕江西巡撫郝碩此奏摺，見田仲一成編《清代地方戲劇資料集》（二）第 144 條，該書引自《史料旬刊》第 22 期。（東京：東京大學東洋文化研究所，昭和 43 年 12 月發行），頁 34～35。

文」，正突顯了弋陽腔劇本文辭的通俗性，與「崑腔傳奇出自文人之手，剞劂成文」，形成鮮明的對比。又說到「隨口演唱，任意更改」，正具體展現了弋陽腔「向無曲譜」的特色。可知即使已有曲譜行於世，弋陽腔仍不受規範。「向無曲譜，隨心入腔」的自由性、隨意性，正是它的最大特色。

這種「向無曲譜，隨心入腔」的特色反映在音樂上，便會呈現以下幾種現象：

（一）民間歌謠的運用，呈現生動的鄉土趣味

早期南戲音樂多取材於「村坊小曲」，在弋陽腔的劇本〔註79〕中也可看到類似的情形，如：

《目連救母勸善戲文》：【佛賺】（此曲常見於此劇，如上卷第四齣〈劉氏齋尼〉、第十三齣〈修薦齋父〉，中卷第二十八齣〈過耐何橋〉，下卷第二十四齣〈目連掛燈〉、第二十七齣〈益利見驢〉……等）、【念佛賺】（上卷第二十齣〈行路施金〉）、【道賺】（中卷第二十五齣〈遣將擒猿〉）、【馬不行】（上卷第十八齣〈遣子經商〉）、【金蟾歌】（上卷第二十八齣〈招財買貨〉）、【寸寸好】（中卷第十五齣〈劉氏回煞〉、下卷第三十齣〈犬入庵門〉）……等。〔註80〕

《古城記》：【鬧更歌】（第十一齣〈秉燭〉）、【杏花天帶過梨春調】（第十三齣〈卻印〉）、【稜噔歌】（第十七齣〈遇飛〉）。〔註81〕

《薛平遼金貂記》：【金錢問卜】（第十四折〈陳奏鬧朝〉）。〔註82〕

《高文舉珍珠記》：【賽蘇州歌】、【警世歌】（第四齣〈施財〉）【遮幙紗】、【撒帳文】（第十齣〈勒贅〉）、【過澗引】（第十八齣〈藏珠〉）。〔註83〕

這些帶著民間歌謠色彩的曲牌，都未被收錄於曲譜之中，只是偶見於劇本之中，故而未能廣泛流傳。

〔註79〕張庚、郭漢城著：《中國戲曲通史》第2冊第二編〈昆山腔與弋陽諸腔戲〉第九章〈弋陽諸腔作品・第一節弋陽諸腔作品概述〉，考察目前所能見到的明刊整本戲，有《高文舉珍珠記》、《何文秀玉釵記》、《袁文正還魂記》、《觀音魚籃記》……《目連救母勸善戲文》等十餘種。前揭書，頁2～198。

〔註80〕鄭之珍《目連救母勸善戲文》，收於《全明傳奇》第68種，原劇未標齣數，僅標齣目，筆者文中爲求敘述清楚，皆按劇作次序加上齣數序號。

〔註81〕《古城記》，收於《全明傳奇》第231種。

〔註82〕《薛平遼金貂記》，收於《全明傳奇》第232種。

〔註83〕《高文舉珍珠記》，收於《全明傳奇》第224種。

弋陽腔對於民間歌謠的運用，不只是單純地演唱這些鄉土氣息濃厚的曲牌，而是靈活運用於劇作之中，增加作品趣味性，拉近與觀眾之距離，進而呈現劇作主題。如鄭之珍（西元 1518～1599 年）《目連救母勸善戲文》第二十四齣〈劉氏開葷〉，演傅羅卜（目連）之母劉青提破戒開葷，淨扮乞丐賣曲維生，對金奴（丑扮）言其所唱爲「時曲，哩哩蓮花哩蓮花」唱道：

（淨唱）乞兒雖是下班人，唱起詞來儘可聽，哩哩蓮花哩哩蓮花落。喏！不唱前唐並後漢，只唱人間十不親。咳咳咳蓮花落。

（丑白）何爲十不親！

（淨唱）天是親來也不是親，……（合）哩哩蓮花哩哩蓮花落。喏！

地是親來也不是親，……（合）咳咳咳蓮花落。

父母親來也不是親，……（合前哩哩）

兄弟親來也不是親，……（合前咳咳）（以下俱同前合哩哩間咳咳）

老婆親來也不是親，……（合前）

兒子親來也不是親，……（合前）

女兒親來也不是親，……（合前）

媳婦親來也不是親，……（合前）

叔伯母親來也不是親，……（合前）

朋友親來也不是親，……（合前）

十不親來果不是親，我今說與世人聽，世間若要人情好，惟有錢財卻是親。（合前）

（丑白）怎見得錢財是親？

（淨唱）天有錢來天可親……地有錢來地可親……（合前）

父母有錢也可親……兄弟有錢也可親……（合前）

老婆因錢敬夫主，兒子因錢敬父親。女兒有錢歡喜去，媳婦有錢不生嗔。（合前）

叔伯母有錢都和氣，朋友有錢盡知心。可見錢如親骨肉，可見錢是性命根。（合前）

若是有錢便有勢，不應親者強來親。不信但看筵中酒，杯杯相勸有錢人。（合前）

此齣運用民歌復沓的形式，藉著演唱時曲【蓮花落】，感嘆人間十不親，接著重唱六曲【蓮花落】，從反面言道「錢財是親」，若是有錢，則前面所舉十不親，都將反轉成可親之人、之事。除了具有濃厚的民歌色彩之外，也諷刺了明中葉以後，逐利奢華、人情澆薄的社會風尚，進而彰顯了劇作「勸善」之主題。又如同劇下卷第五齣〈目連坐禪〉，生扮目連，爲救度其母，遠至西天佛境，日與十友切磋砥礪，夜則打坐入定，唱道：

【風入松】一更裡打坐念彌陀……。

二更裡打坐念彌陀……。

三更裡打坐念彌陀……。

四更裡打坐念彌陀……。

五更裡打坐念彌陀……。

雖然【風入松】是南曲雙調過曲，但就生腳所唱：「一更裡」、「二更裡」的形式，是很容易讓人聯想起民間歌謠中的五更調的。

《古城記》第十一齣〈秉燭〉，更將【駐雲飛】與【鬧更歌】輪唱，前首爲關羽與甘、糜二夫人所唱，後者爲眾卒所唱：

【駐雲飛】（關唱、合唱）樵皷初更，忽聽孤鴻塞外鳴……。

【鬧更歌】（眾唱）一更一點正好子眠也……。

【駐雲飛】（旦占唱、合唱）二皷聲頻，想起夫君珠淚零……。

【歌】（眾唱）三更三點正好子眠也……。

【駐雲飛·前腔】（關唱、合唱）三皷鼕鼕，險被風來吹滅了燈……。

【駐雲飛·前腔】（旦占唱、合唱）四皷頻頻，頓足槌胸長嘆聲……。

【歌】（眾唱）五更五點正好子眠也……。

【駐雲飛·前腔】（關唱、合唱）五更天明，喔喔金雞報曉聲……。

唱詞不僅刻化了人物的心情，也交代了時間的流逝。其中眾卒所唱【鬧更歌】，第一首唱道：

一更一點正好子眠也，忽聽得黃犬叫聲喧，叫得傷情，叫得動情，叫得相思夜冷也思情。小娜問道妛子叫，狗兒汪汪，狗兒汪汪叫到天明。

第二首「蟋蟀蟋蟀，蟋蟋蟀蟀叫到天明」、第三首「烏鴉啞啞，呱呱啞啞叫到天明」，濃厚的生活氣息，正是弋陽諸腔吸收民歌於劇作中之例子。此劇祁彪佳《遠山堂曲品》置之於〈雜調〉之中，說：

《三國傳》散爲諸傳奇，無一不是鄙俚。如此記通本不脫【新水令】

數調，調復不倫，眞村而信口胡嘲者。〔註 84〕

站在文人的立場，自然不喜此類俚俗之劇，但這種充滿野趣的民間作品，卻正是廣大群眾所喜聞樂見的。

這種情形在《高文舉珍珠記》第四齣〈施財〉中也可看到，此齣演王員外街頭佈施貧民，淨、丑扮乞兒，上場唱道：

【賽蘇州歌】（淨）一年不覺一年子春……。

【前腔】（丑唱）一年不覺一年子夏……。

【前腔】（淨唱）一年不覺一年子秋……。

【前腔】（丑唱）一年不覺一年子冬……。

藉著重複【賽蘇州歌】四次，道出叫化子一年到頭吃不飽、睡不好的窘境。就音樂形式及內容而言，都帶有民歌生動的氣息。

（二）聯套及演唱方式自由，不受規範限制

1、重複隻曲組套

弋陽腔劇本在聯套的方式上十分自由，其中最簡單且普遍運用的，便是重唱隻曲，一般而言，南曲聯套重複前腔，通常不超過三次，意即以四曲組套爲其通則。但就弋陽腔劇本來看，似乎全然不受此限制。上段所引《目連救母勸善戲文》下卷第五齣〈目連坐禪〉，連用【風入松】五曲，即是一例。此劇以隻曲重複的方式組套的例子極多，略述於下，如：上卷第四齣〈劉氏齋尼〉其套數如下：

【高陽臺引】—【一江風】—【鷓鴣天】二首—【佛賺】十二首—【江頭金桂】—【四邊靜】三首。

第十七齣〈勸姐開葷〉：

【半天飛】四首—【紅衲襖】四首。

第三十三齣〈母子團圓〉：

【半天飛】四首—【鎖南枝】四首—【香柳娘】四首。

同劇卷中第三十三齣〈過火焰山〉：

【霜天曉角】二首—【玉交枝】四首。

第三十四齣〈過爛沙河〉：

〔註 84〕詳見明・祁彪佳《遠山堂曲品》〈雜調〉「古城」條，收於《中國古典戲曲論著集成》六，前揭書，頁 112。

【粉蝶兒】—【水底魚兒】四首。

同劇下卷第七齣〈二殿尋母〉：

【紅衲襖】—【桂枝香】六首—【大迓鼓】—【黃鶯兒】二首—【半天飛】。

第二十九齣〈打獵見犬〉更連用八曲【風入松】，早已超過聯套重複隻曲以三曲爲限之規範。

又如：《高文舉珍珠記》第六齣〈講學〉之套數爲：

【水底魚】四首—【南呂引】—【畫眉序】—【駐雲飛】四首。

第十二齣〈聞報〉：

【望遠行】—【小重山】—【傍妝臺】二首—【不是路】—【中滾遍】二首—【餘文】—【調笑引】—【一封書】—【剔銀燈】六首—【下山虎】二首—【尾聲】。

第十六齣〈被責〉：

【三僊橋】—【七言句】—【中呂引】—【駐馬聽】五首—【尾聲】—【不是路】—【棉搭絮】—【駐馬聽】二首。

第二十齣〈逢夫〉：

【白鶴子】—【東原令】—【尾聲】—【江兒水】六首—【尾聲】。

《古城記》：第十三齣〈卻印〉：

【五言律】—【點絳唇】—【倘秀才】—【傍粧臺】—【杏花天帶過梨春調】五首—【北寄生草】三首—【滾遍煞】。

《觀音魚籃記》第十九出〈二女難分〉〔註85〕：

【引】—【孝順歌】五首。

從這些連用隻曲組套的方式，可以看出弋陽腔保留了早期南戲聯套簡單的習慣，乃至於一齣戲中僅以一曲，或是引曲加上一曲及【前腔】組套的情況。

一齣唱僅一曲者，如：《觀音魚籃記》中第十六出〈摘斷花心〉【金錢花】、第二十四出〈神兵出陣〉【金錢花】、第二十九出〈包公判還〉【普賢歌】……等。

以引曲加上一曲或【前腔】組套者：如：

《古城記》：第二十二齣〈斬秀〉【五言句】—【八聲甘州】；第二十三齣〈誅福〉【五言句】—【五言句】—【八聲甘州】，連著兩齣之套數相同。

〔註85〕《觀音魚籃記》，收於《全明傳奇》第241種。

《觀音魚籃記》：第四出〈邀往當山〉【引】－【新水令】－【前腔】；第八出〈夫婦取名〉【引】－【桂枝香】；第十二出〈公子拜門〉【引】－【桂枝香】－【前腔】；第二十二出〈操練鰲將〉【引】－【剔銀燈】－【前腔】；第二十三〈天將敗回〉【金錢花】－【前腔】……等。

早期南戲聯套多為短套，除了音樂聯套規律尚未建立之外，亦應與其流行於民間有關，長篇唱詞對於高臺廣場上的演出形式，畢竟是不適合的，取而代之的應是熱鬧紛華的雜耍、特技場面。如：《觀音魚籃記》第二十四出〈神兵出陣〉，東海金線鯉魚精變作金牡丹之模樣，欲與張眞結作夫妻，眞假金牡丹使眾人不知所措，只得請出包拯斷案擒妖。但金線鯉魚精神通廣大，天將亦為所敗，玉帝只好再派上八洞神仙擒妖。此齣所演即是上八洞神仙上場擒妖事，全齣無一句賓白，只唱一曲【金錢花】，過場性質明顯，演出之際，若僅唱一曲，所有人物便匆匆下場，不免單薄之感，所演既是群仙擒妖，那麼各顯神通，應為此齣演出重心，場上各種民間技藝的呈現，更適合一般觀眾的興味。

2、北曲聯套及演唱方式靈活多樣

弋陽腔在聯套及演唱方式上的自由性，可從劇中演唱北曲的場面看出。如眾所知，北曲「一人獨唱」、「一折一套同宮調之套數」，為其嚴謹的體製規律之一。但這規律卻未必為弋陽腔劇本所嚴守，如《目連救母勸善戲文》中，合於北曲規律者，如中卷第十七齣〈羅卜描容〉其套數為：

【胡搗練】－【新水令】－【胡十八】－【慶東原】－【沈醉東風】－【雁兒落】－【得勝令】－【攪箏琶】－【煞尾】－【尾】。

全用北曲雙調曲牌，且由生（羅卜）一人獨唱。又如下卷第二十九齣〈打獵見犬〉，此齣前半述鄭尚書公子狩獵的壯觀場面，其套數為：

【點絳唇】－【混江龍】－【油葫蘆】－【天下樂】－【里迓鼓】－【元和令】－【尾】。

此為典型的北曲仙呂宮【點絳唇】套數，由小所扮之鄭公子一人獨唱全套，以北曲刻劃其狩獵雄姿，藉著遇犬（目連之母所變），為目連母子重逢留伏筆。

但亦有不合北曲規範者，如：上卷第二十齣〈行路施金〉，羅卜奉母命外出經商，末扮忠僕益利隨行，此齣演其二人途中被假扮成道人的拐子（淨、丑所扮）所騙。其套數為：

【寸寸好】生唱－【雙調新水令】生唱－【川撥棹】生唱－【雁兒落】末唱－【得勝令】生末接唱－【掛玉鉤】末生接唱－【念佛賺】二曲淨丑唱。

從【雙調新水令】到【掛玉鉤】皆屬北曲雙調曲牌，但演唱方式卻有輪唱及接唱兩種形式，這正可視爲弋陽腔將南曲活潑多樣的唱法，運用於劇作之中的例子。又如：下卷第十齣〈見女托媒〉，此齣有三個排場，此爲第二排場，敘述淨扮段公子，在清明佳節遇見旦扮之曹賽英，對其一見鍾情，返家之後，心繫佳人，遂唱此套：

北曲中呂宮【中呂粉蝶兒】－北曲中呂宮【迎仙客】－北曲中呂宮【珠履曲】〔註 86〕－北曲仙呂宮【天下樂】－北曲仙呂宮【那吒令】－北曲中呂宮【上小樓】－【尾聲】。

此套由淨一人獨唱，但所用曲牌並非同一宮調。

北曲套數由「首曲－正曲－尾聲」所組成，劇作家可視劇情所需及使用曲牌狀況而省略首曲或尾聲，正曲絕不可省略。但在《古城記》中，我們卻可看到以「首曲」一曲組套之例，全然不符聯套規律，如：第八齣〈逃生〉（北曲正宮首曲）【端正好】，同樣的情形還可見於第十九齣〈議餞〉（北曲正宮首曲）【端正好】。凡此皆可見弋陽腔在格律上之不受束縛，這正是「隨心令」的表現。

弋陽腔劇本在聯套方面之自由性、隨意性，在林鶴宜《晚明戲曲劇種及聲腔研究》〈弋陽腔系統・音樂結構發展的新方向〉中，曾就「曲套結構形式的變化」、「南曲聯套的隨意性」及「北曲聯套的南曲化和首曲的正曲（過曲）化」等論點加以探究，並總結弋陽腔在音樂結構上之特色爲：

> 南曲採取隨意聯套，北曲聯套又徹底南曲化，爲弋陽腔戲的音樂結構帶來最大的自由空間。凡此種種，和崑曲精密化、規則化的發展都是背道而馳的。這對於曲牌體戲曲音樂結構而言，無疑是一種破壞和瓦解，然而也正因爲這樣的破壞和瓦解，使它不至於在層層嚴密的規則中僵化，而長遠地保有源源不絕的生機。弋陽腔所以能夠爲各地鄉野大眾所接受，發展爲勢力最大，生命力最蓬勃的聲腔，

〔註 86〕據鄭騫老師《北曲新譜》卷 5〈中呂宮〉【紅繡鞋】下之說明：「一名朱履曲」，故此將劇中所用【珠履曲】歸之北曲中呂宮。（臺北：藝文印書館，民國 62 年 4 月初版），頁 152。

和其音樂的結構特點是息息相關的。〔註87〕

這樣的說法是極具參考性的。

3、五、七言齊句的出現與運用

在弋陽諸腔的劇本如《高文舉珍珠記》、《古城記》中，還出現了一些既不是傳統曲牌，也不是民間歌謠的曲子，而是稱爲【五言律】、【五言句】、【五言令】、【七言律】、【七言句】或【集日句】〔註88〕……等的五、七言齊句，它們與曲牌由長短句組成的結構形式有著明顯的不同，卻都用大號字體刊刻，且與曲牌並列，就其於劇中之份量來看，完全與曲文對等，可知亦是屬於「歌唱」的一部份。

這些五、七言齊句或緊隨引子出現，於人物上場唱引曲後，再唱此類五七言齊句一支；或是省略引子，直接唱這類齊言句。前者之例，如：《高文舉珍珠記》：

第二齣〈自嘆〉：【聲聲令】（生扮高文舉，唱）—【七言律】（生唱），（生白：自報家門）……。

第三齣〈慶壽〉：【轉仙燈】（外扮王傑，唱）—【集日句】（外唱）（外白：自報家門）—【點絳唇】（夫扮王安人張氏、旦扮王金眞，接唱，合唱）—【七言句】（外、夫、旦接唱）……。

第十三齣〈經筵〉：【行香子】（生唱）—【七言句】（生唱）—【五言律】（旦、占、淨、丑扮眾女官，合唱；此首引諸人上場，作用與下類之引曲性質相同）……。

第十六齣〈被責〉：【三僊橋】（占唱）—【七言句】（占唱）……。

《古城記》：

第十齣〈權降〉：【菊花新】（旦、占接唱）—【七言律】（旦、占接

〔註87〕詳見林鶴宜《晚明戲曲劇種及聲腔研究》下編〈晚明戲曲聲腔考述〉第六章〈弋陽腔系統〉第二節〈音樂結構發展的新方向〉，前揭書，頁190～198，引文見頁198。

〔註88〕詳見錢南揚《戲文概論》〈源委第二〉第四章〈三大聲腔的變化〉第三節〈餘姚腔到青陽腔〉中說：「在餘姚腔中，五七言詩似乎也當曲子唱的，也都大字提行，與小字說白有別。如：【五言律】……【七言律】……【集日句】……【七言句】……。這裡雖有四種不同名稱，實在止有五、七絕句二種。集日句的「日」，疑是「舊」字之誤，蓋舊俗作「旧」，與「日」形近。這裡的七言律乃定場詩所變，餘三支都是上場詩所變。」前揭書，頁59。

唱）——【端正好】（旦、占合唱）—【集日句】（關唱）……。

第十四齣〈投紹〉：【點絳唇】（夫扮袁紹、淨、丑扮顏良、文丑，眾唱）—【七言句】（袁唱）—【前腔】（劉唱）……。

第十六齣〈斬將〉：【中引】（顏唱）—【五言律】（顏唱）—（關上場，唱五言二句）……。

從作用上看，人物上場時，先唱引子，之後接唱這類齊言句四句（第十五齣〈遇虎〉：【五言令】爲五言八句，爲少見之例），然後才自報家門。這樣的表演方式，很容易讓我們聯想到南戲、傳奇，主要人物第一次或重要關目出場時，總是先唱一支引子，再唸四句詩或【鷓鴣天】、【清平樂】、【烏夜啼】……等詞牌，然後才是自報家門。由弋陽腔劇本中這些齊言句多爲四句的情況，可以看出它們由上場詩變化而來。而上場詞之演變爲齊言句，則因其面對之觀眾多爲市井百姓，將長短句的詞牌改爲齊言句，除了文字較詞作通俗曉暢，也易於朗朗上口，更能符合觀眾的口味。至於改念爲唱，則可視爲其將自身劇種特色——滾調的發揮運用。〔註 89〕

後者，取代引曲，而由人物直接上場唱五、七言齊句之例。如：《高文舉珍珠記》：

第十齣〈勒贅〉：【七言句】（末扮溫府堂候，唱）—【青衲襖】（淨扮溫閣，唱）—【集日句】（淨唱）（淨白：自報家門）—【錦衣香】（生唱）—【駐馬聽】（淨、生接唱）—【前腔】（淨、生接唱）—【短偈】（丑扮媒婆，唱）—【遮幎紗】（占扮溫小姐）—【撒帳文】（丑唱）……。

第十五齣〈遇虎〉：【五言令】（旦、占、丑接唱、合唱）—【洞仙歌】（旦唱）……。

《古城記》：

第六齣〈偷營〉：【五言律】（生扮劉備、張飛接唱）—【駐雲飛】（劉張合唱）。

第十一齣〈秉燭〉：【七言句】（關唱）—【村里迓鼓】（關唱）……。

〔註 89〕此段說法參考：林鶴宜《晚明戲曲劇種及聲腔研究》下編〈晚明戲曲聲腔考述〉第六章〈弋陽腔系統〉第二節〈音樂結構發展的新方向〉之說法，前揭書，頁 190～198。

第十二齣〈落草〉:【七言句】(張唱)—【端正好】(張唱)……。

第十三齣〈卻印〉:【五言律】(遼,張遼唱)—【點絳唇】(關唱)……。

第二十二齣〈斬秀〉:【五言句】(孔,孔秀唱)—【八聲甘州】(關唱)。

第二十三齣〈誅福〉:【五言句】(韓,韓福唱)—【五言句】(孟,孟坦唱)—【八聲甘州】(關唱)。

第二十四齣〈救羽〉:【五言句】(卞,卞喜唱)—【五言句】(普,普淨唱)—【新水令】(關唱)……。

第二十五齣〈洩計〉:【五言句】(王,王植唱)—【七言句】(胡,胡班唱)—【金錢花】(關唱)……。

第二十八齣〈助鼓〉:【五言句】(關唱)—【粉蝶兒】(關唱)……。

這類齊言句,置於套數之首,直接取代引子的地位。這種情況顯然是不受曲牌聯套體製所規範,也使曲牌體音樂結構產生了變化。在明中葉,嘉靖年間以後,崑山水磨調的音樂愈趨精緻嚴謹,而弋陽腔卻與之相反,不但不受體製規範,甚而破壞曲牌體音樂的結構形式。二者截然不同之特色,各領風騷,在晚明劇壇上,形成雙璧。

四、一唱衆和,曲高調喧

(一)幫腔的特色

弋陽腔因其徒歌乾唱、又無管絃伴奏,在舞臺藝術上不免有單調之感,遂有「幫合唱」——即「幫腔」的表現方式產生。李漁《閒情偶寄》〈音律第三〉中說:

> 弋陽、四平等腔,字多音少,一洩而盡。又有一人啓口,數人接腔者,名爲一人,實出衆口。〔註 90〕

所謂「一人啓口,數人接腔者,名爲一人,實出衆口」,即是「幫腔」之意。王正祥《新定十二律京腔譜》〈總論〉中的一段話,則對弋陽腔的音樂特色有清楚的說明:

> 嘗閱樂誌之書,有唱、和、嘆之三義。一人發其聲曰唱,衆人成其聲曰和,字句聯絡純如繹如、而相雜於唱、和之間者曰嘆。兼此三

〔註 90〕詳見清・李漁《閒情偶寄》卷 2〈音律第三〉,前揭書,頁 29~30。

> 者，乃成弋曲。由此觀之，則唱者，即起調之謂也；和者，即世俗所謂接腔者也；嘆者，即今之有滾白也。〔註91〕

所謂「一人發其聲」的起調方式、「眾人成其聲」的接腔方式，正是「幫腔」的具體表現方式。

弋陽腔這種鑼鼓幫襯、一唱眾和的表演方式，帶動了場面的熱鬧氣氛，尤其在廣場中演出，若無相當的聲勢和音量，又如何能吸引觀眾的目光呢？這樣的表演風格，使得弋陽腔又有「高腔」之稱，如前引李調元《劇話》中所說：「『弋腔』始弋陽，即今『高腔』，所唱皆南曲。」又如李振聲《百戲竹枝詞》〈弋陽腔〉中說：

> 弋陽腔，俗名高腔，視崑調甚高也。金鼓喧闐，一唱數和。〔註92〕

「金鼓喧闐，一唱數和」，正是弋陽腔以鼓節拍及善用幫腔的寫照，湯顯祖〈宜黃縣戲神清源師廟記〉中所說「其調諠」亦是此意。

就中國戲曲之表演形式而言，如果要追溯幫腔最早出現的時代，可能要推至唐代民間小戲《踏謠娘》。崔令欽《教坊記》曲調本事「踏謠娘」下說：

> 北齊有人姓蘇，齁鼻。實不仕，而自號爲「郎中」。嗜飲，酗酒，每醉，輒毆其妻。妻銜怨，訴於鄰里。時人弄之：丈夫著婦人衣，徐步入場行歌。每一疊，旁人齊聲和之，云：「踏謠，和來！踏謠娘苦！和來！」以其且步且歌，故謂之「踏謠」；以其稱冤，故言「苦」。及其夫至，則作毆鬥之狀，以爲笑樂。今則婦人爲之，遂不呼「郎中」，但云「阿叔子」；調弄又加典庫，全失舊旨。或呼爲「談容娘」，又非。〔註93〕

其中「旁人齊聲和之云：『踏謠，和來！踏謠娘苦！和來！』」就是幫腔。

至於弋陽腔系的幫腔，與南戲中的「幕後合唱」亦應有相當的關聯。〔註94〕關於南戲中的合唱，何爲〈論南曲中的“合唱”〉一文，曾就南曲合

〔註91〕詳見清・王正祥《新定十二律京腔譜》〈總論〉，此書收於王秋桂主編《善本戲曲叢刊》第3輯，前揭書，頁38～39。

〔註92〕詳見清・李振聲《百戲竹枝詞》〈弋陽腔〉，收於楊米人等著，路工編選《清代北京竹枝詞》（十三種），前揭書，頁157。

〔註93〕唐・崔令欽《教坊記》〈曲調本事〉「踏謠娘」，詳見《教坊記箋訂》（臺北：宏業書局，民國62年元月出版），頁175。

〔註94〕詳見王安祈《明代傳奇之劇場及其藝術》下編，第五章〈音樂與賓白〉第三節〈弋陽系聲腔的音樂特質〉中說：「弋陽諸腔的幫合唱法，與南戲中的普遍使用的幕後合唱，應該有一定的關係。」前揭書，頁295。

唱的形式、戲劇性及曲式作了深入地探討，文中針對「南曲合唱的戲劇性」，提出了「渲染舞臺氣氛的合唱、加深感情抒發、點題式的合唱、以局外人口吻出現的合唱」等四種表現手法，並就《白兔記》、《琵琶記》、《幽閨記》、《荊釵記》等南曲戲文舉例加以說明；在此文之〈餘論〉部分，何為又說：

> 南曲的後裔除崑曲外，還有一支影響頗大的弋陽腔。弋陽腔這聲腔系統，後來演變為各地的高腔劇種。高腔的特色之一，是在獨唱之外大量運用人聲幫腔。這種人聲幫腔也未嘗不可視為一種合唱形式。而且，從現存的某些高腔劇種的幫腔形式看來，在某種程度上還保留了早先南曲合唱的遺韻。〔註95〕

可見他認為南曲中的合唱，應和弋陽腔的幫腔有著淵源的關係。林鶴宜《晚明戲曲劇種及聲腔研究》〈弋陽諸腔中的幫腔及其演變〉中，在何為〈論南曲中的"合唱"〉一文的基礎上，又以《金貂記》、《十義記》、《和戎記》等弋陽腔之代表劇目作進一步的研究，而說：

> 南戲「合唱」的各個效果，弋陽腔全盤接受，對於「合唱幫腔」的運用，較之南戲又來得積極而廣泛。而除了南戲原有的「合唱幫腔」形式，弋陽腔更發展出「個別曲句」和「個別字詞」的幫腔。大大提高了幫腔的運用，增進了幫腔的靈活性。〔註96〕

接著，再分析《勸善記》、《白袍記》、《草廬記》、《破窯記》等劇本中所見幫腔之例：

> 一個曲牌無論「句首」、「句中」或「句尾」；曲牌種類無論「過曲」、「尾聲」；演唱方式無論「獨唱」、「合唱」；音樂風格無論「南曲」、「北曲」，只要劇情需要，都可以運用「個別曲句」和「個別字詞」的幫腔。甚至同一曲牌，隨著情境的變換，幫腔的位置、多寡也都可加以變換。此一特殊的表現手段，在弋陽腔中被賦予最大的自

林鶴宜《晚明戲曲劇種及聲腔研究》下編〈晚明戲曲聲腔考述〉第六章〈弋陽腔系統〉第三節〈弋陽諸腔中的幫腔及其演變〉中說：「弋陽諸腔的幫腔，承襲自南戲合唱中的『幕後合唱』。……弋陽腔對於這種『合唱幫腔』，運用得比南戲還普遍。」前揭書，頁199。

〔註95〕詳見何為〈論南曲中的"合唱"〉，此文收於《戲曲研究》第1輯，（北京：文化藝術出版社，1980年），頁262～295。

〔註96〕詳見林鶴宜《晚明戲曲劇種及聲腔研究》下編〈晚明戲曲聲腔考述〉第六章〈弋陽腔系統〉第三節〈弋陽諸腔中的幫腔及其演變〉，前揭書，兩段引文分別見於頁201、204。

由，其運用之靈活，可以說到了令人讚嘆的地步。

弋陽腔流行於民間，爲適應演出場合之客觀環境，而有幫腔產生。其運用幫腔的方式並不拘泥於一格，反之在靈活多變的配搭中，更令人深刻地感受到民間戲劇之活潑性。以下進一步論弋陽腔運用幫腔的技巧。

（二）幫腔的運用

在前賢的研究之中，我們可以知道弋陽腔的劇本中，常以「重」（如：《高文舉珍珠記》、《綵樓記》）、「疊」（如：《目連救母勸善戲文》、《鸚鵡記》）、「又」（如：《和戎記》、《投筆記》）來標示「幫腔」的部分。

如《高文舉珍珠記》第十八齣〈藏珠〉，旦扮王金眞，夫扮溫府老奴，王金眞千里尋夫，卻遭溫丞相之女百般虐待，日裡汲水澆花，夜裡打掃庭階，不讓其夫妻有相見的機會。一日高文舉回到府中，王金眞想起高文舉愛吃米糷，便將昔日分別時，夫妻各留半顆作爲信物的珍珠，藏於米糷之中，托老奴送與高文舉。劇中三首【四朝元】刻劃了王金眞百轉千迴的深情及老奴的善良形象，前二首爲：

> 【四朝元】（旦）中秋月半，那堪百種愁。……夫，指望你名成利就（重），指望你萬里封侯，金帶垂腰，提攜奴一家都榮耀。我若見夫時，把你貧賤從頭數。……君還記否（重）？烈烈轟轟盟言可守？

> 【前腔】（夫）夫人聽啓，把雙眉暫展舒。……高相公，你枉讀聖賢書，得中魁名，貪戀榮華，怎的不思量歸家裡？王夫人呵，我看他終朝苦嗟吁，悶倚闌杆，眼垂雙淚，指望夫相會。尋思這就裡，感傷奴淚垂，傷情痛意（重），悲悲切切，夫人呵，終有個團圓日。

藉著幫腔重唱「指望你名成利就」，見其期望之高，但「君還記否」則帶著責備、矛盾的心情，要問高文舉昔日盟言是否記得？老奴雖然寬慰王金眞，但見此情此景仍不免「傷情痛意」，幫腔重唱「傷情痛意」，更有強調及渲染氣氛之作用。

在劇作的閱讀中，我們亦可發現：「重」、「疊」、「又」三字，其意既然相同，在使用上便沒有嚴格之區分，如：鄭之珍《目連救母勸善戲文》便可看到三字，皆用於作品之中。

用「又」字之例，如下卷第二十二齣〈七殿見母〉【金錢花】四首。

用「疊」字之例，如上卷第九齣〈觀音生日〉【憶多嬌】、第十三齣〈修齋薦父〉【滴溜子】、【香柳娘】二首、【滴溜子】，……等，中卷第七齣〈齋僧濟貧〉【滾下】、【半天飛】四首……等。下卷第七齣〈二殿尋母〉連用【桂枝香】六首……等，多不勝舉。

在此劇中，更常見的情況是「重」、「疊」、「又」三字之混用，略舉數例於下，如上卷第四齣〈劉氏齋尼〉【一江風】【鷓鴣天】三首用「疊」字，【江頭金桂】則用「重」字；第六齣〈三官奏事〉【神仗兒】、【桂枝香】、【滴溜子】用「疊」，【滴溜子・前腔】用「又」字。第十七齣〈勸姊開葷〉【半天飛】前二首用「又」字，後二首用「疊」字。中卷第十二齣〈花園捉魂〉【江頭金桂・前腔】用「又」字，【一江風】用「疊」字。

此處以上卷第十八齣〈遣子經商〉爲例，生扮傅羅卜（目連），夫扮羅卜之母劉青提，劉氏受其弟劉賈蠱惑開葷，但礙於違背其夫遺囑而心有不忍，況且羅卜在家也不會答應此事，因而心生一計「遣子經商」。劇中四首【馬不行】，皆於最後第二句運用幫腔重唱，而以「疊」字標出。（筆者按：此劇【前腔】皆未標出，然換行書寫，自可判斷，爲方便論述，本文中皆標以【前腔】）：

> 【馬不行】（生）香滿金爐，坐擁團團一草蒲。……木魚敲動萬靈扶，眞經念處群仙護，災障消除（疊），出門便是菩提路。
>
> 【前腔】（夫）痛念兒夫，血淚流殘兩眼枯。……不如把些肥甘滋味易齏蔬，莫使我桑榆暮景成虛度。……兒你未能事人，焉能事鬼，不用躊躇（疊），那秦皇漢武成差誤。
>
> 【前腔】（生）……休言我父語多迂，娘兒一路承遺囑，父有嘉謨（疊），自古道三年無改於其父。
>
> 【前腔】（夫）……若要我吃齋把素似當初，除非是鐵杵開花，楊子江心生蓮藕。兒不必多憂（疊），娘親做者娘親受。

四句幫腔之處，正清楚地強調了劇中人物的意念。

上卷第五齣〈博施濟眾〉，此齣演傅相於會緣橋上濟助貧難，旦扮孝婦，因其良人早逝，又遇荒年，婆婆不幸身亡卻無棺槨下葬，只得前往會緣橋上，求傅相濟其孤貧：

> 【味淡歌】（旦）只爲我親姑（疊），命喪黃泉路，衣衾棺槨皆無措

> （疊）。天！叫我如何擺佈（疊）？聞之會緣橋上，傅相長者濟貧孤（疊）。只得前去哀求，哀求他濟度，又則見人頭簇。天耶！教我何顏進步（疊）？正是路逢險處難迴避（疊），事到頭來不自由，只得忍恥含羞，且自向前控訴（疊）。

密集的幫腔，把孝婦哀怨、淒涼的情感，深刻地表現出來，令人爲之動容。此曲幫腔運用得十分靈活，不僅用於常見之句中、句尾，就連首句都加上了幫腔。可見幫腔的位置、使用份量，是可隨作者因應劇情所需而自由運用的。

五、發展滾調，靈活用滾

「滾調」是明中葉嘉靖以後，出現在弋陽諸腔如弋陽腔、徽州腔、青陽腔的劇本或戲曲散齣選集中的一種曲文形式，現今最早對此問題提出探討的是：傅芸子〈釋滾調——明代南戲腔調新考〉一文，文中就其所見《新刻京板青陽時調詞林一枝》及《新選南北樂府時調青崑》二書作比較，以見青陽時調與崑山腔在曲文上之差異，進而發現青陽時調在曲文上特色爲：

> 就原有戲文，或於曲後，或於白前，另加以五言或七言詩句及慣用成語，夾於其間。二書鐫刻，字體不同，即曲文、夾白、原白，各成一式。〔註97〕

這些加入曲後、白前的文字，就是所謂的「滾調」；萬曆以後刊刻的戲曲選本，往往藉著行款之不同把滾調的曲文標示出來。傅芸子文中進一步探討滾調之組織，又說：

> 滾唱主要之功用在於發揚劇情，側重悲劇之抒寫，……余嘗就明人滾調曲選中，得例有三：（一）加於曲文之上者。……（二）加於曲文之中者。……（三）加於曲文之末者。……以上三例，就中以（一）加於曲文之上者最爲罕用。

《中國大百科全書．戲曲曲藝》卷在「青陽腔」條中說：青陽腔繼承了弋陽腔只用打擊樂器伴奏與一唱眾和的演唱特點，並發展了弋陽腔的「滾調」，成爲它自己的最大特色。其中關於「滾調」，是這樣說的：

〔註97〕此處兩段引文，詳見傅芸子〈釋滾調——明代南戲腔調新考〉一文之〈二、青陽調之流行〉、〈三、滾調之勃興〉之〈3、滾調之組織〉，此文收於傅芸子《白川集》（臺北：鼎文書局，民國68年7月初版），頁146、下段引文見頁156～158。

「滾調」包括散文體的「滾白」和韻文體的「滾唱」。青陽腔在運用「滾調」上，一種是在曲牌內插入滾唱或滾白，叫做「加滾」或「夾滾」；一種是在曲牌之外加唱大段的滾調，叫做「暢滾」。大段「暢滾」最有創造性。「滾調」演唱時，大多板急調促，字多腔少，以「流水板」的板式出現。「滾調」的運用，突破了曲牌聯套體的音樂結構形式，增加了刻劃戲劇人物和表現戲劇情緒的藝術手段，豐富了演唱藝術的表現力，同時，也促使傳奇形式的文學體裁發生變化。……由於「滾調」打破了曲牌聯套音樂結構和長短句格文學體裁的傳奇體製，就爲板式變化體音樂結構和整齊格文學體裁的戲曲新形式的產生創造了條件；同時「滾調」本身也發展成爲一種曲牌聯套與板式變化相結合的新形式。在戲曲形式的演變發展中作出了具有歷史意義的貢獻。〔註 98〕

文中清楚地說明「滾白」、「滾唱」之別，在於用韻與否；「加滾」、「夾滾」及「暢滾」，則是就插入曲文之位置及份量而加以區分；「滾調」的運用除了豐富舞臺藝術、增加戲劇效果，更是促使劇本文學體裁由曲牌體轉向板式變化體的一個關鍵。

（一）滾調的形成與盛行

「滾調」出現於何時？從現存文獻資料來看，黃文華編撰的《詞林一枝》，封面題有「刻詞林第一枝」，橫刻「海內時尚滾調」，下欄豎刻一段話：

千家摘錦，坊刻頗多，選者俱用古套，悉未見其妙耳。予特去故增新，得京傳時興新曲數折，載於篇首，知音律者幸鑒之。書林葉志元梓。

卷末署「萬曆新歲孟冬月葉志元繡梓。」〔註 99〕就《詞林一枝》所敘，「滾調」應在萬曆元年（西元 1573 年），已經流行，書商才會用它招徠顧客。但傅芸子〈釋滾調——明代南戲腔調新考〉一文卻說：

《詞林一枝》……此集刊於萬曆元年，……此書刊年雖早，恐不足見滾調出現之早，余意殆即書賈迎合當時風尚，更易新封面，藉以號召顧客，且選中亦微現新繡梓之處，總之，滾調之產生，當在萬

〔註 98〕詳見《中國大百科全書・戲曲曲藝》卷在「青陽腔」條，前揭書，頁 290。
〔註 99〕詳見明・黃文華編撰《詞林一枝》，此書收於王秋桂主編《善本戲曲叢刊》第 1 輯，（臺北：臺灣學生書局，民國 73 年 7 月景印初版）。

曆三十八年左右，此無可置疑者。〔註100〕

傅芸子認爲「滾調」產生之年代應在萬曆三十八年（西元1610年）左右〔註101〕，關於這一論題，也引起許多學界前賢相關的討論。〔註102〕

究竟「滾調」的產生年代在何時？除了《詞林一枝》之外，讓我們再看看其他明人的相關記載。

先看當時刊行之戲曲選輯，如：黃文華輯《鼎雕崑池新調樂府八能奏錦》，此書卷末刻有「皇明萬曆新歲愛日堂蔡正河梓行」字樣，可知其刊行於萬曆元年（西元1573年）；吉州景居士《鼎刻時興滾調歌令玉谷新簧》，此書卷末刻有「萬曆庚戌年孟秋月刊行」字樣，可知刊行於萬曆三十八年（西元1610年）；龔正我《新刊徽板合像滾調樂府官腔摘錦奇音》，此書卷末刻有「辛亥孟春書林張三懷梓」字樣，可知刊行於萬曆三十九年（西元1611年）。此

〔註100〕詳見傅芸子〈釋滾調——明代南戲腔調新考〉，前揭文，頁150。

〔註101〕關於滾調產生的年代，傅芸子首先提出了應在萬曆三十八年左右的說法。認同此說者，如：朱萬曙〈「滾調」與中國戲曲體式的嬗變〉，此文也認爲傅芸子之說「應該是有道理的推測。」並進一步說：「看來在萬曆三十八年（1610年）之前，『滾調』之名並未出現。但是，名稱的沒有出現，並不意味著『滾調』這一形式的不存在。『滾調』是伴隨著明中葉徽、池一帶的青陽腔、石臺腔等風靡一時的，而徽、池諸腔又源自南戲的餘姚腔或弋陽腔，在它們那裡可能就有『滾調』形式，而到了萬曆以後刊刻的戲曲選本，即在板式上把滾調的曲文表現出來了。」收於《戲劇藝術》，1988年出版，頁53～62，引文見頁54。

汪效倚〈關於《詞林一枝》的成書年代——兼談「滾調」盛行的時間〉，在傅芸子之說的基礎上，更進一步從劇目、戲曲選本的書寫刊刻形式、插圖的精巧及具體內容等方面加以探討，文中說：「《群音類選》約編於萬曆二十一至二十四年，或距此不久。《玉谷調簧》是萬曆三十八年刊成的。《詞林一枝》明顯地是介於上述二書之間問世。……《詞林一枝》絕不是刻印於萬曆元年，它的刊刻時間，只能介於《群音類選》和《玉谷調簧》之間，即萬曆二十一年至萬曆三十八年，這十六、七年之間。」此文《中華戲曲》第8輯，1989年5月出版，頁176～186，引文見頁180～182。

〔註102〕詳見李殿魁〈「滾調」再探〉一文之（二、名家論述），文中就：趙景深《戲曲筆談》〈明代青陽腔劇本的新發現〉、葉德均《戲曲小說叢考》〈明代南戲五大腔調及其支流〉、錢南揚《戲文概論》〈源委第二〉第三節〈餘姚腔到青陽腔〉、第四節〈弋陽腔及其支裔〉、劉念茲《南戲新證》第四章〈南戲的流變〉、《中國大百科全書・戲曲曲藝》卷「弋陽腔」條、「青陽腔」、俞爲民《宋元南戲考》中〈南戲四大唱腔考述〉、金寧芬《南戲研究變遷》上編第七節〈南戲的聲腔〉等各家之論滾調作了系統性之說明。此文爲「明清戲曲國際研討會」論文（中央研究院中國文哲研究所籌備處，民國86年6月10～11日），頁2～8。

外，尚有黃儒卿輯《新選南北樂府時調青崑》，程萬里、朱鼎臣輯《鼎鍥徽池雅調南北官腔樂府點板曲響大明春》，熊稔寰《新鋟天下時尚南北徽池雅調》等書，都刊行於萬曆年間。它們都是徽州腔、池州腔（青陽腔）的戲曲選本，從書名標示「崑池」、「青崑」，可知在萬曆年間崑山腔盛行的情況下，依舊受到觀眾歡迎。它們的流行，或許更甚於崑腔，王驥德才會感嘆池州的石臺和太平的梨園「幾遍天下」。徽州腔、池州腔（青陽腔）都是運用滾調的聲腔之一，《玉谷新簧》書名標示「時興滾調」，《摘錦奇音》書名標示「滾調」，可見它們都以強調滾調作爲吸引觀眾、增加競爭力的手段。〔註 103〕

王驥德《曲律》〈論板眼第十一〉中說：

> 今至弋陽、太平之袞唱，而謂之流水板，此又拍板之一大厄也。〔註 104〕

王驥德在此只是提出了「袞唱」；但刊行於同年的《玉谷新簧》、刊行於隔年的《摘錦奇音》及同在萬曆年間刊行的《大明春》，皆在曲文之中標注「滾」或「滾調」的字樣，由此判斷王驥德所謂「袞唱」應即是「滾調」。又因其用流水板唱，與強調「功深鎔琢、啓口輕圓、氣無煙火」的崑山水磨調自然大相逕庭，難怪王驥德要大嘆此爲「拍板之一大厄」了。

弋陽腔具有「滾調」的特點，其具體之例可見於：生於嘉靖四十五年（西元 1566 年），卒於崇禎四年（西元 1641 年）的葉憲祖所作《鸞鎞記》第二十二齣〈廷獻〉：

> （末）：你的題是愛妾換馬。
> （丑）：生員有了，只是異乎三子者之撰。
> （末）：卻怎麼？
> （丑）：他們都是崑山腔板，覺道冷靜。生員將【駐雲飛】帶些滾調在內，帶做帶唱如何？
> （末）：你且念來。（丑唱弋陽腔帶做介）

〔註 103〕明．黃文華輯《鼎雕崑池新調樂府八能奏錦》、明．吉州景居士《鼎刻時興滾調歌令玉谷新簧》、明．龔正我《新刊徽板合像滾調樂府官腔摘錦奇音》、明．黃儒卿輯《新選南北樂府時調青崑》、明．程萬里、朱鼎臣輯《鼎鍥徽池雅調南北官腔樂府點板曲響大明春》、明．熊稔寰《新鋟天下時尚南北徽池雅調》等書，皆收於王秋桂主編《善本戲曲叢刊》第 1 輯，（臺北：臺灣學生書局，民國 73 年 7 月景印初版）。

〔註 104〕詳見明．王驥德《曲律》卷 2〈論板眼第十一〉，收於《中國古典戲曲論著集成》四，前揭書，頁 119。

【前腔】（即【駐雲飛】）……記得古人有言：「槽邊生口枕邊妻，晝夜輪流一樣騎。若把這媽換那馬，怕君暗裏折便宜。」……。

（末笑介）：好一篇弋陽，文字雖欠大雅，到也熱鬧可喜。〔註105〕

劇中「槽邊生口枕邊妻」四句即爲滾調，既以弋陽腔歌之，可見當時「滾調」已爲弋陽腔之特色之一。其中丑道：「崑山腔板，覺道冷靜」，末見其表演之後說：「好一篇弋陽，文字雖欠大雅，到也熱鬧可喜。」也可看出崑山腔與弋陽腔之不同風格。此劇呂天成《曲品》（成書於萬曆庚戌三十八年，西元1610年，書前〈曲品自序〉）卷下〈新傳奇品〉「上中品」亦見收錄〔註106〕，可知其之流傳必在萬曆三十八年之前。

綜合上述，可以確定「滾調」在萬曆初年已爲盛行的事實。「滾調」從形成到盛行，尚須一段流傳的過程，因此，可以說，「滾調」的產生、運用，應是在嘉靖年間就已開始了。〔註107〕

〔註105〕明・葉憲祖所作《鸞鎞記》，收於《全明傳奇》第97種。

〔註106〕詳見明・呂天成《曲品》卷下〈新傳奇品〉「上中品」，收於《中國古典戲曲論著集成》六，（北京：中國戲劇出版社，1982年11月第4次印刷），頁234。

又，明・呂天成《曲品》卷上〈序文〉：「先輩鉅公，多能諷詠；吳下俳優，尤喜掇串。予雖不尊古而卑今，然須溯源而得委，倣之《詩品》，略加詮次，作《舊傳奇品》。」又言：「考之今人……僭分九等，開列左方。入吾品者，可許流傳；軼吾品者，自慚腐穢。作《新傳奇品》。」前揭書，頁209、212。

呂天成新、舊傳奇的區別，是以崑山水磨調爲分野，葉憲祖《鸞鎞記》既歸之於〈新傳奇品〉，可知應屬崑山水磨調之作品。由此文人之作加入弋陽腔的情形，亦可看出弋陽腔盛行之況。此種盛況亦可以王驥德之劇作來說明，在《韓夫人題紅記》第二十六齣〈郊南奏捷〉，李克用、于祐、韓渥等人，平定黃巢之亂，朝廷各有陞賞，在【黃龍滾】下註明「眾滾」；第三十三齣〈洞房會葉〉于祐與韓翠屏因紅葉得結良緣，在【節節高】下亦註明「眾滾」；第三十六齣〈恩貤完合〉紅葉題詩之事，大爲聖上歎賞視爲佳話，宣付史館以傳示將來，以【大環著】三曲寫此封官受賞場面，【大環著】亦註明「眾滾」。此劇三處運用滾唱之場合，目的皆在是增加場面熱鬧氣氛。這種情況出現在不喜弋陽腔滾唱的王驥德的作品中，可見滾調之盛行。此劇收於《全明傳奇》第99種。

〔註107〕滾調產生於嘉靖年間，可參見葉德均〈明代南戲五大腔調及其支流〉一文之〈小結〉中說：「當滾唱在嘉靖年間產生時，可能不只是一兩種劇種、聲腔使用。由於本身史料的片段性，現在知道應用滾唱最早的是青陽腔（池州腔），在萬曆元年就出現了戲曲選本，可證不會晚於嘉靖以後。徽州腔、太平腔採用可能也不會太晚，當許多劇種用滾唱以後，形成一道洪流，就影響了以前的舊劇種。首先是弋陽腔，它在嘉靖間滾唱各腔調力量開始壯大時，就採用

至於《詞林一枝》封面書商葉志元所說：「得京傳時興新曲數折，載於篇首」，究竟爲何？傅芸子〈釋滾調——明代南戲腔調新考〉一文，據王正祥《新訂十二律京腔譜》〈凡例〉第三則中提及「但弋陽舊時宗派淺陋猥瑣，有識者已經改變久矣，即如江浙間所唱弋腔，何嘗有弋陽舊習，況盛行於京都者，更爲潤色其腔，又與弋陽迥異。」（引文已見於前）而言：

> 王氏所言，有一可注意之點，即弋陽曾經有識者改變一語，可爲余前所推測，由弋陽變爲青陽又經潤飾成爲滾調，添一佐證。又謂「盛行於京都者，更爲潤色其腔，又與弋陽迥異。」余意王氏所指者必即滾調，何則？嘗觀《詞林一枝》封面，既有「海內時尚滾調」字樣，其下又有書賈啓事：「……予特去故增新，得京傳時興新曲數折，載於篇首」之語，撿之原書，所添有滾調者《三桂記》、《藏珠記》均載於卷一篇首，今又可知萬曆時代滾調並有傳入北京之勢。〔註 108〕

王安祈之說與此相似，在其《明代傳奇之劇場及其藝術》〈弋陽系聲腔的音樂特質〉中說：

> 「時興新曲」顯然是指滾調而言，查本書添有滾調註明「滾」字的《三桂記》等正是「載於篇首」；而既云「得京傳時興新曲」，可見青陽腔原也沒有滾調，滾調當是盛於京師、傳自京師的。（引述王正祥《新訂十二律京腔譜》〈凡例〉第三則）……可見盛行於北京的弋陽腔，曾經「有識者」之改變潤色，書商葉志元所謂「京傳時興新曲數折」，正是指此而言，也就是滾調。如此說來，滾調乃是弋陽腔傳至北京後經變化潤色的新唱法，當青陽腔形成後，將其吸收並加強發展，遂風行一時，成爲「海內時尚」。〔註 109〕

二說都認爲《詞林一枝》所增「時興新曲」是指「滾調」。但林鶴宜《晚明戲曲劇種及聲腔研究》〈弋陽諸腔中的「滾」及其演變〉中則認爲此一推論有再商榷之必要，他說：

滾唱。後來餘姚腔、海鹽腔也採用了。……特別是嘉靖到萬曆（1522～1620）的一百年間是它的黃金時代。」前揭書，頁 65～66。

〔註 108〕詳見傅芸子〈釋滾調——明代南戲腔調新考〉一文〈四、滾調之餘勢〉之〈(1)、滾調與京腔〉，前揭文，頁 164。

〔註 109〕詳見王安祈《明代傳奇之劇場及其藝術》第五章〈音樂與賓白〉第三節〈弋陽系腔聲的音樂特質〉之〈三、滾調〉，前揭書，頁 299。

> 關鍵就在書商葉志元這段話的解釋。葉氏強調《詞林一枝》之不同於一般坊刻戲曲選輯在於「去故增新」，所去的「故」是「古套」；所增的「新」，是「京傳時興新曲數折」，重點很明白地是指「劇目」，這是書商以新劇目招徠讀者的手段，跟「滾」沒有直接關係。至於王安祈先生提到的「載於篇首」註明「滾」的《三桂記》，在卷之一頁三，是全書中唯一的孤例，其他地方凡用「滾」，都是以小於曲文的中號字單行表示。一直到全書最後一齣《和戎記》「王昭君親和單于」都有一段中號單行的滾唱（見卷之四頁二十四），可見不管「載於篇首」或「載於篇尾」都有「滾」。葉志元是福建的書商，他把得自「京傳」的新劇目「載於」全書的「篇首」作號召，而無論「篇首」或「篇尾」的劇目都有「滾」，可見「滾」根本不是他的述求重點。〔註110〕

就林鶴宜所述葉志元所強調的「去故增新」，其意應是：「故」是「古套」；所增的「新」，是「京傳時興新曲數折」，重點很明白地是指「劇目」，這是書商以新劇目招徠讀者的手段。這樣的說法是合理的，書商們刊行戲曲選輯自以營利爲目的，如何吸引觀眾的興趣，便成爲他們選擇作品的重要考量點。因此，新的劇目，尤其是從都城北京傳來的劇目，當然更具號召力了。

但林鶴宜又說：「跟『滾』沒有直接關係」、「『滾』根本不是他的述求重點」。這點似乎也有商榷處，《詞林一枝》橫刻「海內時尚滾調」，可見「滾調」也是他訴求的特色之一。「滾調」具有的通俗性，是適合廣大群眾的品味。因此，對於葉志元所說「得京傳時興新曲數折，載於篇首」這句話，我們可以理解爲：用「滾調」演唱由北京傳來的新劇目。以此爲賣點，有新劇目吸引著觀眾的目光，更藉著「滾調」的運用，使劇本文辭通俗易懂，音樂節奏明快爽朗，這些都是符合市井之民的欣賞興味的。就書商而言，自然要大加宣傳此兩大特色了。

眞正清楚地對「滾」提出解釋的，現今所見最早的資料，應是王正祥《新訂十二律京腔譜》〈凡例〉第十一則所說：

> 一論滾白，乃京腔所必需也，蓋崑曲之悅耳也，全憑絲竹相助而成

〔註110〕詳見林鶴宜《晚明戲曲劇種及聲腔研究》下編〈晚明戲曲聲腔考述〉第六章〈弋陽腔系統〉第四節〈弋陽諸腔中的「滾」及其演變〉，前揭書，頁210～211。

> 聲，京腔若非滾白，則曲情豈能發揚盡善。但滾有二種，不可不辨，有某句曲文之下，加滾已畢，然後接唱下句曲文者，謂之加滾。亦有滾白之下，重唱滾前一句曲文者，謂之合滾。然而曲文之中，何處不可用滾，是在乎塡詞慣家用之得其道耳。如係寫景傳情，過文等劇，原可不滾，如係閨怨離情死節悼亡，一切悲哀之事，必須暢滾一二段，則情文接洽，排場愈覺可觀矣。今茲譜內諸曲，用滾關鍵概不拘定，以見是曲可滾，而宜加宜合，爲精明詞學者，度量而用之。〔註111〕

所謂京腔，即是弋陽腔傳至北京後產生的新腔調，仍保著弋陽腔之特色。王正祥曾說弋陽腔合於古代樂志所說「唱、和、嘆」三義（見該書〈總論〉），此處則著意於強調滾調之解釋、作用及運用之道。他認爲滾調的主要功用在於發揚劇情，因爲弋陽腔不像崑山腔可以憑藉絲竹伴奏來烘托情境，所以要「發揚曲情」，則須藉助於「滾白」之力；滾有兩種形式，「加滾」、「合滾」，皆是夾雜在曲文之中的唱段；雖然提出「暢滾」，但就上下文觀之，仍應是「滾白」之擴充；若在閨怨、離情、死節及悼亡等悲劇情節處，加上一兩段「暢滾」，可增加抒情的深度。可見「滾」的份量，可隨劇作家因應劇情所需而安排。此外，「滾」的使用也是非常自由，「何處不可用滾」、「用滾關鍵概不拘定」、「在乎塡詞慣家用之得其道耳」、「精明詞學者，度量而用之」，所言之意十分清楚。關於這點，李殿魁在〈「滾調」再探〉一文中說：「『加滾』有無定則？我以爲則在師傅傳授耳。」並比較《群音類選》、《大明春》、《玉谷調簧》、《樂府菁華》、《詞林一枝》、《樂府紅珊》及《摘錦奇音》等書中所收錄《紅葉記》中的一齣〈四喜四愛〉的加滾情況，得出結論：

> 從上面的現象，知道加滾是靈活的，可加可不加，可多可少，自由發揮，看傳戲師傅的流派；而唱腔處理上，只是板式節奏不變，滾白可能字多一些，類似帶白帶唱，並不需要單獨把滾標出另種旋律，與曲詞、說白混爲一體。這可能就是腔無定譜，句句均可拆散加滾，但整個音樂從起頭、開展、變化、收煞，仍有它一定結構上的要求。……所以「滾」是戲曲演唱中帶有補充性、說解性、誇張性、發抒性的文辭語言，插入、混入不夠謹嚴的敘述旋律中，達到

〔註111〕詳見清・王正祥《新訂十二律京腔譜》〈凡例〉第十一則，此書收於王秋桂主編《善本戲曲叢刊》第3輯，前揭書，頁73～74。

明白、曉暢、色彩豐富、表演生動的境界；得到雅俗共賞，老少咸宜的愉悦。〔註112〕

王正祥從各種層面對「滾」作了清楚的解釋，但對於獨立於曲牌之外的「滾調」，則未有說明。事實上，在明中葉以後的弋陽腔劇本已有「滾調」出現了（詳後）。

稍後於王說，劉廷璣《在園曲志》（康熙五十四年自序，西元1715年），也有一段關於弋陽腔的記載：

舊弋陽腔，乃一人自行歌唱，原不用眾人幫合；但較之崑腔，則多帶白作曲，以口滾唱爲佳。而每段尾聲，仍自收結，不似今之後臺眾和作「喲喲囉囉」之聲也。江西弋陽腔、海鹽浙腔，獨存古風，他處絕無矣。〔註113〕

他認爲「舊弋陽腔」，原是由一人自行歌唱，且有帶白滾唱的形式，但是「不用眾人幫合」。關於此說，我們可以加以思考，弋陽腔和其他南戲聲腔，除了魏良輔等人改良之後的崑山水磨調之外，都是徒歌乾唱，以鑼鼓節拍的古老藝術型態。因爲不用管絃伴奏，所以發展出一唱眾和的「幫腔」形式，藉以增加戲劇效果。如湯顯祖〈宜黃縣戲神清源師廟記〉中說「自江以西爲弋陽，其節以鼓，其調喧」，就是明顯的證據。如果舊弋陽腔原來不用幫腔，又怎麼能夠「調喧」呢？可見劉廷璣說弋陽腔「原不用眾人幫合」，是值得商榷的！

葉德均〈明代南戲五大腔調及其支流〉一文之〈弋陽腔〉中引述劉廷璣此說，並加說明：

所謂「今之後臺眾和作『喲喲囉囉』之聲」，是指弋陽腔在清初（約1644～1715年）滾調基本衰亡以後，弋陽腔也不用滾調，又繼續用原來的幫合唱的情況。〔註114〕

但事實上，「滾調」並沒有衰亡，否則，清初王正祥又何須在《新訂十二律京

〔註112〕詳見李殿魁〈「滾調」再探〉一文〈三、我所見到的一些狀況〉，前揭文，頁9～16。

〔註113〕詳見清・劉廷璣《在園曲志》，眉批題作「崑腔以外諸腔」，此書收於任中敏編《新曲苑》第19種，（臺北：臺灣中華書局，民國59年8月臺1版），頁278～279。

〔註114〕詳見葉德均《戲曲小說叢考》〈明代南戲五大腔調及其支流〉一文〈一、明代五大聲腔〉之〈四、弋陽腔〉，前揭書，頁37。

腔譜》中大談京腔的滾唱呢？〔註 115〕關於此點，傅芸子在〈釋滾調——明代南戲腔調新考〉一文之〈四、滾調之餘勢〉中，則就「滾調與京腔」、「清代內廷大戲中之滾白」及「皮黃殘存之滾唱」三方面加以探討，在該文之〈結論〉中說：

> 綜觀南戲自元中業復興以來，海鹽腔而外，其惟一恆久存在之腔調，即爲弋陽腔耳。自明嘉隆間出現至今，已逾四百年，……其在戲曲史上所予影響之大，從未有逾於弋陽腔者。夷考其故，即特具之滾唱。青陽調以前之弋陽腔曲文，已無可考，及變爲青陽，爲滾調，爲京腔，甚至爲二黃，淵源所繫，厥爲滾唱而已。〔註 116〕

短短數語，已清楚道出弋陽腔「滾調」在中國戲曲發展史上之地位。

（二）滾調的形式與運用

關於滾調的形式與運用的技巧，就今日所見明代弋陽諸腔劇本可知，加滾的形式大致有三種，一是：夾雜在曲牌中的唱段，通常以小於曲文大號字體的中號字體單行書寫，與賓白用小號字體雙行書寫的形式有著明顯的區別，對於曲文有著解釋、補充或渲染的作用，亦可更深刻地抒發人物感情。二是：置於獨立於曲牌之外的唱調，多以【滾調】、【滾】表示，其文字與曲文所用大號字體相同。三是：在套數之外另有長篇七言齊句的韻文，大段的唱詞可視爲滾調的發展與擴充。以下則就劇作所見，略舉數例加以說明。

1、夾於曲文中之滾唱

鄭之珍《目連救母勸善戲文》此劇用滾的方式即涵括了上述三種，先就第一類型舉例論之。劇中加滾之處，以中號字單行書寫，筆者此文以『』作區別。如：上卷第二齣〈元旦上壽〉，外扮傅相，唱：

> 【降黃龍・前腔】光陰百年如瞬，嘆浮生碌碌，華鬢星星。我存心積善，『積書遺子孫，未必能讀；積金遺子孫，未必能守。』總不如陰功廣積在冥冥，便是兒孫久長根本。

上卷第十六齣〈和尚下山〉，小扮和尚，唱道：

> 【江頭金桂】自恨我生來命薄，襁褓裡淹淹疾病多。因此上爹娘憂

〔註 115〕關於劉廷璣此說之謬誤，可參閱林鶴宜《晚明戲曲劇種及聲腔研究》下編〈晚明戲曲聲腔考述〉第六章〈弋陽腔系統〉第三節〈弋陽諸腔中的幫腔及其演變〉，前揭書，頁 205～206。

〔註 116〕詳見傅芸子〈釋滾調——明代南戲腔調新考〉，前揭文，頁 170～171。

慮，（白）將我八字推算，那先生道我（唱）命犯孤魔，『三六九歲定是難過，我的爹娘無奈之何』，只得靠賴神明，將我捨出家，我自入空門奉佛，『謹遵五戒，斷酒除花。朱樓美酒應當分，紅粉佳人不許瞧。雪夜孤眠寒悄悄，霜天剃髮冷瀟瀟。萬苦千辛。』受盡了幾多折剉。『前日同師父下山作齋』，見幾個年少嬌娥，十分美貌，『真個是臉如杏桃，鬢似堆鴉，十指纖纖，金蓮三寸，傾國傾城。莫說凡間女流了』，就是月裏姮娥賽不過他，因此上我心頭牽掛，暮暮朝朝撇他們不下。念彌陀木魚敲得聲聲響，意馬奔馳怎奈何？『今日幸得師父既不在家，火頭砍柴去了。』

【前腔】我就此拜辭了菩薩，下山去尋一個鸞鳳交。……

此處二例，前者「積書遺子孫」四句，應是俗諺之類的慣用語，表現傅相內心之思忖，作用簡單。後者則藉著數段滾唱，敘述和尚命犯孤魔不得不出家的無奈，及守戒律、斷酒除花的萬苦千辛；然而禁不住年少嬌娥的誘惑，雖然口念彌陀，實則意馬奔馳，終究顧不得出家人的身分，趁著師父不在，拜辭了菩薩，下山尋一個鸞鳳交，將心湖泛起漣漪的小和尚形象描繪地入木三分。就劇情之連貫、人物心聲之表達而言，有了這幾段滾唱，更顯流暢深刻。

2、獨立於曲牌之外的滾調

此類型的加滾方式，也屢爲劇作家所運用，如：《目連救母勸善戲文》所用有：上卷第十四齣〈傅相升天〉【滾終】（五言四句）、上卷第二十一齣〈遣買犧牲〉【滾終】三首（五言四句、八言兩句）、中卷第七齣〈齋僧濟貧〉【滾下】（五、七言輪用）、第十八齣〈才女試節〉【滾】……等。

又如：《觀音魚籃記》第五出〈當山顯應〉【滾遍】（七言齊句）。

《高文舉珍珠記》第三齣〈慶壽〉【中滾遍】、第十二齣〈聞報〉【中滾遍】二首。〔註117〕

《古城記》第十六齣〈斬將〉【滾調】（七言十句、末句重唱）、第二十齣

〔註117〕《目連救母勸善戲文》中卷第十八齣〈才女試節〉之【滾】，爲長短句形式，筆者疑爲南曲黃鐘宮過曲【黃龍袞】。又《高文舉珍珠記》第三齣〈慶壽〉之【中滾遍】及第十二齣〈聞報〉之【中滾遍】二首，亦爲長短句形式，且多有「合前」，因此林鶴宜《晚明戲曲劇種及聲腔研究》下編〈晚明戲曲聲腔考述〉第六章〈弋陽腔系統〉第四節〈弋陽諸腔中的「滾」及其演變〉，註19，認爲這類型長短句的滾調「應非滾調」，前揭書，頁211。

〈受錦〉【滾】(五首，字數句數靈活運用)、第二十四齣〈救羽〉【滾調】(長短句)、第二十八齣〈助鼓〉【滾】(六言二句，七言五句)。

滾調獨立於曲牌之外，就其文字之行款與曲文相等來看，其地位應與曲文相當。就其內容來看也和曲牌一樣，有著推展劇情、抒發人物情感的作用，是一個獨立的唱段，而不同於滾唱附屬於曲文之中。其與曲牌之差別，應是曲牌爲長短句形式的韻文，而滾調大多爲五七齊言式的韻文。如《目連救母勸善戲文》上卷第二十一齣〈遣買犠牲〉其套數爲：

【院郎歸】(筆者按應是【阮郎歸】)(夫唱)—【二犯傍粧臺】二首(夫唱)、(丑唱)—【刮股令】二首(夫唱)、(丑唱)—【滾終】三首(夫、丑接唱)、(小唱、合唱)—【剔銀燈】(小唱)—【皂羅袍】三首(小唱、合唱)、(丑唱合前)、(淨唱、合前)。

夫扮劉青提遣子羅卜外出經商，心中不免掛念，丑扮金奴，一方面寬慰夫人，一方面慫恿她持齋愚癡，不如開葷享肥甘。唱道【滾終】:

(夫)光陰不再來，此語誠端的。兒去有時歸，我又何須慮。(丑)老安人，此語自是，往事已非，喚安童急買犠牲去。(丑叫介，小上)

(夫唱，前腔)明知佛事非，因發開葷意。你去買犠牲，急急回家裡。(丑唱)安排筵席，供調甘旨，論人生有酒須當醉。(作付銀介)

(小唱，前腔)連年著鬼迷，此日天開霽。老安人，藻鑑既昭明，休得再爲他遮蔽。(合)遇酒高歌，逢場作戲，笑看經做不得千年計。

三首【滾終】用韻皆同於此齣套數，所唱內容既推展劇情，亦道出人物心情，其與曲文之份量實已相當。

又如：《觀音魚籃記》第五出〈當山顯應〉，此出全由生唱，套數爲：

【紅衲襖】—【駐雲飛】二首—【滾遍】—【金錢花】。

生扮玄天上帝鎮守北方武當山下，此齣演金寵、張瓊同朝爲官，將相偕同往武當山拜神求嗣，玄天上帝因就二人作爲一賜貴子、一賜女。【滾遍】即唱道：

想吾神正直無偏，歎世人負心不厭。爲人須要子孫賢，黃金白璧何足稱羨。張瓊夫婦誠心意堅，綎生一子接紹宗先。金寵爲人意不專，降下一女後受災迍。(白：眾將，從今後)朝流赤壁執掌三天，積善之人加官進顯，作惡之人中途遭憲，方顯吾神有感有靈。暗設虧心神目如電，神聖照彰威靈不淺。

此段【滾終】既寫玄天上帝勸善懲惡之意，也爲往後情節發展留下線索，作用明顯。

再如：《古城記》第十六齣〈斬將〉，此齣套數爲：

【中引】（顏良、眾唱）－【五言律】（同前，關羽唱）－【新水令】（關唱）－【駐馬聽】（關唱）－【僥僥令】（關唱）－【沽美酒】（關唱）－【四邊靜】（文良唱）－【駐雲飛】（關唱）－【滾調】（卒吊場，唱）。

關羽爲了保護甘、糜二位皇嫂只得接受張遼勸降，暫居許昌。劉備投奔袁紹，袁紹願爲其找回關羽，便命顏良、文丑領兵十萬攻打曹操。顏良勢如破竹，張遼向曹操獻計，激關羽出陣與顏良交鋒。此齣所演即關羽誤殺顏良、文丑之事。劇中卒子所唱【滾調】即爲此事，唱道：

拿起刀來刀一把，提起鎗來鎗一根。偃月鋼刀提在手，猶如猛虎轉翻身；殺得三軍齊敗走，猶如螻蟻滾成團。爬的爬來滾的滾，逃的逃來奔的奔，不是小人說的快，險些做個沒頭人，做個沒頭人。

藉著此首【滾調】描寫關羽陣前破敵的英勇形象，而滾調文字通俗易懂之特色，在此曲也可清楚看到。

同劇第二十齣〈受錦〉有一個更特別的例子，全齣除了【出隊子】爲扮曹操軍隊之眾人所唱，其餘九首皆爲關羽獨唱，其套數爲：

【賀新郎】－【天下樂】－【滾】－【前腔】－【出隊子】－【滾】－【前腔】－【滾】－【尾】

關羽知道誤殺顏、文二將，決定立即離開曹營，保護兩位皇嫂，前去尋找劉備。三次見曹辭別，曹操皆避不見面，只好留書告別，並奉還所贈禮物及壽亭侯印信。曹操發覺關羽已走，決定做個人情，便命人趕往霸陵橋爲他餞行。此齣所演即許褚、張遼奉曹操命攜美酒、紅袍爲關羽餞別事。【賀新郎】、【天下樂】二曲寫關羽離曹營，兩首【滾】演其發現許褚、張遼率兵追來唱道「憑著咱一口青龍偃月刀，怕甚麼張遼許褚，直殺得他赤瀝瀝魂飛透九霄，將馬且帶上霸陵橋。」【出隊子】演曹眾匆忙趕上，接著兩首【滾】，寫關羽發現酒有異味，便以酒祭天、祭地、祭刀，刀上起火，遂識破許褚奸計，再唱一首【滾】道其滔天怒氣：

惱得我焰騰騰似火燒，殺教你敗國亡家禍根苗。俺本是南山豹東海鰲，怎比你山禽野鳥鴟梟，鰲魚脱卻金鈎釣，一任咱擺擺搖搖。

深刻突顯關羽剛正英烈之性格。之後，許褚請他下馬穿袍，一曲【尾】演關羽馬上「把尖刀挑起絳紅袍，拜辭明公去了。」此齣以九曲組套，卻運用了五支滾調，曲曲皆有其推展情節之作用。

從以上所舉數例，可見滾調的運用，無論從文字或音樂上，都有著渲染情感的作用，藉著滾調將人物心情淋漓盡致地發揮出來，也同時將觀眾看戲的情緒推向高潮，這應是滾調受歡迎的原因之一。此外，它在劇情的連貫、推展上，也與曲牌無異，視之爲獨立的唱段是可以全完成立的。

3、長篇七言齊句韻文式的滾調

在弋陽諸腔的劇本中，我們還可以看到另一現象，那就是：將「滾唱」以中號字體標示的劇本中，在曲牌和曲牌之間，還穿插了一段七言齊句式的韻文。如：《高文舉珍珠記》第二十一齣〈訴冤〉【長篇】（七言齊句七十二句）。此齣演王金眞至開封府尹包拯處，狀告其夫高文舉拋妻再娶，溫氏千金又阻其夫婦相會。外扮包拯，在【鳳凰引】之後接【長篇】，包拯報其家門，述其秉心正直，鐵面無私，「要斷皇親國戚臣」、「要判人間不平事」、「要打三司並九卿」，更能「日斷陽間夜斷陰」。此處用中號字體刊刻；之後，賓白：「下官自陳州監糶回來，一向未曾理事，……擡過放告牌出去。」即用小號字體雙行刊刻。【長篇】與賓白文字行款有明顯的不同。張庚、郭漢城《中國戲曲通史》〈弋陽諸腔作品概述〉中認爲「滾調的五、七言韻文的語法結構，是吸收民間文學表現形式的結果」、「很可能是劇作家或藝術家從說唱文學中全盤借用過來的」。〔註 118〕

在《目連救母勸善戲文》中，這類型的長篇韻文，即多次出現在劇作之

〔註 118〕詳見張庚、郭漢城《中國戲曲通史》第 2 冊，第三編第九章〈弋陽諸腔作品〉第一節〈弋陽諸腔作品概述〉之〈三、弋陽諸腔戲曲文學形式的發展〉中說：「滾調的五、七言韻文的語法結構，是吸收民間文學表現形式的結果。《大明春》所選《琵琶記》〈五娘描眞〉一折中，有一段長達七十八句的【琵琶詞】……從其行文遣字和描述手法來看，與民間流行的寶卷、彈詞、鼓詞就沒有多少差別。《珍珠記》第二十一齣中的【長篇】所述包拯故事，也是同一性質。當然，它們作爲特例出現在弋陽諸腔戲中，很可能是劇作家或藝術家從說唱文學中全盤借用過來的。但是卻不難從中看出，弋陽諸腔的戲曲文學與民間文學的密切關係。五、七言韻文的對偶句是說唱文學的基本表現形式，它在滾調形式的誕生中是起著十分重要的作用的。」前揭書，頁 220。

中。如：

中卷第二十九齣〈過黑松林〉【觀音詞】（占念）貼扮觀音，七言三十句。（字體和曲文一樣）

中卷第三十二齣〈過寒冰池〉（生外唱）七言三十句。（字體和曲文一樣）生扮傅羅卜，外扮道人。劇中未標【觀音詞】，生白：「卑人往日在黑松林，蒙娘娘親口吩咐，途中若還遇苦難，高叫南無觀世音，望長者和我高叫一番。」（唱）「高叫南無觀世音……。」可知其爲【觀音詞】。

中卷第三十四齣〈過爛沙河〉【觀音詞】（小念云）七言十句，小扮白猿精。此處未標【觀音詞】，由所演白猿精受困沙河，高叫「南無觀世音」之情節，知其亦即【觀音詞】，但卻用小號字體雙行書寫與賓白之體例相同。

下卷第十一齣〈三殿尋母〉，此演劉青提因血水汙穢三光，須受鐵床、血湖之刑。劉氏道血水汙三光婦人之不得已也，遂有三段【七言詞】。第一段：道爲母者懷胎、產兒、哺乳之艱辛，五十八句。第二段：道爲母者含辛茹苦養兒長大，豈料孩兒娶了妻房忘老娘，七十二句。第三段：道母死無人盡孝道，重重地獄受災殃，恓惶令人情感傷，五十句。（字體和曲文一樣，在第三段註明（夫唱））

三段【七言詞】道盡天下父母養兒所受千辛萬苦，一段深似一段，藉此呼應著劇作「勸善」之主題，如三段【七言詞】最後所唱：「這是哺乳三年苦，養子方知父母恩。萬苦千辛說不盡，人生莫作婦人身。」、「奉勸世間人子聽，及時行孝養親闈。孝順還生孝順子，簷水點點不差移。」、「奉勸世間人子聽，五更高枕細思量。從頭說盡千般苦，只恐猿聞也斷腸。」

劇中這些長篇韻文都是採用和曲文一樣的大號字體刊刻，也註明了其表現方式爲「唱」。可知它們和滾調一樣是用唱的。除了中卷第三十四齣〈過爛沙河〉【觀音詞】，用小號字體雙行書寫與賓白之體例相同之外，此處或因演出者爲小，其扮演之白猿精，在劇中之份量，自然較生扮之羅卜、占扮之觀音爲少，因此所「念」不與曲文等同待之，但卻刻意標以「念云」，與之前賓白，亦藉著一段留白處加以區隔，推測其之表現方式必不同於歌唱，也不同於賓白，那麼應是「數板」之類吧！〔註119〕

〔註119〕此處推測小所念之七言句爲「數板」之方式，參考張敬老師〈由南戲傳奇資料、臆測北雜劇中的一項懸疑〉一文所說：「無論如何『詞云』絕對不是乾念的。……所以本人臆測它是唱出來的。一個理由就是如前所言，雜劇限於正

至於中卷第二十九齣〈過黑松林〉之【觀音詞】註明（占念），亦可說明於下：就中國古典戲劇中之賓白而言，在刊刻的形式上，通常是以小字雙行區隔於曲文之外（當然也有用單行之例），或標「白」、「云」等字作爲提示，卻未見用「念」字者。筆者以爲此處雖然以「念」標示，卻不可與賓白等同視之，何況所用字體與曲文一樣，因此，它應是以帶著音樂成分的朗誦或吟誦的方式來進行的。

綜合以上所述，可以清楚看出滾調的運用是靈活而不受規範的，無論其份量、位置皆可隨作家匠心安排，以達到強化戲劇效果的目的。而夾於曲文中的「滾唱」與北曲的「增句」有著相似的藝術特色。如：徐扶明《元代雜劇藝術》〈增句〉中說：

> 增句的藝術形式，在後世戲曲劇種中也有沿用的，如明代弋陽腔的「滾唱」。什麼叫做滾唱呢？這就是對夾在一段曲文中間的某些句子，用急歌的方式，給原有曲文加上一番解釋、引伸、發揮、詠嘆的特殊唱法。……從唱腔上來說，北曲增句，一般是行腔必速，流水急歌，氣勢貫串，動聽感人。……據王驥德《曲律》說，弋陽腔的「滾唱」，「謂之流水板」……其節奏也是比較快的。〔註120〕

此外，前節引述曾師永義在〈北曲格式變化的因素〉一文中，也曾指出北曲的「增句」具有「滾白」、「滾唱」性質，弋陽腔與北曲早已爲人所注意〔註121〕。林鶴宜承此說進一步證成此說：

> 長短句的曲牌原本容許有增字、增句，北曲的增句尤其常見。……

末或正旦主唱套曲，配角只能唱插曲之類的另一樂曲，劇本到了盡頭收結處，爲整個劇情的總結評判，需要一個周到的照應，同時爲給這個配角一次露歌喉顯身手的機會。民間流傳的搊彈詞、諸宮調種種說唱文學，在劇尾的也如此唱。……筆者大膽假設在雜劇結尾的詞云、詩云之類的東西，是彈唱的，最起碼的也是有板拍如今之國劇中的丑角上場時的數板（句子少的更較可能）。」此文收於《清徽學術論文集》（臺北：華正書局有限公司，民國82年8月初版），頁67～93。

〔註120〕詳見徐扶明《元代雜劇藝術》第十四章〈增句〉（臺北：學海出版社，民國86年5月初版），頁326、335。

〔註121〕詳見曾師永義〈北曲格式變化的因素〉一文中說：「所謂『滾白』或『滾唱』，其實是弋陽腔的專有名詞。……弋陽腔在明代流布得很廣，而且包容力很大，學者甚至認爲它傳自北方，其來源可以遠溯到金元。也因此筆者懷疑北曲中的『增句』應當和弋陽腔的『滾白』和『滾唱』有類似的關係。……也因此筆者以『滾白』和『滾唱』來釋北曲的增句。」此書收於曾師永義《說俗文學》，前揭書，頁337～339。

> 凡增句以押韻爲多，但也有規定不協韻的。……增句之不協韻者，都是帶唱性質，講究流利輕快。綜觀北曲「增句」的種種特質，和弋陽諸腔的「滾唱」，在音樂結構上確實有頗多相似處。弋陽腔系曲牌的文詞格律，較之北曲有更大的自由空間，因此，北曲的「增句」可以看作是弋陽腔「滾唱」的發端之一。〔註122〕

至此，我們對於弋陽腔「滾唱」淵源，從形式及音樂特色來看，其與北曲「增句」的相似性，正可見二者之關係。

至於獨立於曲牌之外的「滾調」及長篇齊言韻文，張庚、郭漢城《中國戲曲通史》〈弋陽諸腔的音樂〉中認爲：這種上下句對稱的結構形式、數板式的節奏，及口語化的朗誦性歌腔，應是受民間說唱音樂的影響。〔註123〕而說唱藝術中韻文的基本架構，正是以七字或十字的齊言對偶句爲基本單位，它被雜劇吸收作爲人物之「上場詩」(「上場對」)、「下場詩」(「下場對」)，在劇本中往往標以「詩云」、「詞云」，這種情況在曾師永義〈元雜劇體製規律的淵源與形成〉一文中有清楚的說明：

> 元雜劇中時有整段七言或十言詩讚體的唱念詞（間有五、八、九等雜言），或稱「詩云」、「詞云」，或謂「訴詞云」、「斷云」，有時直書「云」。……這種詩讚詞和散文賓白及曲文的配合關係，則或詩曲夾用，……或韻散相重……。七字句爲詩讚體說唱文學的主要句式，元雜劇中詩讚詞最爲習見。……由此可見元雜劇簡直就是把自變文、陶眞以來的詩讚體說唱文學涵容集中；而元雜劇曲白相間使用，顯然來自唱賺與諸宮調等詞曲系的說唱文學。元雜劇事實上是結合了詩讚系與詞曲系說唱文學，將敘述體改作代言體，發展而完成的劇種。〔註124〕

當然這種詩讚體的齊言對偶句也會被南戲吸收、運用，如：孟繁樹在《中國板式變化體戲曲研究》〈詩讚系說唱對板式變化體戲曲形成的影響〉中即說：

〔註122〕詳見林鶴宜《晚明戲曲劇種及聲腔研究》下編〈晚明戲曲聲腔考述〉第六章〈弋陽腔系統〉第四節〈弋陽諸腔中的「滾」及其演變〉，前揭書，頁217。

〔註123〕詳見張庚、郭漢城《中國戲曲通史》第2冊，第三編第十章〈崑山腔與弋陽諸腔戲的舞臺藝術〉第五節〈弋陽諸腔的音樂〉之〈二、滾調的出現〉，前揭書，頁356～371。

〔註124〕詳見曾師永義〈元雜劇體製規律的淵源與形成〉一文之〈參、其他・三、賓白〉，此文收於曾師永義《參軍戲與元雜劇》(臺北：聯經出版事業有限公司，民國81年4月初版)，頁198～200。

傳奇本子在文人手中越來越案頭化，遠遠不能適應廣大民眾的需要。具有通俗化傳統的弋陽腔爲了改變這種局面，也來求助於詩讚系說唱文學。它受到齊言對偶句詞格及其說唱方式的啓發，創造了「滾」的形式。……所謂滾調，就是用通俗化的語言，以五字或七字的形式反覆詠唱，用以對典雅艱深的曲詞加以解釋或說明。滾調的出現大大促進了弋陽腔系統的發展，使其更加深入民間。〔註 125〕

因此，我們可以說：弋陽諸腔中的滾唱和滾調，正是融合了「詩讚系」和「詞曲系」音樂特色的具體表現，除了增加音樂節奏的變化，增強情感表現的深刻度，也改變了套數的結構，影響日後板腔體戲曲的產生。

4、戲曲散齣選集中所見的滾調

「滾調」的流行，不僅在劇本中可看到靈活多樣的運用，更反映在明中葉以後的戲曲選集的書名之上，以作爲號召觀眾的手段之一。因此在書名中嵌進「滾調」、「徽板」、「徽池」、「青陽」、「青崑」或「崑池」等字樣的戲曲散齣選集，對於「滾調」的標示則較單行本劇本清楚。在滾調前面標示「滾」或「滾調」的有：《鼎刻時興滾調歌令玉谷新簧》、《鼎鍥徽池雅調南北官腔樂府點板曲響大明春》（此書亦有以中號字體區別滾調之例）、《新刊徽板合像滾調樂府官腔摘錦奇音》等；不標「滾」，而以中號字體單行刊刻的，則有《新刻京板青陽時調詞林一枝》、《鼎雕崑池新調樂府八能奏錦》、《新鋟天下時尚南北徽池雅調》、《新選南北樂府時調青崑》等。（以下爲行文方便，對於引用上列諸書，只以簡名稱之。）

從這些戲曲選集中所記滾調的運用，更可清楚地看出滾調在舞臺演出時所發揮的作用。筆者此文對於以中號字體單行刊刻之滾調，加『』以作區別。如：《詞林一枝》《琵琶記．蔡伯皆中秋賞月》：

【念奴嬌序】【前腔】（生唱）試聽吹笛關山，（白）那裡吹得什麼響？（丑白）如今秋來天氣，人家洗整寒衣，送與出外征人。

（生白）那擣衣寄遠，心下豈不傷感？正是『吹笛秋山風月清，誰家巧作斷腸聲。』（唱）敲砧門巷，月中都是斷腸聲。〔註 126〕

〔註 125〕詳見孟繁樹《中國板式變化體戲曲研究》〈三、板式變化體戲曲產生的基礎〉之〈（二）詩讚系說唱對板式變化體戲曲形成的影響〉（臺北：文津出版社，民國 83 年 3 月初版），頁 39～40。

〔註 126〕詳見明．黃文華編撰《詞林一枝》卷 3《琵琶記．蔡伯皆中秋賞月》，此書收這段曲文用大號字體，單行；賓白用小號字體，雙行；「正是吹笛」兩句用的是中號字體，也是單行排印。而這兩句在標明滾調，刊行於萬曆三十九年（西元 1611 年）的《摘錦奇音》中，則在前面加上了「滾」的標示，寫成「吹笛關山風月清，誰家巧作斷腸聲。風吹律呂相和砌，月照關山到處明」四句〔註 127〕。前兩句除了「秋山」作「關山」之外，用字全同。可見，在未標明「滾」的戲曲選集中，這類用中號字體單行排印的句子，就是所謂的「滾調」。

與《詞林一枝》同樣刊行於「萬曆新歲」的《八能奏錦》，在《投筆記》〈二娘途中自嘆〉中，旦唱【綿搭絮】：

（唱）郵亭回首暮雲遮，西望長安隔斷青山不見家，路途賒怎到得京華。……（滑介）

（唱）山徑崎嶇蹙損金蓮一瓣花，淚如痲溼透衣羅。（白）我也不怨別人。

（淨白）既不怨別人，你怨著那一個來。

（唱）只怨紅顏薄命，今日裡受此波渣。

（內）『寒天十月稻登場，牛羊雞犬滿村莊。甕頭酒熟不須買，兒女夫妻樂一場。』

（旦唱）到不如田婦村夫，白頭相從笑語譁。……

（淨白）他既在外國立大功，日後爲官不小。

（唱）做不得衣錦還鄉，說什麼功名老□波。

（內）『朝採薪，暮採薪，採薪不濟樵家貧。山中落日無餘事，一擔挑歸走白雲。　朝釣魚，暮釣魚，釣魚不濟漁家貧。人間道盡風波險，睡到天明總不聞。』……。〔註 128〕

【綿搭絮】爲越調有贈板之過曲，宜於旦腳訴情之關目〔註 129〕，因此，用詞多爲典雅。這時滾調的運用，適時地發揮了解釋、補充和深化曲文的作用，

於王秋桂主編《善本戲曲叢刊》第 1 輯，前揭書，頁 116。

〔註 127〕詳見明・龔正我編撰《摘錦奇音》卷 1《琵琶記・伯喈牛府賞秋》，此書收於王秋桂主編《善本戲曲叢刊》第 1 輯，前揭書，頁 55。

〔註 128〕詳見明・黃文華編撰《八能奏錦》卷 6《投筆記》〈二娘途中自嘆〉，此書收於王秋桂主編《善本戲曲叢刊》第 1 輯，前揭書，頁 74～77。

〔註 129〕詳見許守白《曲律易知》卷上〈論過曲節奏〉：「越調過曲：小桃紅、山桃紅、祝英臺、綿搭絮。以上應有贈板。」卷下〈論排場〉「訴情類」：「引、綿搭絮四。宜旦唱。」（臺北：郁氏印獎會，民國 68 年 7 月初版），頁 77、112。

且取材牛羊雞犬、採薪釣魚，都是尋常百姓易知易解之事，「朝採薪」兩段，更具有濃厚的民歌氣息，如此一來，自可避免因曲文深奧而產生之隔閡。尚可注意者爲：劇中滾唱部分標註了「內」，可見其爲內場幫腔，藉此加強場面氣氛，刻畫人物哀怨之心情。

再看《玉谷新簧》《白兔記》〈智遠夫妻賞花〉中之【金鎖掛梧桐．前腔】一曲：

（生唱）沙暖鴛鴦戲

（旦白）劉郎，這飛來飛去的是什麼鳥兒？

（生滾）三娘，年年有個春三月，燕子啣泥繞畫梁。

（生唱）啣泥燕子忙，楊柳拂玲瓏。

（旦白）劉郎，雨來了。

（生白）三娘，不是雨，乃是三月天，柳拖煙，一朝雲霧起，天與地相連。

（旦滾）劉郎的夫，你是個男子漢，奴是個婦人家，從小未曾出閨門，那曉得三月一，春景天，草芊芊，煙拖柳，柳拖煙，烏鴉踏散樹梢枝，處處玲瓏柳絮飛。

（旦唱）原來是春景下霧錯認做雨朦朧，又忽聽得鶯聲三弄，香襯馬蹄歸去也。桃杏花開滿園紅，我和你如在錦屏中也囉。

（旦白）劉郎，那枝花紅紅得好，我要摘取一枝來戴著。

（生白）三娘看蒼苔活（筆者按：活似應做滑），我同你去。

（生滾）雙雙攜手同往花臺上，只見百花開放朵朵紅。水裡連天天連水，一枝分作兩枝紅。

（生唱）你看岸上桃花映水紅。

（旦白）遇酒飲三盞，逢花插一枝。

（旦唱）纖纖手撚花枝輕，摘此花付與劉郎手。

（生唱）三娘，我與你斜插在鬢雲中。

（旦白）劉郎，我還要一枝湊成一對。

（生白）三娘待我採過來，（唱）纖纖手撚花枝，此花付與三娘手。

（旦唱）劉郎，我與你斜插在帽簷邊。

（生白）此花是你婦人家用的，我是個男子漢要他怎的。

（旦滾）劉郎的夫，說什麼男子漢大丈夫，有日裏登金榜、宴瓊林，插宮花、飲御酒，權把此花當作一枝宮花。

（旦唱）我與你斜插在帽簷邊，湊成一對彩鸞丹鳳。（合前）〔註 130〕

此段大量而靈活的用滾方式，更是引人入勝。一曲之中用滾四次，且以生、旦輪唱的方式呈現，既有銜接情節之作用，更刻畫了劉智遠夫妻鶼鰈情深的一面。可見滾調的運用，亦會隨著舞臺實踐，不斷提昇、變化，使觀眾有耳目一新之感。

此外，爲求演出效果及突顯劇種、戲班之特別性，同一齣戲加滾的位置、份量皆可隨作家及演員的安排而不同〔註 131〕，當然也可改變原作演出的方式。如：《徽池雅調》《救母記》〈劉回眞花園發咒〉：

【紅衲襖】（旦唱）到花園使人愁悶縈，見花容使人慚愧增。

（白）老員外當初築此花園呵，實指望（唱）夫妻百歲同歡慶，到如今鳳去臺空煙霧凝，養孩兒費盡父母心。

『兒休要聽讒言，可見頭上有青天。老娘若有開葷事，願墮輪迴苦萬千。古人云：讒言勿聽之，君聽臣當誅，父聽子當決，夫婦聽之踈，朋友聽之別。堂堂七尺軀，休聽三寸舌。舌上有龍泉，殺人不見血。』

（唱）兒休得聽讒言，離間了骨肉情，對葵花欲訴衷腸也，花花花，空有丹心向日傾。〔註 132〕

此段情節亦見於《目連救母勸善戲文》中卷第十二齣〈花園發咒〉，二者文字幾乎完全相同。其中「兒休要聽讒言」以下，爲劉青提以賓白之方式演出。但在《徽池雅調》則作滾唱，如此更強調出劉氏希望其子羅卜相信他未曾開葷違戒的急切心情。這段十餘句的滾唱，雖是夾於曲文之中，作爲渲染情感之用，但語意完足，已可視之爲獨立之唱段了。其中所用古人云「讒言勿聽

〔註 130〕詳見明・吉州景居士編撰《玉谷新簧》卷 3《白兔記》〈智遠夫妻賞花〉，收於王秋桂主編《善本戲曲叢刊》第 1 輯，前揭書，頁 133～134。

〔註 131〕就晚明戲曲散齣選集中之同一劇目加以比較，而見加滾自由之例，可見於：
汪效倚〈關於《詞林一枝》的成書年代——兼談「滾調」盛行的時間〉，《中華戲曲》第 8 輯，1989 年 5 月，頁 178～182。
林鶴宜《晚明戲曲劇種及聲腔研究》下編第六章〈弋陽腔系統〉第四節〈弋陽諸腔中的「滾」及其演變〉，前揭書，頁 213～216。
李殿魁〈「滾調」再探〉之〈三、我所見到的一些狀況〉，前揭文，頁 9～16。

〔註 132〕詳見明・熊稔寰《徽池雅調》卷 2《救母記》〈劉回眞花園發咒〉，收於王秋桂主編《善本戲曲叢刊》第 1 輯，前揭書，頁 88～89。

之」五言齊句，文字淺顯，應是民間慣用之俚俗成諺。

又如：《大明春》《琵琶記》〈蔡中郎書館思親〉生唱【雁魚錦】：

（唱）思量，那日離故鄉，『父愛子指日成龍，母念兒終朝極目悵，太公有成人之美，每重父言，趙五娘身處孤單惟順姑意，哪些而不是眞情密意。』……

（唱）聞知道我那裡飢與荒，

（白）別處飢荒猶自可，惟我陳留飢荒，伯皆撇下父母在堂，上無兄下無弟，無人侍奉，猶如風前燭草上霜，朝不能保暮。

（唱）聞知道我那裡飢與荒，我的爹娘呵，只恐怕捱不過歲月難存養。

（白）記得臨行之時，我娘道：兒，你既然難割捨老娘前去，將你裡襟衣服過來，待我逢上幾針在上面，到京城見此針線如見老娘。兩淚注注，他道：『慈母手中線，遊子身上衣。』豈知五娘在傍回道，婆婆『臨行密密縫，意恐遲遲歸。』誰知此言信矣。老娘道：『要解娘的愁煩，須早寄音書回轉。』（白）自今呂布把守虎牢三關，縱有音信難寄。

（唱）他老望不見書音轉，卻把誰倚仗。（又）〔註 133〕

相較於《琵琶記》〈伯喈思家〉中生唱【雁魚錦】：

思量，那日離故鄉。……聞知飢饑荒，只怕捱不過歲月難存養。若望不見信音卻把誰倚仗？〔註 134〕

一繁一簡，可見舞臺演出本，在人物心情的詮釋上更爲深刻，其中大段的夾白與滾唱，自是一大功臣。至於滾唱「慈母手中線」，爲唐人孟郊〈遊子吟〉詩句。此種引用前人現成詩句，亦爲常見的加滾方式。

滾調不論是常用的五言、七言齊言韻文，或是引用前人現成詩句、民間慣用成語俗諺。它的共同特色都是通俗易懂、順口可誦，有著發揮劇情、解

〔註 133〕詳見《鼎鍥徽池雅調官腔海鹽青陽點板萬曲明春》卷 4《琵琶記》〈蔡中郎書館思親〉，見於明・程萬里、朱鼎臣輯《大明春》，收於王秋桂主編《善本戲曲叢刊》第 1 輯，前揭書，頁 156～159。

〔註 134〕詳見元・高明《琵琶記》卷下第二十三段〈伯喈思家〉，此爲清・陸貽典所刻元代鈔本，據編者〈前言〉所述：「原不分段落，爲閱讀方便，現在每一段落之前加上一個數字。」（臺北：西南書局有限公司，民國 72 年 4 月 3 版），引文見頁 130。

釋曲文、渲染情感之作用。這種藝術特點，不僅在句式和唱法上形成一種靈活的演唱形式，而且賦予表演者一種新的藝術技巧，更易於把豐富的感情融入劇中人物身上，得到觀眾更深刻的共鳴。

總之，弋陽腔以其強大的生命力流播四方，充分地發揮它「錯用鄉語」、「改調歌之」、「向無曲譜」的特色，而產生許多新的腔調。它在戲曲音樂的最大成就有二：一是發展了幫腔的形式，一是創造了滾調這種表現手法。幫腔的產生與運用，與弋陽腔的「徒歌乾唱」的特點有關。滾調則突破了曲牌體音樂的限制，在運用上更爲靈活自由，既加強了音樂的表現能力，也影響了日後戲曲體製由曲牌體走向板腔體的發展。當崑山水磨調風靡於世的晚明劇壇，海鹽腔、餘姚腔都不可避免地走向衰微的命運，弋陽腔卻依然屹立劇壇，與崑山水磨調爭勝，最主要的原因自然是它擁有鮮明的特色是其他聲腔劇種無法取代的，廣大的觀眾，更是延續它藝術生命的最大原因。

第伍章　崑山腔考述

第一節　崑山腔的形成

一、蘇州戲曲環境略述

崑山（今江蘇省松江縣西北）舊爲蘇州府（今江蘇省吳縣縣治）屬縣。蘇州地處長江三角洲太湖流域，是典型的江南水鄉澤國。在地理位置上，蘇州「東臨上海，南連浙江，西傍無錫，北枕長江」〔註1〕，自古即爲交通樞紐，唐宋以來，以富庶名聞天下，所謂「上有天堂，下有蘇杭」即見讚美之意。此外，人文薈萃、才人輩出，也是蘇州的一大特色，如王錡（西元1433～1499年）《寓圃雜記》「蘇學之盛」條所記：

> 吾蘇學宮，制度宏壯，爲天下第一。人才輩出，歲奪魁首。近來尤尚古文，非他郡可及。〔註2〕

鼎盛的文風，得以培育出優秀的人才；秀麗的山川風物，則陶冶了文人瀟灑不羈的性格，在蘇州總有說不盡的才子佳人故事，如號稱「吳中四子」的唐寅、祝允明、沈周、文徵明，即爲後人津津樂道的風流才子。此外，經濟和文化的繁榮，也爲蘇州地區的戲曲發展提供了絕佳的環境。

明中葉以後，經濟繁榮，社會風尚日趨浮靡，蘇州即爲明顯之例。王錡

〔註1〕詳見江洪等主編《蘇州辭典》（蘇州：蘇州大學出版社，1999年9月初版），頁1。

〔註2〕詳見明・王錡《寓圃雜記》卷5「蘇學之盛」條，此書收於《元明史料筆記叢刊》，前揭書，頁42。

《寓圃雜記》「吳中近年之盛」條，清楚地寫道：

> 吳中素號繁華，自張氏之據，天兵所臨，雖不被屠戮，人民遷徙實三都、戍遠方者相繼，至營籍亦隸教坊。邑里瀟然，生計鮮薄，過者增感。正統、天順間，余嘗入城，咸謂稍復其舊，然猶未盛也。迨成化間，余恆三、四年一入，則見其迥若異境，以至於今，愈益繁盛，閭簷輻輳，萬瓦甃鱗，城隅濠股，亭館布列，略無隙地。輿馬從蓋，壺觴罍盒，交馳於通衢。永巷中，光彩耀目，游山之舫，載妓之舟，魚貫於綠波朱閣之間，絲竹謳歌，與市聲相雜。凡上供錦綺、文具、花果、珍羞奇異之物，歲有所增，若刻絲累漆之屬，自浙宋以來，其藝久廢，今皆精妙，人性益巧而物產益多。至於人才輩出，尤爲冠絕。〔註 3〕

蘇州自來爲絲織業中心，優越的物質生活，更助長富商們的生活享樂，「游山之舫，載妓之舟」、「絲竹謳歌，與市聲相雜」、「人性益巧而物產益多」，都是有利於戲曲小說發展的客觀環境的寫照。又如張翰（西元 1512～1595 年）《松窗夢語》「風俗記」條中所說：

> 吾杭終有宋遺風，迨今侈靡日甚。余感悼脈脈，思欲挽之，其道無由，因記聞以訓後人。……東坡謂：「其民老死不識兵革，四時嬉游，歌舞之聲，至今不衰。」夫古稱吳歌，所從來久遠。至今游墮之人，樂爲俳優。二三十年間，富貴家出金帛，制服飾器具，列笙歌鼓吹，招至十餘人爲隊，搬演傳奇；好事者競爲淫麗之詞，轉相唱和；一郡城之內，衣食於此者不知幾千人矣！人情以放蕩爲快，世風以侈靡相高，雖逾制犯禁不知忌也。余遵祖訓，不敢違。〔註 4〕

面對這種以「放蕩爲快，侈靡相高」的社會風氣，雖然張翰感慨時人「侈靡日甚」，甚至「逾制犯禁」，但不可否認的是：蘇州人笙歌鼓吹、搬演傳奇、競爲淫麗之詞的浮華生活，卻正是孕育戲曲繁榮的溫床。〔註 5〕

〔註 3〕 詳見明・王錡《寓圃雜記》卷 5「吳中近年之盛」條，前揭書，頁 42。

〔註 4〕 詳見明・張翰《松窗夢語》卷 7「風俗記」條，此書收於《元明史料筆記叢刊》（北京：中華書局，1997 年 11 月湖北第 3 次印刷），頁 139。

〔註 5〕 關於蘇州地區戲曲環境，可參看：李佳蓮《清初蘇州劇作家研究》第壹章〈蘇州地區自然、文化環境對劇作家的影響〉，〈國立臺灣大學中國文學研究所碩士論文，民國 90 年 5 月〉。
邵曼珣《明代中期蘇州文人生活研究》第四章〈明代中期蘇州文人階層世俗化轉變原因探析〉第四節〈社會價值觀念之變化〉（東吳大學中國文學系博士

吳人善歌是大家對吳中的普遍印象，如徐渭《南詞敘錄》即言：

隋、唐正雅樂，詔取吳人充弟子習之，則知吳之善謳，其來久矣。〔註6〕

王驥德《曲律》〈總論南北曲第二〉也說：

曲之有南、北，非始自今日也。……如擊壤、康衢……詞有雅鄭，皆北音也。孺子、接輿、越人、紫玉、吳歈、楚艷，以及今之戲文，皆南音也。……以辭而論，則宋胡翰所謂：晉之東，其辭變為南、北；南音多艷曲，北俗雜胡戎。以地而論，則吳萊氏所謂：晉、宋、六代以降，南朝之樂，多用吳音。〔註7〕

吳人善歌，必定帶動此地的音樂活動。稍作考察，即可發現蘇州的戲曲活動亦有悠久的歷史傳統，如南宋時期由浙江永嘉傳來的南戲已見演出。宋末張炎《山中白雪詞》〈滿江紅〉詞題云：

《韞玉傳奇》，惟吳中子弟為第一流；所謂識拍道、字正、聲清、韻不狂，俱得之矣。作平聲〈滿江紅〉贈之。〔註8〕

《韞玉傳奇》，在葉盛《菉竹堂書目》作《東嘉韞玉傳奇》〔註9〕，由「韞玉傳奇」之前冠上「東嘉」二字，知其來自永嘉。雖稱「傳奇」，所指應是南曲戲文。由文中所述可知當時有很多地方可以演出《韞玉傳奇》，但張炎認為以「吳中子弟」所演出者為第一流，因為他們的藝術技巧已達「識拍道、字正、聲清、韻不狂」之水準。

清初張大復所編《寒山堂新訂九宮十三攝南曲譜》「譜選古今傳奇散曲集總目」，所列「元傳奇」（即南戲）有：吳門學究敬先書會柯丹邱著《王十朋荊釵記》、九山書會捷譏史九敬先著《董秀英花月東牆記》、史九敬先婿劉一捧著《風風雨雨鶯燕爭春記》、吳中九山書會的《張協狀元傳》、吳門醫隱施

論文，民國90年6月）。

〔註6〕詳見明．徐渭《南詞敘錄》，收於《中國古典戲曲論著集成》三，前揭書，頁242。

〔註7〕詳見明．王驥德《曲律》卷1〈總論南北曲第二〉，收於《中國古典戲曲論著集成》四，前揭書，頁56。

〔註8〕宋．張炎《山中白雪詞》卷5〈滿江紅〉詞，詳見唐圭璋編《全宋詞》（北京：中華書局，1995年北京第六次印刷），頁3495。

〔註9〕詳見明．葉盛《菉竹堂書目》「詩詞集」下有《東嘉韞玉傳奇》，此書收於《四庫全書存目叢書》史部第277冊目錄類，（臺南：莊嚴文化事業有限公司，1995年9月初版），頁68。

惠字君美著《蔣世隆拜月亭記》……等。〔註 10〕它反映了「吳門」、「吳中」戲曲界的情況，尤其值得注意是提及的「敬先書會」、「九山書會」。書會是宋元時代編寫戲曲、說唱、小曲的一種民間組織，編寫者稱爲「才人」，〔註 11〕據此亦可以看出元代民間戲曲流行之情況。

到了明代，蘇州府吳縣人都穆《都公譚纂》云：

吳優有爲南戲於京師者，錦衣衛達奏其以男裝女，惑亂風俗。英宗親逮問之。優具陳勸化風俗狀，上命解縛，面令演之。一優前云「國正天心順，官清民自安」云云。上大悅曰：「此格言也，奈何罪之？」遂籍群優於教坊。群優恥之，駕崩，遁歸於吳。〔註 12〕

可見在英宗天順年間，蘇州優伶曾到北京搬演南戲。

蘇州府太倉人管志道對於南戲甚爲排斥，他在《從先維俗議》〈家晏勿張戲樂〉中說：

唯今之鼓弄淫曲，搬演戲文，不問貴遊子弟，庠序名流，甘與俳優下賤爲伍，群飲酣歌，俾晝作夜，此吳越間極澆極陋俗也。而士大夫恬不以爲怪，以爲此魏晉之遺風耳。豈知遊風煽於外，淫風煽於內，閨門慚德，必從此起。始作俑者，其有帷簿之變乎？愚深有慮於此，則並尊賓之侑觴戲樂而絕之。因戒後崑，匪從別墅宴賓，不得用梨園子弟，端爲戲樂誨淫故也。〔註 13〕

〔註 10〕詳見清初張大復所編《寒山堂新訂九宮十三攝南曲譜》「譜選古今傳奇散曲集總目」，所列「元傳奇」：如《王十朋荊釵記》下注：「吳門學究敬先書會柯丹邱著」、《董秀英花月東牆記》下注：「九山書會捷譏史九敬先著」、《蔣世隆拜月亭記》下注：「吳門醫隱施惠字君美著」、《風風雨雨鶯燕爭春記》下注：「劉一捧著，史九敬先婿」、《張協狀元傳》下注：「吳中九山書會著」……等，皆爲元代蘇州地區書會或才人所撰。此書收於《續修四庫全書》集部・曲類第1750冊，（上海：上海古籍出版社，2002年3月第1版），頁643～646。

〔註 11〕馮沅君《古劇說彙》二〈古劇四考跋〉之〈九、才人考：才人書會〉中說：「宋元時慣稱編劇本的人爲才人。才人本與才子同意，即是人之有文才者。在當時卻用以與名公對稱，用以表示劇作者的身分。名公指的是達官貴人，如楊梓。才人名位較卑下，其中有低級官吏、遺民、商人、醫生等，甚且有倡優，如白樸、施惠、紅字李二諸人。就對於戲劇的貢獻論，後者遠在前者之上。這時候，在杭州、永嘉、大都等地都有所謂書會，書會似乎有特殊的名字，如九山書會、武林書會等。他們常以劇本供給演劇者，因爲所謂才人也者，往往是這種團體的成員。」前揭書，頁57～58。

〔註 12〕詳見明・都穆《都公譚纂》卷下，此書收於《叢書集成初編》（2892～99），前揭書，頁49～50。

〔註 13〕明・管志道《從先維俗議》卷5〈家晏（筆者按：晏似應作宴）勿張戲樂〉，

他認爲當時「鼓弄淫曲」、「搬演戲文」、「群飲酣歌」，是導致風俗澆薄鄙陋的原因，故而戒其子弟家宴不得用梨園子弟，以免助長淫穢之風。但這條資料卻讓我們看出：蘇州地區南戲盛行的事實。從南宋末至明代中葉，蘇州的戲曲活動一直持續著，這對日後崑山腔的形成、發展而言，都是不可忽略的歷史背景。

在民間，蘇州地區的唱曲活動蓬勃發展，其中最具代表性的當是虎丘中秋曲會了，當時盛況在文人筆下屢見生動地描繪。如宋直方《瑣聞別錄》「康對山、王渼陂」條：

> 一日，二公來吳中，值中秋，遊閒子弟畢集虎阜千人石上縱倡樂。二公從舟中起，對山披虎皮爲衣，著大帽，渼陂葛巾野服，肩隨而行，語摻秦音。諸少年怪，且嘲弄之，二公不顧也。頃之，吳人操樂，首歌渼陂所製【絳都春序】，對山目攝而笑。歌畢，對山起曰：「向曲我亦習之，諸君假我樂器，願盡所長。」吳人或言與，或言勿與；已，竟以琵琶授之。對山即爲曼聲，曲折流麗，字若貫珠。至「井梧墜葉」，渼陂笑曰：「可止矣！」對山即擲琵琶於地，攜渼陂入舟。吳人莫測，跡之，知爲康狀元、王文選，皆嘆服絕技。時祝京兆、文翰林家居，二公解維去，竟不相見。〔註 14〕

康海爲陝西武功人（生於憲宗成化十一年，卒於世宗嘉靖九年，西元 1475～1530 年），王九思爲陝西鄠縣人（生於憲宗成化四年，卒於世宗嘉靖二十年，西元 1468～1541 年）。文中所記王九思【絳都春序】確曾流行一時，在胡文煥《群音類選》「清腔類」【黃鍾宮】第一套即收錄了它。此書「清腔類」中很多套曲下都註明「亦入弦索」〔註 15〕，可見許多清曲雖是同樣的曲詞，卻

此書收於《四庫全書存目叢書》子部第 88 冊，（臺南：莊嚴文化事業有限公司，1995 年 9 月初版），頁 464～465。

〔註 14〕詳見明．宋直方《瑣聞別錄》「康對山、王渼陂」條，此書收於《明季史料叢書》，現藏於臺北中央研究院傅斯年圖書館，頁 5～6。

〔註 15〕詳見明．胡文煥編《群音類選．清腔》，編者在很多套曲下明說「亦入弦索」，如卷 1【石榴花一套】其下注（閨怨，亦入弦索），頁 2081；卷 1 賈仲名【瓦盆兒一套】（閨怨，亦入弦索），頁 2091；卷 2 南呂【香遍滿一套】（四景閨情，亦入弦索），頁 2093；卷 2 陳秋碧【香遍滿一套】（閨情，亦入弦索），頁 2095；卷 2【金索掛梧桐一套】（春遊，亦入弦索），頁 2128；卷 2【繡停針一套】（秋景，亦入弦索），頁 2185；卷 5 戴善甫【夜行船序一套】（春遊，近偷入梁山伯及翫江樓記，亦入弦索），頁 2292……等。此書收於王秋桂主編《善本戲曲叢刊》第 4 輯，（臺北：臺灣學生書局，民國 76 年 11 月景印初版）。

有兩種演唱方式。所以王九思之作應是以琵琶伴奏的「弦索官腔」。因爲在十六世紀以前，崑山腔是不可能流傳到北方關中陝西一帶去的。

又李詡《戒庵老人漫筆》〈蔣陳二生〉條，附錄〈王直、徐海妓〉云：

> 張少華者，故金陵民家女，少鬻於齊倡家，假母移之居吳閶。年及破瓜，色益美麗，性慧善音。嘉靖壬子中秋，從汪貫來游虎邱，倅遇周生仕者，吳歈冠絕一時。……其和周歌，日夜不絕音，遂出周上。其後周吹簫，而以肉音韻之，聽者辟易。〔註16〕

此處寫記爲：周仕於嘉靖壬子（三十一年，西元1552年）在虎丘唱「吳歈冠絕一時」，後來周仕吹簫、張少華唱曲，從「聽者辟易」可知其曲引人入勝之狀。此處兩人所唱之「吳歈」，必爲崑山腔，因爲那時的崑山腔已可用簫來伴奏。之後，萬曆年間公安三袁之一的袁宏道（西元 1568～1610 年）〈虎丘〉一文，更將曲會的非凡盛況，具體呈現於讀者眼前：

> 虎丘去城可七八里……游人往來，紛錯如織，而中秋爲尤盛。每至是日，傾城闔戶，連臂而至。……從千人石上至山門，櫛比如鱗，檀板丘積，樽罍雲瀉。遠而望之，如雁落平沙，霞鋪江上。雷輥電霍，無得而狀。布席之初，唱者千百，聲若聚蚊，不可辨識。分曹部署，競以歌喉相鬥。雅俗既陳，妍媸自別。未幾而搖頭頓足者，得數十人而已。已而明月浮空，石光如練，一切瓦釜，寂然停聲。屬而和者，纔三四輩。一簫一寸管，一人緩板而歌，竹肉相發，清聲亮脆，聽者銷魂。比至夜深，月影斜橫，荇藻凌亂，則簫板亦不復用。一夫登場，四座屏息。音若細髮，響徹雲際。每度一字，幾盡一刻，飛鳥爲之徘徊，壯士聞而下淚矣。〔註17〕

文中描述了蘇州人參與曲會的痴狂程度，「傾城闔戶，連臂而至」，因而從千人石到山門一帶，擠滿了聽曲賽曲的人潮，這情況袁宏道只能用「遠而望

〔註16〕詳見明．李詡《戒庵老人漫筆》卷5〈蔣陳二生．附王直、徐海妓〉條，此書收於《元明史料筆記叢刊》（北京：中華書局，1997年12月湖北第2次印刷），頁187。

〔註17〕袁宏道〈虎丘〉，收於明．袁宏道《袁中郎全集．袁中郎遊記》（臺北：世界書局，民國53年2月初版），頁1。
明人紀錄虎丘曲會盛況，尚可見於：明．張岱《陶庵夢憶》卷5〈虎邱中秋夜〉，前揭書，頁46。
明．沈寵綏《度曲須知》上卷〈中秋品曲〉，此書收於《中國古典戲曲論著集成》五，前揭書，頁203～204。

之，如雁落平沙，霞鋪江上」來形容，就連唱曲用的檀板都堆積的像座小山丘了呢！這樣的曲會是雅俗並陳的，作者藉著描寫曲會的進行，也道出一般群眾和文人士夫品曲的標準是不一樣的，「雅俗既陳，妍媸自別」，如「布席之初，唱者千百，聲若聚蚊，不可辨識。」看來這種熱鬧的場面是作者所不喜歡的，故以「瓦釜」之聲視之。眞正的曲家是在夜半之際，群眾散去之後才出現的，「一簫一寸管，一人緩板而歌，竹肉相發，清聲亮脆，聽者銷魂。」這種令人銷魂的神往之境，與上段所述周仕、張少華唱曲「聽者辟易」的情況極爲相似。最後高手上場，「一夫登場，四座屏息。音若細髮，響徹雲際。每度一字，幾盡一刻，飛鳥爲之徘徊，壯士聞而下淚。」純以人聲演唱，連簫板都不用，其行腔之道細若髮絲，與張大復形容魏良輔的崑山水磨調「能諧音律，轉音若絲」如出一轍。至此我們幾乎可以肯定地說，這些爲文人士夫所欣賞讚美的演唱家，應是以崑山水磨調清唱曲牌的。

蘇州地區頻繁的音樂活動，自然容易激盪出戲曲聲腔改革的成果，魏良輔等人能夠成功地改革崑山腔成爲水磨調，自與蘇州之音樂戲曲環境有著密不可分的關係。

二、崑山腔的形成

祝允明《猥談》「歌曲」條云：

> 自國初來，公私尚用優伶供事，數十年來，所謂南戲盛行，更爲無端，於是聲樂大亂。……今遍滿四方，輾轉改益，又不如舊，而歌唱愈謬，極厭觀聽，蓋已略無音律腔調。愚人蠢工徇意變更，妄名「餘姚腔」、「海鹽腔」、「弋陽腔」、「崑山腔」之類，變易喉舌，趁逐抑揚，杜撰百端，眞胡說耳。若以被之管絃，必至失笑，而昧士傾喜之，互爲自謾爾。〔註 18〕

這是目前所見文獻第一次出現「崑山腔」之名。祝允明，蘇州長洲人，生於明英宗天順四年（西元 1460 年），卒於世宗嘉靖五年（西元 1526 年）。其說和都穆《都公譚纂》所記吳優南戲進京演出的時代相近，可知在祝允明的時代，崑山腔已和餘姚腔、海鹽腔、弋陽腔並稱了，因其聲勢最弱，故而置之諸腔之末。但祝允明並不欣賞所記南戲諸腔，更以鄙夷的態度視之爲「愚人

〔註 18〕詳見明・祝允明《猥談》「歌曲」條，此書收於《說郛三種》第 10 冊，《說郛續》46 卷，前揭書，頁 2099。

蠢工徇意變更」的杜撰妄作。這是否就是徐渭所言「流麗悠遠」的崑山腔呢？二者之評價又何以有著天淵之別呢？究竟崑山腔形成於何時呢？

關於崑山腔的形成，有兩條資料透露出重要的訊息，一爲：魏良輔《南詞引正》：

> 腔有數樣，紛紜不類。各方風氣所限，有崑山、海鹽、餘姚、杭州、弋陽，自徽州、江西、福建，俱作弋陽腔。永樂間，雲、貴二省皆作之，會唱者頗入耳。惟昆曲爲正聲，乃唐玄宗時黃旛綽所傳。元朝有顧堅者，雖離崑山三十里，居千墩，精於南辭，善作古賦。擴廓帖木兒聞其善歌，屢招不屈。與楊鐵笛、顧阿瑛、倪元鎮爲友，自號月風散人。其著有《陶眞野集》十卷、《風月散人樂府》八卷，行於世。善發南曲之奧，故國初有「崑山腔」之稱。〔註19〕

另一爲：周元暐《涇林續記》正編《姑蘇志》記載：

> 周壽誼，崑山人，年百歲。其子亦躋八十，同赴蘇庠鄉飲，徒步而往。既至，子坐於階石，氣喘，父笑曰：「少年何困倦乃爾！」飲畢，子欲附舟，父不可，復步歸舍。崑距蘇七十餘里，往返便捷，其精力強健如此。後太祖聞其高壽，特召至京。拜階下，狀甚矍鑠。問：「今歲年若干？」對云：「一百七歲。」又問：「平日有何修養而能至此？」對曰：「清心寡欲。」上善其對，笑曰：「聞崑山腔甚佳，爾亦能謳否？」曰：「不能，但善吳歌。」命之歌。歌曰：「月子彎彎照幾州，幾人歡樂幾人愁；幾人夫婦同羅帳，幾人飄散在他州。」上撫掌曰：「是箇村老兒」，命賞酒飲罷歸。後至一百十七歲，端坐而逝。子亦年九十八，家有世壽堂。其孫多至八十外，蓋緣稟賦厚素，其繇來有由矣。〔註20〕

就《南詞引正》所述可知，在魏良輔的時代，南戲著名的腔調有崑山、海鹽、餘姚、杭州、弋陽五種，較一般所說的「四大聲腔」，多出「杭州腔」；其中弋陽腔的流播範圍最廣，包括安徽、江西和福建等省，且在永樂年間就已流布到了雲南、貴州兩省。魏良輔推崇崑山腔爲諸腔之「正聲」，遂將其淵源遠

〔註19〕詳見明．魏良輔《南詞引正》，此爲金壇曹含齋於嘉靖丁未（二十六年，1547年）所敘，今見於路工《訪書見聞錄》之〈附錄〉（上海：上海古籍出版社，1985年8月第1版），頁239～240。

〔註20〕詳見明．周元暐《涇林續記》，此書收於《叢書集成初編》（2952～57），（北京：中華書局，1985年北京新1版），頁8。

溯至唐玄宗時之樂師黃旛綽，以作爲雅音傳統之繼承者；近祖則爲元代「精於南辭，善作古賦」的顧堅，但一種腔調之形成應非一人之力，因此又說「與楊鐵笛、顧阿瑛、倪元鎭爲友」，共同將「南曲之奧」發揚光大，使崑山腔之名得以流傳開來。從《涇林續記》所記，可知明太祖已「聞崑山腔甚佳」，因而詢問崑山耆老周壽誼，此事正可印證魏良輔「國初有『崑山腔』」之說。可見崑山腔在明太祖之前，已經聲名遠播，才會引起太祖之好奇。只是周壽誼不會唱以南曲曲牌爲載體的崑山腔，所唱「月子彎彎照幾州」應只是以民歌小調爲載體的崑山土腔，太祖不免大失所望。

對於這兩條資料，學界前賢頗有不同的看法。以下論之。

（一）顧堅為崑山腔創始人

此說依據魏良輔之說，以顧堅爲崑山腔之創始或奠基者。

主張此說者有：傅惜華〈曲海新知〉據《南詞引正》，說崑山腔是「元末明初時，顧堅所創造的」。〔註21〕

胡忌、劉致中《崑劇發展史》〈元末明初的崑山腔〉，書中引述魏良輔《南詞引正》此條資料，並說：

> 這是很重要的材料，它有具體的時間、地點、人物，絕非虛構。而說崑山腔「乃唐玄宗時黃旛綽所傳」，自是一種傳聞。黃旛綽是唐代著名藝人，死後葬於崑山綽墩，和崑山腔所唱的南北曲其中有淵源於唐曲的成分這兩點看，這個傳聞也不是完全捕風捉影之談。不過，從崑山腔的形成而論，還應從顧堅說起。……這三人（顧瑛、倪瓚、楊維楨）先後去世的時代正是上文說起崑山耆老周壽誼被朱元璋問起「崑山腔」的時候。所以魏良輔具體記述顧堅後，說「故國初有崑山腔之稱」的話是很可信的。……雖說顧堅「善發南曲之奧」，但絕不可能是他個人創立一種新腔——崑山腔。這和魏良輔一樣，雖然被王驥德《曲律》所捧「崑山之派以魏良輔爲祖」，但魏良輔改革崑山腔也有一夥人，只是以他爲代表，那是毫無疑義的。因此設想與顧堅爲友的楊鐵笛等人和崑山腔的創立無不關係。〔註22〕

〔註21〕詳見傅惜華〈曲海新知〉，文匯報，1961年4月8日，此文未見，轉引自金寧芬《南戲研究變遷》上編〈七、南戲的聲腔・（四）崑山腔〉，前揭書，頁76。

〔註22〕詳見胡忌、劉致中《崑劇發展史》第一章〈崑劇的產生〉第三節〈元末明初的崑山腔〉（北京：中國戲劇出版社，1989年6月北京第1版），頁23～24。

李漢飛編《中國戲曲劇種手冊》〈江蘇省〉「崑曲」條下說：

崑山腔早在元末明初之際（十四世紀中葉）即產生於江蘇崑山一帶，……據明・魏良輔《南詞引正》的記載「元朝有顧堅者……。」又據明人周元暐《涇林續記》中記載，……。從以上兩條史料看，崑山腔實創始於元末明初，而且在那時已有了一定的影響。〔註23〕

廖奔《中國戲曲聲腔源流史》〈南戲諸腔調述略〉中說：

魏良輔在《南詞引正》裡指明，崑山腔奠基於元末吳中太倉著名歌者顧堅。說顧氏「精於南辭，善作古賦」，和當時一些名曲家互相往來，如鐵笛楊維楨，古阮顧阿瑛等。他們「善發南曲之奧」，在歌唱上形成一支南曲流派，「故國初有『崑山腔』之稱」。看來作爲南曲變體的崑山一派，在此時已經發軔了。周元暐《涇林續記》記載……也證實崑山曲派當時已十分聞名。不過這主要是文人曲家的散曲清唱，和戲劇排場還沒有結合起來。〔註24〕

諸說據魏良輔之說，而以顧堅或顧堅與友人合作而「創立」、「創始」、「奠基」崑山腔，但我們知道：腔調是以各地之語言爲基礎，不同的語言就會呈現不同韻味的腔調，崑山腔顧名思義爲崑山地方之腔調，那麼它豈是以一人或少數人之力所能「創立」？因此，不論是顧堅或魏良輔等人，他們在崑山水磨調的形成歷史上，都是扮演著改良者、加工者的腳色。關於「創腔」之說，文後引文所見，不再評述。

（二）顧堅就崑山當地民間歌謠（土腔）進行改革

主張此說者有：路工〈魏良輔和他的《南詞引正》〉一文中說：

崑曲不是魏良輔一人創造的，也不是在明代正德、嘉靖年間才出現的。崑曲在元末明初已經在崑山一帶流傳，顧堅是崑曲開始形成時期一個很重要的作家。……他「精於南辭」、「善發南曲之奧」，是爲魏良輔所肯定的。這樣我們可以初步確定：顧堅在民間流傳的南詞基礎上，進行了加工提高的工作，是一位群眾所歡迎的南詞作家，是崑曲的開創者之一。〔註25〕

〔註23〕詳見李漢飛編《中國戲曲劇種手冊》〈江蘇省〉「崑曲」條，前揭書，頁276。

〔註24〕詳見廖奔《中國戲曲聲腔源流史》第二章〈南曲單腔變體勃興〉第二節〈南戲諸腔調述略・一、成化、正德年間產生的腔調〉，前揭書，頁58。

〔註25〕詳見路工〈魏良輔和他的《南詞引正》〉，此文收於路工《訪書見聞錄》〈附

董每戡《說劇》〈說崑腔、崑山曲派〉中說：

> 傅惜華的〈曲海新知〉……將創腔之功歸於某一位了不起的天才，恐怕也是有問題的。……路工氏認爲顧堅「是崑曲的開創者之一」，我以爲較妥。……魏良輔說顧堅「善發南曲之奧」，這裡所謂「南曲」就包括了吳音土腔——吳地民間小調「崑山腔」在內，經顧堅等一些人匯集各腔予以提高成爲比原來崑山土腔較爲美好的「崑山腔」，名仍其舊，實已革新。……一如後來的袁髯、尤駝、過雲適、魏良輔、梁伯龍等，還有他們清唱組合中的一些人，全都是崑山腔的功臣，而都非所謂「創始人」。實際的創始人不是沒有，那就是崑山地方的勞動人民大眾。我們不能過分地推崇顧堅或魏良輔個人爲崑山腔的創始人，他們都只是在原有基礎上，採取他腔之長而予以改造提高的功臣。〔註 26〕

此外，蔣星煜〈談《南詞引正》中的幾個問題——崑腔形成歷史的新探索〉一文中也說：

> 我認爲魏良輔《南詞引正》的發現說明了下列三個問題：崑腔的形成除顧堅之外，以顧仲瑛爲首的文士集團，也起了一定的影響。崑腔的形成不僅對於當地民間音樂有所繼承，在表演藝術和戲曲語言上也繼承了當地民間文藝的優良傳統。崑腔的形成一開始就是戲曲劇種。〔註 27〕

張庚、郭漢城《中國戲曲通史》〈崑山腔的產生興起與發展〉中亦據魏良輔之

錄〉，前揭書，頁 237。

〔註 26〕詳見董每戡《說劇》〈一九、說崑腔、崑山曲派〉（北京：人民文學出版社，1983 年 1 月北京第 1 版），頁 265～269。

〔註 27〕詳見蔣星煜〈談《南詞引正》中的幾個問題——崑腔形成歷史的新探索〉，此文收於蔣星煜《中國戲曲史鉤沉》（河南：中州書畫社，1982 年 9 月第 1 版），頁 36。

蔣星煜同書，另一文〈崑山腔發展史的再探索〉中進一步針對魏良輔之說，提出他的看法，亦可參看，他說：「在崑山，既然『吳之善謳，其來久矣』，又有六朝以來的吳歌、宋的滑稽、三反語和角牴、元代的伎樂，這許多歌舞劇三方面豐厚遺產可以繼承，難道海鹽腔、弋陽腔流傳到崑山以前，這裡便不流行南戲麼？我認爲崑山腔的基礎只能是崑山當地的歌、舞、劇，崑山腔在形成過程中把吳歌、滑稽、三反語、角牴、伎樂等藝術形式作了綜合和提高，形成了內容豐富、風格和諧的戲曲聲腔。至於海鹽腔和弋陽腔，給崑山腔以某些影響是可能的，但絕不是崑山腔的基礎。」頁 41。

說，而言：

> 這段話說明，當南曲在崑山一帶流傳，與當地語音和民間音樂結合而發生演變的過程中，元末的作家兼歌唱家顧堅對這一新的南曲流派的形成做出過貢獻。〔註28〕

以上各家之說，大抵是從地方聲腔劇種的概念，思考顧堅在崑山腔雅化的過程中所扮演的腳色。每一地方都有其各具特色的語言、音樂，尤其民間藝術更是常以當地之方音、歌謠為載體，因此它不可能由某一個人創造出來，但卻可以經由若干人的共同努力，提昇其藝術境界。就從這個角度來看，顧堅自可視為崑山腔邁向精緻過程中的功臣之一了。

（三）顧堅改良的「崑山腔」，只用於清唱

此說以顧堅改良的「崑山腔」，只用於清唱；施諸舞臺演出的崑山腔則是魏良輔在海鹽腔的基礎上創發出來的。

如錢南揚《戲文概論》〈海鹽腔到崑山腔〉中說：

> 湯顯祖論海鹽、崑山二腔聲情，都說「體局靜好」。……在南宋時流傳於吳中的一派，經過一百多年，到了元末，腔調的本身自然起了不少變化，又有人加以改進，曾一度有崑山腔之稱。（引魏良輔《南詞引正》、《涇林續記》）……然而這個名稱（「崑山腔」），只像曇花的一現，後來從蘇州流傳於南京、山東一帶的腔調，仍稱海鹽腔，不稱崑山腔，則蘇州本地可知。大概這個新腔只是量變，沒有達到質變階段；更因僅屬清唱，沒有群眾基礎的緣故。……崑山腔是在海鹽腔的基礎上發展起來的，故兩腔同具靜好的特點，當然崑山腔的靜好，比海鹽腔又提高了一步。〔註29〕

對於顧堅改良之崑山腔只用於清唱，錢南揚又在註釋中加以說明：「只要看顧堅所著僅散曲樂府，不是戲劇家，自然只能清唱。」

關於錢南揚此說，曾師永義在〈從崑腔說到崑劇〉一文〈崑山腔的產生．兩條最早的「崑山腔」史料〉中說：

> 錢氏謂「從蘇州流傳於南京、山東一帶的腔調，仍稱海鹽腔，不稱

〔註28〕詳見張庚、郭漢城《中國戲曲通史》第二冊，第三編〈崑山腔與弋陽諸腔戲〉第七章〈綜述〉第二節〈崑山腔的產生興起與發展〉，前揭書，頁10。

〔註29〕詳見錢南揚《戲文概論》〈源委第二〉第四章〈三大聲腔的變化〉第二節〈海鹽腔到崑山腔〉，前揭書，頁70。

崑山腔。」所云「從蘇州流傳於南京」，不知何所據而云。因爲明顧起元《客座贅語》卷九「戲劇」條雖提到明代南京有海鹽腔，但並沒有說此海鹽腔是蘇州流傳過去的。至於所說「蘇州流傳到山東一帶」，應當是根據《金瓶梅詞話》第三十六回〈翟謙寄書尋女子　西門慶結交蔡狀元〉……又其中七十四回〈宋御史索求八仙壽　吳月娘聽宣黃氏卷〉……錢氏因爲兩條資料都出現苟子孝，一稱蘇州人，一稱海鹽子弟；便說縱使是蘇州人，在《金瓶梅》的時代嘉靖年間也在唱海鹽腔；因此懷疑顧堅改良的「崑山腔」，至多只用於清唱。……而把戲曲的崑山腔說成是魏良輔在海鹽腔的基礎上創發出來的。……錢氏謂顧堅的崑山腔只用於清唱的看法，從顧氏及其友人皆爲散曲家，蓋可以肯定；但錢氏論崑山腔必出自海鹽腔，乃一則不明「腔調」源生之道，二則亦不明「腔調」流播交融之方，因之結論不免有所閃失。〔註30〕

顧堅和他的友人都是散曲家，他們共同改良崑山土腔使之向精緻化邁進，但散曲不同於劇曲，因此其所改良者只可用來清唱。證之前引《涇林續記》明太祖詢問周壽誼「聞崑山腔甚佳，爾亦能謳否？」亦是問其是否能歌，而非演出，可知此時崑山腔尚未演諸舞臺，應是可信的。

（四）遠尊黃旛綽為文人故弄玄虛

此說以魏良輔「遠尊顧堅、黃旛綽」之說爲文人故弄玄虛而加批判。主要見於陸萼庭《崑劇演出史稿》〈崑腔的產生〉，文中對魏良輔《南詞引正》提出黃旛綽、顧堅之說，表示提出質疑，並從三點加以否定：

顧堅是名士，是聲律家，……更有大名鼎鼎的《琵琶記》供他實踐，爲什麼顧氏所創的崑山腔始終提不高，不受重視，影響沒有弋陽、海鹽來得大？……這不是一個很奇怪的現象嗎？死於嘉靖五年的祝允明是長洲人（今蘇州市東部），他雖崇尚北曲，但對鄰近的、由名士創製或加工過的崑山腔，竟然如此不買帳，在《猥談》中把它列於諸腔之末……漫罵一通，這難道不是又一個奇怪的現象嗎？……崑山腔作爲一種民間聲腔，早在魏良輔以前已經流行於吳中一

〔註30〕詳見曾師永義〈從崑腔說到崑劇〉一文之〈一、崑山腔的產生．（一）兩條最早的「崑山腔」史料〉，此文收於《從腔調說到崑劇》，前揭書，頁194～197。

帶，……魏氏知道要對崑山腔進行全面的加工提高，如果不首先提高崑山腔的社會地位，必然對自己的工作不利。因此他一反祝允明的偏見，把「崑山」冠於諸腔之首，又鄭重指出「惟昆曲爲正聲」。不過魏氏也知道自己人微言輕，不足憑信，於是他先尊唐朝的黃旛綽爲遠祖，再奉元末的顧堅爲近宗，尤見微妙的是，捧出顧堅，投合了士夫的心理，屬於雅的一手；拉上黃旛綽，大配市民胃口，屬於俗的一手。……這樣一來，確實足以抬高崑山腔的身價了。這十分可能是魏良輔與文人交游所弄的一種玄虛。〔註31〕

遠尊顧堅、黃旛綽，陸萼庭以其爲文人故弄玄虛之伎倆，故不足爲信。朱昆槐《崑曲清唱研究》〈崑腔的起源〉中說：

魏良輔選擇崑山腔度曲，一方面是因爲他居住在崑山，更重要的是他知道「崑山腔爲正聲」。也就是說崑山腔唱曲的傳統最接近傳統文人詞曲的唱法。……（引《南詞引正》顧堅事）顧堅善唱南曲，楊維楨善吹鐵笛，顧瑛爲吳中巨富，……事實上元末崑山唱曲的文士的集團，其中心人物便是顧瑛。……他們唱的都是散曲而非戲曲，他們保持了文人度曲的一貫傳統。……吳音爲南曲的正統，南北朝時代的樂府詩歌、西曲、吳歌即起源於此，而崑山太倉一地由於文人薈萃，富庶繁華，元末顧堅、楊維楨、倪瓚等文人藝術家在崑山唱曲，因而有「崑山腔」之名。〔註32〕

朱昆槐不滿陸萼庭之說，力主崑山腔到魏良輔時代仍只是清唱，認爲許多人以崑山腔爲崑山的土戲或地方戲的一種，是一個偏差的方向，強調顧堅、楊鐵笛、顧阿瑛等人對崑山腔形成之影響，從吳人善歌之歷史，論崑山腔是文人度曲的一脈相傳，故視其爲正聲。此外，侯淑娟在《浣紗記研究》〈崑山腔的起源——魏良輔崑山水磨調之創立〉中說：

筆者以爲以崑山腔爲「正聲」，遠溯黃旛綽爲傳承之祖的觀念是很值得注意的。吳人善謳，這是自古而然的地方性人文特色，……吳人善歌有其悠遠的歷史傳統，因此直至隋唐時代朝中徵召雅樂歌者，仍喜從吳中挑選人才練習。不論是時代戰亂或樂工年老返鄉，皆可

〔註31〕詳見陸萼庭《崑劇演出史稿》（修訂本）第一章〈一個新劇種的產生・二、崑腔的產生〉，前揭書，頁36～37。

〔註32〕詳見朱昆槐《崑曲清唱研究》第二章〈崑曲探源・三崑腔的起源〉之〈(一)惟崑山爲正聲〉（臺北：大安出版社，1991年3月第1版），頁40～44。

爲吳地延續雅樂傳唱的命脈，進而形成傳統，因此魏良輔之遠尊黃

旛綽未必不可信。〔註 33〕

文中未能具體舉證論述黃旛綽與崑山腔之淵源關係，只從歷史傳承之觀念言魏良輔此說「未必不可信」。

黃旛綽與崑山腔之形成究竟關係如何？如果我們就《曲律》所見異本稍加比較，或可略見端倪。魏良輔的《曲律》有各種不同版本，主要有〔註 34〕：

（一）明・周之標選輯的《吳歈萃雅》中附刊于卷首，題作〈魏良輔曲律十八條〉。明萬曆四十四年（西元 1616 年）刻本。

（二）明・許宇選輯的《詞林逸響》亦收入此文，改名《崑腔原始》，只十七條，天啓三年（西元 1623 年）刊行。

（三）明・騷隱居士（張琦）選輯、其弟張旭初冣訂的《吳騷合編》，崇禎十年（西元 1637 年）白雪齋刊行，全名題作《白雪齋選定樂府吳騷合編》，卷首附有〈魏良輔曲律〉，十七條。

（四）《南詞引正》是從清初抄本張丑《眞迹日錄》中發現的。卷尾有曹含齋嘉靖丁未（二十六年，西元 1547 年）夏五月所寫的跋，其下又注明「長洲文徵明書於玉磬山房」。曹含齋跋言：「右《南詞引正》凡二十條」，然就此版本所見，實爲十八條。按文徵明卒于嘉靖三十八年（西元 1559 年），可知抄本所據張丑當年所見並記錄的本子不能晚於嘉靖三十八年，

〔註 33〕詳見侯淑娟《浣紗記研究》上編〈《浣紗記》之背景研究〉第四章〈《浣紗記》在崑劇形成中之地位〉第一節〈崑山腔的起源——魏良輔崑山水磨調之創立〉（私立東吳大學中國文學研究所博士論文，民國 90 年 6 月），頁 61～62。

〔註 34〕關於魏良輔《曲律》各種版本之說明，可參見《曲律》文前之〈曲律提要〉，收於《中國古典戲曲論著集成》五，此書《曲律》以《吳歈萃雅》爲底本，用其它各本加以校勘，前揭書，頁 4。

明・周之標編撰《吳歈萃雅》，收於王秋桂主編《善本戲曲叢刊》第 2 輯，（臺北：臺灣學生書局，民國 73 年 8 月景印出版），頁 23～31。

明・許宇編撰《詞林逸響》，收於王秋桂主編《善本戲曲叢刊》第 2 輯，前揭書，頁 13～19。

明・騷隱居士（張琦）選輯、其弟張旭初冣訂《吳騷合編》，收於王雲五主編《四部叢刊續編》第 150 冊，（臺北臺灣商務印書館，民國 55 年 10 月臺 1 版）。

比刻於萬曆四十四年（西元 1616 年）的《曲律》，早了五十七年。

各本中僅《南詞引正》第五條紀錄了崑山腔之淵源。這樣的現象不免啓人疑竇，就中國人重視傳承的觀念來看，尋根是很重要的，但何以晚出之版本反而刪落了這條強調崑山腔淵源久遠之資料呢？這點，陸萼庭在《崑劇演出史稿》〈魏良輔和崑腔流派〉中比較各本《曲律》之差異，並說：

> 魏良輔的唱曲理論著作，過去我們知道的就只所謂《曲律十八條》。近年發現了《婁江尚泉魏良輔南詞引正》，乃知《曲律》是經後人修改過的東西。所謂引正，旨在說明「惟崑山爲正聲」，這應該看作是伴隨著新聲實踐，在理論上要提高崑山腔地位的宣言。《引正》文字質樸之至，自是最接近魏氏原本面目。……所謂《曲律》本，我認爲是萬曆年間的產物，那些崑腔的護法們（大半是魏門弟子）有意識地對《引正》加以潤飾修正和刪落。其時崑腔已名滿天下，不必「引正」了，於是異其篇名爲《曲律》；人人奉魏良輔爲曲聖，僞造歷史大可不必，何須再提什麼虛無飄渺的元朝人顧堅呢？於是乎刪落《引正》中關於聲腔歷史一條。〔註 35〕

這樣的說法應可解釋，萬曆以後之人刪去《南詞引正》中有關崑山腔淵源這一條記載的原因。

因此，筆者以爲論崑山腔之淵源不必遠溯唐代黃旛綽，且假若其所繼承者果爲唐代雅樂傳統，又何以到了明代祝允明筆下被評爲「歌唱愈繆、極厭觀聽」、「略無音律腔調」呢？但對距明未遠的顧堅，則不宜輕易刪去，因爲他和友人的努力，才使崑山腔由土腔提昇至清唱的層次。這對日後水磨調的形成實有不小的影響。

最後，葉長海《曲學與戲劇學》〈對崑山腔起源問題的新認識〉、〈基本曲調和宋詞音樂的關係〉中，對於有關崑山腔起源問題的代表性看法如「創腔」、「淵源於海鹽腔」及「從崑山土戲發展起來」等三種看法，都加批駁，進而提出「海鹽、崑山等聲腔都是在基本曲調上各自發展而成的」，他說：

> 徐渭《南詞敘錄》認爲崑山腔「如宋之嘌唱，即舊聲而加以泛艷者也。」這種「舊聲」亦即是南曲系統的「基本曲調」。顧堅「善發南

〔註 35〕詳見陸萼庭《崑劇演出史稿》第一章〈一個新劇種的產生．三、魏良輔和崑腔流派〉，前揭書，頁 52～53。

曲之奥」，魏良輔「鏤心南曲」、「洗盡乖聲，別開堂奥」。這裡所說的「南曲之奥」，也正是以南曲爲主的各曲牌的基本曲調。顧堅、魏良輔等人對這種基本曲調進行加工提高，形成了「崑山」流派；張鎡、貫雲石、澉州楊氏等人則把這種基本曲調發展爲「海鹽」流派。這裡必須強調的是：這種加工、提高，絕不僅僅是個人的努力，其中凝聚了許多代的戲曲家特別是戲曲藝人的智慧和血汗。這種加工、提高，更不僅僅是文人學士閉門造車的結果，而是汲取了大量的民間藝術的精華和營養，因而形成有濃厚的地方色彩，並以地方爲名的流派聲腔。……這種發展卻都只是在字音上、口法技巧上、行腔風格上或者抒展手法上的變化，在宮調、主旋律和曲詞格律上，並沒有越出曲牌腔的基本規律。這也正是曲牌腔的基本曲調和地方流派的關係。……海鹽、崑山等曲牌腔的基本曲調又是怎樣形成的呢？徐渭《南詞敘錄》:「(南戲) 其曲，則宋人詞而益以里巷歌謠」這是很有見地的認識。宋詞唱賺及民間曲調等構成了曲牌腔的基本曲調。〔註36〕

於是，在該文〈結論〉中作者再次強調：

崑山腔和海鹽腔都是從南戲的基本曲調上各自發展而成的。冠以「海鹽」、「崑山」等地名的戲曲聲腔是地方流派，它們都是「流」，而不是「源」。它們是在基本曲調的基礎上，吸收了各地民間小曲，形成了有地方色彩並以該地名爲聲腔名稱的各地聲腔流派，它們之間，也互有交流和影響。這正是崑山腔與海鹽腔何以既十分相似而又個具風格的原因。

在眾多討論崑山腔起源的觀點中，葉長海認爲「宋詞、南北曲和海鹽、崑山等聲腔，都屬於長短句牌子音樂體系」，因而將崑山腔之起源歸於「南戲的基本曲調」即宋人詞的音樂。

葉長海此說，就各聲腔劇本所用皆爲曲牌體，而將南戲之起源歸之於「基本曲調」。事實上，我們面對戲曲劇種時，除了有大、小戲之區別外，還應有

〔註36〕詳見葉長海《曲學與戲劇學》第二編〈曲學問題〉第三章〈曲牌腔源流瑣談〉之〈三、對崑山腔起源問題的新認識〉、〈四、基本曲調和宋詞音樂的關係〉、〈五、幾點結論〉（上海：學林出版社，1999年11月第1版），頁55～58。

「體製劇種」與「聲腔劇種」之觀念〔註 37〕。葉長海此說實即「體製劇種」中之「曲牌系」劇種，如：南戲、北劇、傳奇、南雜劇、短劇之共同特點；但區分「海鹽腔」、「崑山腔」之依據，卻是他們用來演唱曲詞之腔調，即聲腔劇種之概念，二者之間並不相同。可知葉長海此說乃是混淆體製劇種與聲腔劇種所致，筆者特例一小段說明於此。

第二節　魏良輔與崑山水磨調

一、何謂水磨調

「水磨調」之名，應非創自魏良輔，就其《南詞引正》所述僅見「磨調」。如：《南詞引正》第八條：

> 北曲與南曲，大相懸絕，無南腔南字者佳，要頓挫，有數等，五方言語不一，有中州調、冀州調、黃州調、有磨調、絃索調。乃東坡所傳，偏於楚調。唱北曲，宗中州調者佳。伎人將南曲配絃索，眞爲方底圓蓋也。關漢卿云：「以小冀州調按拍傳絃最妙。」〔註 38〕

這一段話亦見於魏良輔《曲律》第十一條，文字卻不相同：

> 北曲與南曲，大相懸絕，有磨調、絃索調之分。北曲字多而調促，促處見筋，故詞情多而聲情少；南曲字少而調緩，緩處見眼，故詞情少而聲情多。北力在絃索，宜合歌，故氣易粗。南力在磨調，宜獨奏，故氣易弱。近有絃索唱作磨調，又有南曲配入絃索，誠爲方

〔註 37〕詳見曾師永義〈論說「戲曲劇種」〉一文之〈一、「戲曲劇種」的命義〉中說：「其二就體製規律的不同而有『戲曲劇種』。體製劇種中，若單就唱詞的類型而分，則有『詞曲系』與『詩讚系』之別。……又因爲中國戲曲音樂以宮調、曲牌、腔調、板眼爲基礎，曲牌必有所屬之宮調及用以歌唱曲牌之腔調、板眼，所以如四者兼具則稱『曲牌系』，如單用腔調、板眼則稱『腔板系』；大抵說來，詞曲系戲曲就音樂而言皆屬曲牌系，詩讚系皆屬腔板系；其彼此間是相爲連鎖的。……詞曲系或曲牌系中所以又有南戲、北劇、傳奇、南雜劇、短劇之分，乃因其體製規律又有不同。……其三以用來演唱之腔調爲基準而命名的劇種，謂之『腔調劇種』或『聲腔劇種』。……中國幅員廣大，產生許多方言，各地方言都有各自的語言旋律，將此各自特殊的語言旋律予以音樂化，於是就產生各自不同的腔調韻味。也因此元明早期腔調莫不以地域名，如中州調、冀州調、黃州調、海鹽腔、餘姚腔、弋陽腔、崑山腔等。」此文收於曾師永義《論說戲曲》，前揭書，頁 248～250。

〔註 38〕詳見明·魏良輔《南詞引正》，收於路工《訪書見聞錄》〈附錄〉，前揭書，頁 240。

底圓蓋，亦以坐無中郎耳。〔註 39〕

就此處所述文字來看，「磨調」是指南曲，與北曲的「絃索調」相對。而磨調與絃索調的最大分別是在於：「磨調字少而緩慢」，一字數轉，故「詞情少而聲情多」。絃索調則是「字多而調促」，字多節奏快，故「詞情多而聲情少」。但若細加思考，則會發現二者實有明顯之不同。《南詞引正》所述，應是專論北曲；但《曲律》將魏良輔原始資料作了極大之改變，而成爲論南北曲的不同的作品。《南詞引正》只說北曲要「頓挫」，與磨調強調流麗婉轉不同，演變到《曲律》遂成「北曲與南曲，大相懸絕，有磨調、絃索調之分」，更言「北力在絃索，南力在磨調」，以區別二者之不同。

眞正提出「水磨調」之名，可見於沈寵綏《度曲須知》「曲運隆衰」條：

嘉隆間有豫章魏良輔者，流寓婁東鹿城之間，生而審音，憤南曲之訛陋也，盡洗乖聲，別開堂奧，調用水磨，拍捱冷板，聲則平上去入之婉協，字則頭腹尾音之畢匀，功深鎔琢，氣無煙火，啓口輕圓，收音純細。所度之曲，則皆〈折梅逢使〉、〈昨夜春歸〉諸名筆，採之傳奇，則有〈拜星月〉、〈花陰夜靜〉等詞。要皆別有唱法，絕非戲場聲口，腔曰「崑腔」，曲名「時曲」，聲場稟爲曲聖，後世依爲鼻祖。蓋自有良輔，而南詞音理，已極抽秘逞妍矣。〔註 40〕

沈氏又於「絃索題評」云：

我吳自魏良輔爲「崑腔」之祖，而南詞之布調收音，既經創闢，所謂「水磨調」、「冷板曲」，數十年來，遐邇遜爲獨步。〔註 41〕

〔註 39〕詳見明・魏良輔《曲律》，此書收於《中國古典戲曲論著集成》五，前揭書，頁 7。

〔註 40〕詳見明・沈寵綏《度曲須知》上卷「曲運隆衰」條，此書收於《中國古典戲曲論著集成》五，前揭書，頁 198。

葉德均《戲曲小說叢考》〈明代南戲五大腔調及其支流〉〈五、崑山腔〉，引沈寵綏《度曲須知》「曲運隆衰」條，其文註言：「〈折梅逢使〉是【石榴花】套首句，《吳騷集》卷四、《南音三籟》散曲上卷並題梅禹金（鼎祚）作，何大成編《六如居士集》卷四，屬唐寅之作。〈昨夜春歸〉是【步步嬌】套首句，《詞林摘豔》乙集、《吳騷合集》卷四並屬無名氏作，《吳騷集》二卷，題王雅宜（寵）作。（以上散曲）『拜新月』是《拜月亭》第三十五折【二郎神】套首句。『花陰夜靜』爲【雁過沙】套首句，《南音三賴》戲曲上卷題《南西廂》，今崔、李本《南調西廂記》、陸采作《南西廂記》無此套，疑《三籟》誤以其他傳奇爲《南西廂》（以上傳奇）。」前揭書，頁 44。

〔註 41〕詳見明・沈寵綏《度曲須知》上卷「絃索題評」條，前揭書，頁 202。下段引

魏良輔不滿南曲之訛陋，遂將「崑山腔」改良爲「水磨調」，「水磨調」的特質是「聲則平上去入之婉協，字則頭腹尾音之畢勻，功深鎔琢，氣無煙火，啓口輕圓，收音純細。」因爲它「調用水磨」，故名「水磨調」，也因爲它「拍捱冷板」，亦稱「冷板曲」。「曲運隆衰」條中所舉四套曲的首句，前兩種是散曲，後二種是戲曲，都是採用傳唱較久的著名曲文，用緩慢的水磨調唱法清唱的，自然和熱鬧的「戲場聲口」不同。

至於何以用「磨」字爲腔調命名之依據，在沈寵綏《度曲須知》「字頭辨解」中說：

> 予嘗刻算，磨腔時候，尾音十居五六，腹音十有二三，若字頭之音則十且不能及一。蓋以腔之悠揚轉折，全用尾音，故其爲候較多。

可知所謂「磨腔」，以較少的字配上很長的唱腔，謂之「磨」。因爲一字之腔數轉，故須分「頭」、「腹」、「尾」三段唱出，此種唱法需要較多的時間，故謂之「磨腔」。

據此可知，「水磨調」正是以其唱腔「磨」之特色來命名的。〔註 42〕

二、魏良輔的籍貫及時代

有關魏良輔的籍貫問題，向來有豫章〔註 43〕、太倉〔註 44〕及崑山三種說

文「字頭辨解」條，見頁 228。

〔註 42〕明代尚有「磨唱」之名，列之於此以供參考。明・張大復《梅花草堂曲談》中說：「《董解元西廂》，……惜乎世未有傳其法者。先君云：『予髮未燥時，曾見之盧兵部許。一人援絃，十人合坐，分諸色目而遞歌之，謂之磨唱。盧氏盛歌舞，然一見後，未有繼者。』」收於任中敏編《新曲苑》第 11 種，其上眉批題作「董西廂板本及唱法」，前揭書，頁 156。

〔註 43〕主張魏良輔爲豫章人，如：蔣星煜〈魏良輔之生平和崑山腔的發展〉、〈關於魏良輔與《骷髏格》《浣紗記》的幾個問題〉二文中說：魏良輔原籍南昌府新建縣，豫章基本上是南昌府的範圍，嘉靖丙戌年（五年，西元 1526 年）中進士，曾任山東布政使，卒於嘉靖四十六年（西元 1567 年）。二文收於蔣星煜《中國戲曲史鉤沉》，前揭書，頁 47～54。蔣星煜此說顧篤璜、流沙及曾師永義都表反對，筆者亦以蔣星煜此說宜加斟酌。

顧篤璜《崑劇史補論》之〈一、崑腔　魏良輔・魏良輔的生平〉：「《南詞引正》的資料還可以把曲師魏良輔與中進士做過大官的那個魏良輔是同一人的假想完全否定了。……曲師魏良輔祖籍大約也是江西南昌。」（江蘇：江蘇古籍出版社，1987 年 10 月第 1 版），頁 7～8。

流沙《明代南戲聲腔源流考辨》〈貳貳、魏良輔的生平及其他・一、魏良輔原籍江西豫章・二、魏良輔的職業原是醫生〉中據沈寵綏《度曲須知》之說而言：「沈寵綏肯定魏良輔爲江西豫章人，也僅僅指他的籍貫而言，其主要藝術

法〔註 45〕，今就所見相關資料應可知其爲太倉人，是能兼醫術之曲師，與曾中進士爲官至山東左布政使之魏良輔並非同一人。

至於魏良輔之生平梗概，現今所見相關資料，最早提到魏良輔的著作是李開先（西元 1501～1568 年）《詞謔》〈詞樂〉：

> 崑山陶九官、太倉魏上泉，而周夢谷、滕全拙、朱南川，俱蘇人也；皆長於歌而劣於彈。……魏良輔兼能醫。滕、朱相若，滕後喪明。周夢谷字子儀者，能唱官板曲，遠邇馳聲，效之者洋洋盈耳。〔註 46〕

從文中所記可知，在嘉靖年間李開先寫作《詞謔》時，魏良輔和陶九官、周夢谷、滕全拙、朱南川等人一樣皆長於歌唱而劣於彈，當時周夢谷因「能唱官板曲」名氣更大於魏良輔。

活動當然不在南昌。」其對蔣星煜之說深表懷疑，又據《明實錄》、《詞謔》、余懷〈寄暢園聞歌記〉、徐復祚《曲論》、毛奇齡《西河詞話》、鈕少雅〈南九宮正始自序〉所見資料，而說：「明代中葉江西南昌府（亦可稱爲豫章）至少有兩個魏良輔：一是作過山東左布政使，卒於嘉靖四十六年（1567），一是崑山新腔的奠基人，卒於萬曆十年（1582）以後，可能是南昌縣桃竹魏家人，原先的職業是醫生。」前揭書，頁 451～459。

〔註 44〕主張魏良輔爲太倉人，據曾師永義〈從崑腔說到崑劇〉一文之〈三、魏良輔與水磨調的創發·（二）有關魏良輔的三個問題〉，就李開先《詞謔·詞樂》、王驥德《曲律·論腔調》、張大復《梅花草堂曲談》卷 20「崑腔」條及《南詞引正》全題作《婁江尚泉魏良輔南詞引正》，故以太倉之說爲可信；並言「曲家魏良輔既非豫章人，則……嘉靖五年（西元 1526 年）中進士……，卒於嘉靖四十五年（西元 1566 年）四月初九日享年七十六歲的魏良輔，絕非創發水磨調的魏良輔。」此文收於《從腔調說到崑劇》，前揭書，頁 222～226。

〔註 45〕主張魏良輔爲崑山人，如：據曾師永義〈從崑腔說到崑劇〉一文之〈三、魏良輔與水磨調的創發·（二）有關魏良輔的三個問題〉，所述有沈德符《顧曲雜言》、吳肅公《明語林》、錢謙益《列朝詩集小傳》、清康熙三十年（西元 1691 年）寧雲鵬等纂修之《蘇州府志》皆以魏氏爲「崑山人」。此說蓋以魏氏爲「崑山腔」創始人，連類相屬的緣故。
朱昆槐《崑曲清唱研究》第二章〈崑曲探源·四、魏良輔與水磨調〉之〈（二）魏良輔的籍貫問題〉中說：「然而從最早的資料看，魏良輔應該是崑山人，最明顯的證據是《南詞引正》標明《婁江尚泉魏良輔南詞引正》，且曹大章在序文中亦明言：『右《南詞引正》二十條，乃婁江魏良輔所撰。』敘文寫在嘉靖二十六年，據魏氏之時代最近，應當不會錯誤。而且更早的李開先（1501～1568）也在《詞謔》中提到『太倉魏上泉』。婁江、太倉都在崑山附近。……這兩項最早的資料是相符合的。別號是『尚泉』，籍貫是崑山，應當沒有錯。」前揭書，頁 56～58。

〔註 46〕詳見明·李開先《詞謔》〈詞樂〉，此書收於《中國古典戲曲論著集成》三，前揭書，頁 354～355。

又據魏良輔《南詞引正》文末有「時嘉靖丁未夏五月金壇曹含齋敘」之語〔註47〕，可知嘉靖丁未（二十六年，西元1547年）魏良輔已寫成《南詞引正》，此書應是他多年唱曲經驗之總結，日後更有多種戲曲典籍收錄《魏良輔曲律》，皆從此本而出，但各有異文。

潘之恆（西元 1566～1622 年）《鸞嘯小品》〈敘曲〉中說：「魏良輔其曲之正宗乎！」同書〈曲派〉亦說：「曲之擅於吳，莫與之競，然而盛於今，僅五十年耳。自魏良輔立崑之宗……。」〔註48〕《鸞嘯小品》大約作於萬曆四十六年（西元1618年）〔註49〕，那時魏良輔「立崑之宗」已五十年，那麼魏良輔「水磨調」之創發則應在嘉靖三十七年（西元1558年）左右。

何良俊《四友齋叢說》〈正俗二〉中說：

> 松江近日有一諺語，蓋指年來風俗之薄，大率起於蘇州，波及松江，二郡接壤，習氣近也。諺曰：一清誑……九清誑，不知腔板再學魏良輔唱。此所謂游手好閒之人，百姓之大蠹也。官府如遇此等，即當枷號示眾，盡驅之農。不然，賈誼首爲之痛哭矣。〔註50〕

何良俊《四友齋叢說》共三十八卷，然初刻僅三十卷，三十卷之後寫於萬曆元年〔註51〕，由其文中所述「不知腔板再學魏良輔唱」，可知那時魏良輔已聲名遠播了。

關於魏良輔的卒年，一般根據爲鈕少雅《九宮正始・自序》，文中說：

> 弱冠時，聞婁東有魏良輔者，厭鄙海鹽、四平等腔，而自製新聲，腔用水磨，拍捱冷板，每度一字，幾盡一刻。飛鳥爲之徘徊，壯士

〔註47〕詳見明・魏良輔《南詞引正》，此爲金壇曹含齋於嘉靖丁未（二十六年，西元1547年）所敘，今見於路工《訪書見聞錄》之〈附錄〉，前揭書，頁239～240。

〔註48〕詳見明・潘之恆原著、汪效倚輯注《潘之恆曲話》（北京：中國戲劇出版社，1988年北京第1版），頁8、17。

〔註49〕明・潘之恆《鸞嘯小品》之寫作年代，據胡忌、劉致中《崑劇發展史》第二章〈崑劇的興起〉第二節〈魏良輔和崑曲・(二) 魏良輔和蘇州地區的唱曲名家〉中所記爲：「萬曆後期一六一八年左右，著名戲曲評論家潘之恆作《鸞嘯小品》。」前揭書，頁54。

〔註50〕詳見明・何良俊《四友齋叢說》卷35〈正俗二〉，此書收於《元明史料筆記叢刊》，前揭書，頁323。

〔註51〕明・何良俊《四友齋叢說》，初刻僅30卷，後又續撰8卷，合爲38卷。今其書前有張仲頤〈重刻本序〉：「內翰何先生撰叢說三十卷，……歲癸酉（筆者按：萬曆元年，西元1573年），續撰八卷。」前揭書，頁10～11。

聞之悲泣，雅稱當代。余特往之，何期良輔已故矣。……余其年八十有八矣。〔註52〕

這篇自序末有「大清順治辛卯（八年，西元1651年）清河望後芍溪老人識」之語，當時鈕少雅八十八歲，可知他生於嘉靖四十三年（西元 1564 年），當他弱冠時想跟魏良輔學曲，但等他特地前往，豈料魏良輔已經亡故了。據此亦可推之魏良輔之卒年應是萬曆十二年（西元1584年）左右。

總上所述，可知魏良輔生活於嘉靖年間，起初只是個普通的曲師，嘉靖二十六年（西元 1547 年）之前寫成《南詞引正》，應是他多年唱曲經驗之總結，且有提高水磨調之地位的用意；潘之恆《鸞嘯小品》言其「立崑之宗」已五十年，那麼在嘉靖三十七年（西元1558年）左右的魏良輔「水磨調」已風行於世；到了萬曆元年，由何良俊《四友齋叢說》其文中所述松江風俗「不知腔板再學魏良輔唱」，可知那時魏良輔已聲名遠播了；至於他的卒年據鈕少雅《九宮正始・自序》所言推測，應是萬曆十二年（西元1584年）左右。〔註53〕

〔註52〕詳見明・徐子室編、鈕少雅訂《九宮正始・自序》，此書收於王秋桂主編《善本戲曲叢刊》第3輯，（臺北：臺灣學生書局，民國73年8月景印初版），頁1383～1391。

《九宮正始・自序》，文後有「大清順治辛卯（八年，西元1651年）清河望後芍溪老人識」之語。

「芍溪老人」，據周維培《曲譜研究》第四章〈南曲格律譜論略（下）〉言：「《南曲九宮正始》全稱《匯纂元譜南曲九宮正始》，題爲雲間徐于室輯，茂宛鈕少雅訂。……第十冊尾附有『芍溪老人』自序一篇，據該序口吻並印證馮旭諸人前序，可知芍溪老人實爲鈕少雅別號。」（南京：江蘇古籍出版社，1997年9月第1版），頁149。

〔註53〕關於魏良輔之生平，錢南揚〈《南詞引正》校注〉中說：「元末的崑山腔，後來未見流傳；況祝允明《猥談》對崑山腔的批判，原是這樣說的：『數十年來，所謂『南戲』盛行，更爲無端。……今遍滿四方，輾轉改益，又不如舊。』可見不是指元末的崑山腔，而是『今』輾轉改益的新腔。所以魏良輔的時代應往前推，問題才能解決。據我們推想：嘉靖二十六年，他的年齡至少應該在七十左右，則嘉靖五年，爲五十左右。其時新腔已在流行，研究已有成果，則祝允明記入《猥談》，魏良輔著書立說，曹含齋對他的推崇，才有可能。」見《戲劇報》，1961年第7、8期合刊本（北京：中國戲劇家協會戲劇報編輯委員會，人民文學出版社），頁59。

錢南揚此說將魏良輔和祝允明劃爲同一時代的人，亦見於其《戲文概論》〈源委第二〉第四章〈三大聲腔的變化〉第二節〈海鹽腔到崑山腔〉中說：「一個腔調從創立到盛行，是需要一個相當長的時間。假定魏良輔崑山腔創立於正德十年（西元1515年）左右，則《猥談》記載崑山腔才有此可能。」前揭書，

三、魏良輔改革崑山腔的基礎

（一）崑山腔的基礎是海鹽腔

主張此說之主要依據爲以下兩條資料，即：朱彝尊《靜志居詩話》「梁辰魚」條下說：

> 魏良輔能喉轉音聲，始變弋陽、海鹽故調爲崑腔。〔註 54〕

劉廷璣《在園曲志》中亦言：

> 明崑山魏良輔能喉轉音聲，始變弋陽、海鹽故調爲崑山腔。〔註 55〕

據此，遂有學者主張崑山腔是從海鹽腔發展而成的。如周貽白《中國戲劇史長編》〈《浣紗記》與崑山腔〉中說：

> 「崑山腔」的出生，在中國戲劇史上確是一件大事，它不僅以清柔婉折的聲調代替了當時盛行的「海鹽腔」的位置而稱霸劇壇，且亦造成了過去舞臺上未有的新局面。……又朱彝尊《靜志居詩話》云……。此項說法，雖未知所據，但頗爲近理。蓋「弋陽」、「海鹽」等腔，既曾風行於「崑腔」之前，斷不能全無依傍。縱令「弋陽腔」不用伴奏，另具一種聲調，而「海鹽腔」固南唱中之健者，「崑腔」不過較「海鹽腔更爲清柔而婉折」（見前引《客座贅語》），則「崑山腔」係從從「海鹽腔」基礎上發展而來，當屬可能。〔註 56〕

錢南揚《戲文概論》〈海鹽腔到崑山腔〉中說：

頁 53～54。

此說多處疑點，已爲多位學者所批評。如：黃芝岡〈論魏良輔的新腔創立和他的《南詞引正》〉之〈三《南詞引正》的寫作和魏的時代提前問題〉，此文收於周康燮主編《元明清劇曲研究論叢》（一），（存萃學社編集，大東圖書公司印行，1979 年 12 月第 1 版），頁 280～285。

胡忌、劉致中《崑劇發展史》第二章〈崑劇的興起〉第二節〈魏良輔和崑曲·（二）魏良輔和蘇州地區的唱曲名家〉，前揭書，頁 57～61。

流沙《明代南戲聲腔源流考變》〈貳拾、駁崑山腔創自魏良輔或顧堅說·四、魏良輔崑山腔涉及的若干問題〉，前揭書，頁 425～430。

〔註 54〕詳見清·朱彝尊《靜志居詩話》卷 14「梁辰魚」條，此書收於郭紹虞主編《中國古典文學理論批評專著選輯》（北京：人民文學出版社，1998 年），頁 430。

〔註 55〕詳見清·劉廷璣《在園曲志》，收於任中敏編《新曲苑》第 19 種，其上眉批題作「唐宋以來歌曲沿革」，（臺北：臺灣書局股份有限公司，民國 59 年 8 月臺 1 版），頁 288。

〔註 56〕詳見周貽白《中國戲劇史長編》第六章〈明代戲劇的演進〉第十七節〈《浣紗記》與崑山腔〉，前揭書，頁 311～312。

> 湯顯祖論海鹽、崑山二腔聲情，都說「體局靜好」。在南宋時流傳於吳中的一派，經過一百多年，到了元末，腔調的本身自然起了不少變化，又有人加以改進，曾一度有崑山腔之稱。（引魏良輔《南詞引正》「腔有數樣」條、周元暐《涇林續記》周壽誼事）……後來蘇州流傳於南京、山東一帶的腔調，仍稱海鹽腔，不稱崑山腔。……崑山腔是在海鹽腔的基礎上發展起來的。……清・朱彝尊《靜志居詩話》卷十四「梁辰魚」條說：「時邑人魏良輔能喉轉音聲，始變弋陽、海鹽故調爲崑山。」似乎崑山腔也繼承了弋陽腔。這種說法是不對的。蓋弋陽之調諠，正與靜好相反，兩者是不會合在一起的。……《南詞引正》云「惟崑山爲正聲」。這裏的崑山腔，是指元明間的崑山腔，實則就是海鹽腔。〔註 57〕

錢南揚在〈南詞引正校注〉一文中也說：

> 他們（筆者按：指魏良輔、張野塘、過雲適、張梅谷、謝林泉、張小泉、季敬坡、戴梅川、包郎郎等人）在海鹽腔的基礎上，加以改進，就成爲後來盛行的崑山腔。〔註 58〕

周貽白、錢南揚都是從海鹽、崑山二腔風格相近，及海鹽腔淵源較早的情況下，主張崑山腔是在海鹽腔的基礎上發展出來的聲腔。先看錢南揚所說「元明間的崑山腔，實則就是海鹽腔。」此語筆者以爲應加商榷。因爲假如像錢南揚所說，海鹽腔早於南宋時傳入蘇州，那麼就腔調流播於他鄉的現象來看，必定會吸收或融合當地的語言、歌謠、小曲等，進而演變成新的腔調，因此，既有「崑山腔」之名，必定與海鹽腔不同，否則何須另立一新的名稱徒增混淆之困擾，況且就有關聲腔之記載都將二腔並列，亦可知二者必定不同。因此錢南揚此說，實有斟酌之必要。

至於以海鹽腔爲崑山腔之基礎，流沙在《明代南戲聲腔源流考辨》〈魏良輔崑山腔涉及的若干問題〉中，對錢南揚的說法提出質疑：

> 崑山腔的基礎是海鹽腔，這是〈南詞引正校注〉中提出的另一個問題。……一種地方戲曲腔調的產生，語言是極爲重要的因素。當年由溫州傳入杭州的南戲，爲適應新環境，首先在舞臺語言上作了變

〔註 57〕詳見錢南揚《戲文概論》〈源委第二〉第四章〈三大聲腔的變化〉第二節〈海鹽腔到崑山腔〉，前揭書，頁 51～52。

〔註 58〕詳見錢南揚〈南詞引正校注〉，見《戲劇報》，1961 年第 7、8 期合刊本，前揭文，頁 58～59。

> 化。……經過杭州轉來的南戲，很快便在「吳語」體系的蘇州盛行起來，在語言上則不存在任何問題。自南宋吳中子弟搬演《韞玉傳奇》，到明天順間的吳優南戲，其間已有兩百多年的歷史，早在蘇州就和吳語結合起來，怎會將崑山腔的基調說成是海鹽腔呢？同時魏良輔最初是北曲歌唱家，後來才改學南曲；而南曲就稱爲「吳歈」的散曲。在吳歈的基礎上創造的崑山腔與海鹽腔並沒有任何的淵源關係。〔註59〕

流沙之意，崑山腔的語言應與崑山所屬之吳語體系相關，因而認爲以浙江的海鹽腔爲崑山腔之基礎，是不可靠的說法。

至於以崑山腔是由海鹽腔變化而來的看法，其關鍵就在上引朱彝尊及劉廷璣二說「變弋陽、海鹽故調爲崑腔」中之「變」字。於此葉德均在〈明代南戲五大腔調及其支流〉一文之〈崑山腔〉中，提出了他的看法：

> 到嘉靖時，餘姚腔還流行，弋陽、海鹽兩腔佔著重要地位，而新興的各種滾唱的腔調剛露頭角。崑腔和他們的關係是怎樣呢？這主要是和海鹽腔的關係。海鹽腔本來就是以婉轉曲折見長，而崑腔是如《客座贅語》卷九所說：「今則吳人益以洞簫及月琴，聲調屢變，益發悽惋，聽者殆欲墮淚矣。大會則用南戲：其始止二腔，一爲弋陽，一爲海鹽。弋陽則錯用鄉語，四方士客喜閱之；海鹽多官語，兩京人用之。……今又有崑山，校（當作較）海鹽又爲輕柔而婉折，一字之長，延至數息。士大夫稟心房之精，靡然從好，見海鹽等腔，已白日欲睡。」它繼承海鹽腔「輕柔婉折」的特色，又發展了一步。從而，它以絕對的優勢壓倒了海鹽腔。所以到萬曆間崑腔流行範圍擴大以後，海鹽腔在南方就衰微了。這時其他的南曲，如〈寄暢園聞歌記〉所說是「平直無意致」，……因而就針對他們少曲折的缺點，向婉轉的一方面發展。最後是像《靜志居詩話》卷十四所說「變弋陽、海鹽故調爲崑腔。」〔註60〕

爲了更清楚地說明「變」之意涵，葉德均特立一註釋就此「變」字加以說明：

〔註59〕詳見流沙《明代南戲聲腔源流考辨》〈貳拾、駁崑山腔創自魏良輔或顧堅說・四、魏良輔崑山腔涉及的若干問題〉，前揭書，頁427～429。

〔註60〕詳見葉德均《戲曲小說叢考》〈明代南戲五大腔調及其支流〉一文之〈一、明代五大腔調・五、崑山腔〉，前揭書，頁40～41。筆者文中所引葉德均原註，見頁41。

> 文獻中所說各種聲腔的「變」有幾種不同情形，主要的是：(一) 是同一系統的兩種腔調的「變」，就是從舊腔中變化出另一種新腔，如《客座贅語》卷九所說：「後則又有四平，乃稍變弋陽而令人可通者。」因爲四平腔和弋陽腔確有血緣關係，可以確定是系統性的變化。(二) 是非系統性的，只是演唱現象的變化，就是新劇種、新腔調在演出、歌唱上代替了舊劇種、舊腔調；而兩種東西並沒有血緣關係，如本文所引崑腔是「變弋陽、海鹽故調」。因爲崑腔和海鹽腔雖同具有清柔特點，但並非一個系統，和弋陽差別更大，不能認爲是系統性的變化。這兒「變」的意義是指改變了以前唱弋陽、海鹽的情況，而以崑腔來代替它們。這並不是「從海鹽腔變出」的。

可見葉德均認爲朱彝尊之說，只可視爲當時劇壇上之演唱習慣，由海鹽腔轉變爲崑山腔的現象，而不能說崑山腔是由海鹽腔變化而來的。因此，崑山腔的基礎當然不是海鹽腔了。筆者亦覺此說合理。正如湯顯祖說「至嘉靖而弋陽之調絕」，但事實是：弋陽腔衍生出的新腔調，如青陽腔、徽州腔等，因爲使用滾唱的方式演出，獲得極大之迴響。因此，弋陽舊調便不再流行，但我們卻不能望文生義，而誤解成弋陽腔銷聲匿跡於當時之劇壇，遂言「調絕」。此處之「變」，情況亦如此。

（二）宋元南戲流播各地，以吳中歌曲為崑山腔之基礎

崑山腔的產生，如同浙江的餘姚腔、海鹽腔一樣，都是南戲在不同地區發展的結果。假如回顧前段所述，英宗天順年間已有南優至北京演出，祝允明《猥談》並列南戲四大聲腔，乃至管志道因當時「鼓弄淫曲，搬演戲文」之風熾盛，而爲文戒其子弟家宴勿張戲樂……等，都可視爲南戲流播、盛行於吳中的具體事例。在崑山地區，自然有崑山土腔、土語、土戲，如前引蔣星煜〈崑山腔發展史的再探索〉一文即說：「我認爲崑山腔的基礎只能是崑山當地的歌、舞、劇。」此處所指應即是所謂崑山土戲，其藝術層次必然不高，故不爲祝允明所喜。

周貽白在《中國戲曲史講座》〈明代雜劇傳奇與所唱聲腔〉中說：

> 崑山腔產生於江蘇崑山。一般地說，是由魏良輔創興出來的，實際上，這裡面包含著許多人的努力。首先，當海鹽腔和餘姚腔在浙江一帶流行的時候，崑山地方，已經有一種土戲存在，聲調和海鹽腔相近，其伴奏樂器也是用弦索。魏良輔……原籍江西，當然具有弋

> 陽腔的根底。他流寓的地方又是太倉，太倉的流行聲調是餘姚腔，也屬南戲系統。……他根據崑山土戲的唱法，參合海鹽腔的原有唱法，細加研究。他的嗓音是下工夫鍛煉過的，因而唱出來的聲調，頗能圓轉自如。〔註61〕

葉德均〈明代南戲五大腔調及其支流〉〈崑山腔〉中說：

> 魏良輔是在吳中歌曲發達的歷史條件下和正德年間已經流行的崑腔基礎上，大力地創造了一套完整的新唱法，產生了婉轉曲折的「水磨調」，大大推進了崑腔的發展，然而他絕不是崑腔的唯一創造者。〔註62〕

流沙《明代南戲聲腔源流考辨》〈崑山腔眞正產生的年代〉及〈顧堅的崑山腔是散曲〉中說：

> 崑山腔的產生，如同浙江的餘姚、海鹽兩腔一樣，都是南戲在不同地區發展的結果。其發展和變化如果離開了民間藝人的創造和廣大觀眾要求改進的願望，也就根本不可能實現。因此，脫離蘇州南戲發展史，侈談顧堅和魏良輔的創造，就很難弄清楚崑山腔的原本面貌。……蘇州地方南戲，在明初究竟是何種唱調？因爲沒有當時存留下來的曲譜，現在根本無法得知。但是，祝允明時代（明成化、弘治年間）的崑山腔，其唱調卻有少許文字記載可以證明。原來崑山腔也是毫無音律腔調，隨意杜撰的民間土腔。〔註63〕

此處以崑山腔爲「宋元南戲流播各地，以吳中歌曲爲崑山腔之基礎」的說法，筆者以爲是合於聲腔發展及流播之原則的。宋元南戲逐漸壯大、流播，既至吳中，自會與此地之語言、歌謠發生融合之現象，進而產生能爲觀眾所接受之新腔調。因此以吳中之歌曲、土腔、土戲，爲魏良輔等人改良崑山腔之基礎是合於情理的。

（三）融合南、北曲之長處

關於這點有兩條資料極爲學者重視，即：張潮輯《虞初新志》記載明末

〔註61〕詳見周貽白《中國戲劇史講座》第六講〈明代雜劇傳奇與所唱聲腔〉，前揭書，頁150～151。

〔註62〕詳見流沙《明代南戲聲腔源流考辨》〈貳拾、駁崑山腔創自魏良輔或顧堅說〉，前揭書，頁427～429。

〔註63〕詳見葉德均《戲曲小說叢考》〈明代南戲五大腔調及其支流〉之〈五、崑山腔〉，前揭書，頁40。

清初余懷〈寄暢園聞歌記〉云：

有曰：南曲蓋始於崑山魏良輔云。良輔初習北音，絀於北人王友山，退而鏤心南曲，足跡不下樓十年。當是時，南曲率平直無意致，良輔轉喉押調，度爲新聲。疾徐高下，清濁之數一依本宮；取字齒唇間，跌換巧掇，恆以深邈助其悽唳。吳中老曲師如袁髯、尤駝者，皆瞠乎自以爲不及也。……而同時婁東人張小泉、海虞人周夢山競相附和，惟梁谿人潘荊南獨精其技。……合曲必用簫管，而吳人則有張梅谷，善吹洞簫，以簫從曲；毘陵人則有謝林泉，工擫管，以管從曲，皆與良輔游。而梁谿人陳夢萱、顧渭濱、呂起渭輩，並以簫管擅名。〔註64〕

葉夢珠《閱世編》〈紀聞〉：

因考弦索之入江南，由戍卒張野塘始。野塘河北人，以罪謫發蘇州太倉衛，素工弦索。既至吳，時爲吳人歌北曲，人皆笑之。崑山魏良輔者，善南曲，爲吳中國工。一日至太倉聞野塘歌，心異之，留聽三日夜，大稱善，遂與野塘定交。時良輔年五十餘，有一女亦善歌，諸貴爭求之，良輔不與。至是遂以妻野塘。吳中諸少年聞之，稍稍稱弦索矣。野塘既得魏氏，並習南曲，更定弦索音，使與南音相近。並改三弦之式，身稍細而其鼓圓，以文木製之，名曰弦子。明王太倉相公方家居，見而習之，命家僮習焉。其後有楊六者（即楊仲修）創爲新樂器，名提琴。……提琴既出，而三弦之聲益柔曼婉揚，爲江南名樂矣。……分派有三：曰太倉、蘇州、嘉定。……太倉近北，最不入耳；蘇州清音可聽，然近南曲，稍失本調。惟嘉定得中。〔註65〕

這兩條資料敘述了魏良輔博取眾家之精華，且足跡不下樓十年，如此勤懇孜矻地用心於崑山腔之改革，終於使原本平直無意致的南曲，成爲轉音若絲的水磨調，開創中國戲劇的新局面。

關於魏良輔改革崑山腔之基礎，多位學界前賢主張此基礎爲融合南、北曲之長處，今將其說略述於下。

〔註64〕詳見清・張潮輯《虞初新志》卷4載明末清初余懷〈寄暢園聞歌記〉（河北：河北人民出版社，2001年8月第2次印刷），頁63。

〔註65〕詳見清・葉夢珠《閱世編》卷10〈紀聞〉，收於《藏書傳世・子庫・雜記2》（誠成企業集團（中國）有限公司組織編纂，海南國際出版社出版，1996年12月版），頁78。

黃芝岡〈論魏良輔的新腔創立和他的《南詞引正》——對錢南揚《南詞引正校注》的商討〉一文中說：

> 我認爲《南詞引正》是魏在北曲的基礎上對南曲進行研究的過程中所寫作的，並不是他在崑山曲派創立成功後的經驗總結。……我們由《南詞引正》能看出魏良輔在「鏤心南曲」的十年工作過程裡，從實踐得來的初步主張。……〈聞歌記〉說魏的「鏤心南曲」是因爲他所習的北音，「絀於北人王友山」，他認爲他的北曲不能取勝於人，就運用北曲的曲調、音律向南曲來開闢新天地了。……但如果魏不在蘇州這個南北戲路交會的地方，如果他在當時不是個有名的北曲唱家，如果他不從北曲的基礎上對新腔進行創造，那麼，他新腔創立的成功卻還是難保證的。……魏良輔創立新腔，從依北曲規律來革新南曲到革新北曲樂器來豐富南曲伴奏，從新腔的創立到弦索的革新，卻又是個新的發展。〔註66〕

葉德均〈明代南戲五大腔調及其支流〉一文之〈崑山腔〉中說：

> 崑曲和南方流行的北曲支派「弦索」有極其密切的關係。據余懷〈寄暢園聞歌記〉，魏良輔曾學過北曲，而絀於北人王友山，但這還不是主要的。重要的是，從嘉靖、隆慶間起，以江南太倉爲中心創造了一種崑腔化的北曲弦索，從而又反過來影響崑腔。（引述《閱世編》卷十〈紀聞〉）……這是弦索北曲在南方衰微後產生的別派。它是爲適應江南人歌唱而大加改革，就與「南音相近」。……這種「北詞之被弦索，向來盛自婁東（太倉）」的新弦索，它不但是崑腔化了的北曲，而且是依附著崑腔流傳的。〔註67〕

聶石樵、鄧魁英〈崑曲的創立與魏良輔和梁辰魚〉一文開宗即言：

> 崑曲……它是在民間藝術的基礎上，在南曲和北曲的音樂和曲調的基礎上改造加工而成的。

接著在該文之〈嘉靖、隆慶間蘇、崑地區南曲和北曲流動的情況〉中說：

〔註66〕詳見黃芝岡〈論魏良輔的新腔創立和他的《南詞引正》——對錢南揚《南詞引正校注》的商討〉一文之〈四、怎樣看魏的《南詞引正》和他的新腔創立〉，此文收於周康燮主編《元明清劇曲研究論叢》（一），（存萃學社編集，香港：大東圖書公司印行，1979年12月第1版），頁286～290。

〔註67〕詳見葉德均《戲曲小說叢考》〈明代南戲五大腔調及其支流〉一文之〈一、明代五大腔調・五、崑山腔〉，前揭書，頁41～43。

明嘉靖、隆慶之間，是南曲與北曲在蘇、崑一帶變動最激烈的時期，也是南曲最發達的時期。關於南曲發達的情況，徐渭《南詞敘錄》記載「今唱家稱弋陽腔……惟崑山腔只行於吳中。」……。北曲是一種高雅的戲曲，爲公侯、搢紳、富家所鑑賞，嘉靖、隆慶之間也傳播至蘇州一帶。沈德符《顧曲雜言》記載：「嘉隆間度曲知音者，有松江何元朗，……頓曾隨武宗入京，盡傳北方遺音，獨步東南。」這段記述說明嘉靖、隆慶之間流傳到江南的北曲已經逐漸地方化了，失去北曲的本色，只有蘇州東南方松江縣何元朗家的優人所唱，還保存其遺風。……嘉靖、隆慶之間蘇、崑一帶是南曲和北曲匯集的地區，這些戲曲爲了競爭，必然互相吸收，取長補短……可見魏良輔在這裡創立新腔，並非偶然，而是有其充分的條件的。〔註68〕

曾師永義〈從崑腔說到崑劇〉一文之〈魏良輔如何創發「水磨調」〉中說：

這位曲家魏良輔是如何從唱腔改革崑山腔的呢？簡單說來，他是透過與同道的切磋，廣汲博取，融合南北曲唱腔的優點而創發「水磨調」；而這其間更有樂器的改良。……所以說魏良輔創發之水磨調是在崑山腔的基礎之上，與同道切磋琢磨，廣汲博取，並在樂器上有所增益，一方面強化音樂功能，二方面也解決了北曲崑唱的扞格，三方面應和了當時南戲雅化的趨勢，從而成就了「聲則平上去入之婉協，字則頭腹尾音之畢勻，功深鎔琢，氣無烟火，啓口輕圓，收音純細」，而傳衍迄今的中國音樂之瑰寶「水磨調」。〔註69〕

如眾所周知，北曲的音樂體製是嚴謹的，相較之下，早期南戲「隨心令」的形式，在音樂結構上自是鬆散。因此魏良輔等人力圖改良崑山腔，其取法於北曲以建立嚴謹之音樂體製是必須的；但南曲、北曲在聲情上畢竟是不同的，因此樂器的改良也成爲當務之急，在多方的努力下，終於完成水磨調之改良，也爲中國古典戲曲開創了一個輝煌的新紀元。

〔註68〕詳見聶石樵、鄧魁英〈崑曲的創立與魏良輔和梁辰魚〉，此文收於聶石樵、鄧魁英著《古代小說戲曲論叢》（北京：中華書局，1985年5月第1版），頁342～344。

〔註69〕詳見曾師永義〈從崑腔說到崑劇〉一文之〈三、魏良輔與水磨調的創發・(三)魏良輔如何創發「水磨調」〉，收於《從腔調說到崑劇》，前揭書，頁226～239。

四、梁辰魚對水磨調之影響

嘉靖年間，魏良輔等人改良成功之水磨調，尤其在音樂上，解決了管弦樂器的伴奏問題，使明代的南戲發展進入另一個新紀元——傳奇的興起。但水磨調最初只用於清唱散曲和戲曲。如《南詞引正》中即曾說過：

> 清唱謂之冷唱，不比戲曲；戲曲藉鑼鼓之勢，有躲閃省力，知者辨之。〔註 70〕

正因爲是清唱，沒有鑼鼓幫襯，所以更要求唱法，要「虛心味之，未到處，再精思，不可自作主張」、要「唱出各樣曲名理趣」。張牧《笠澤隨筆》記萬曆以前宴會時唱曲的情況寫道：「間或用崑山腔，多屬小唱。」〔註 71〕那時的優童小唱是清唱戲曲和散曲，而非演唱。可見魏良輔創造的「水磨調」，本是專供清唱之用。沈寵綏《度曲須知》「曲運隆衰」中說：

> 嘉隆間有豫章魏良輔者，……所度之曲，則皆〈折梅逢使〉、〈昨夜春歸〉諸名筆，採之傳奇，則有〈拜星月〉、〈花陰夜靜〉等詞。要皆別有唱法，絕非戲場聲口，腔曰「崑腔」，曲名「時曲」，聲場稟爲曲聖，後世依爲鼻祖。蓋自有良輔，而南詞音理，已極抽秘逞妍矣。〔註 72〕

上面所舉四套曲的首句，前兩種是散曲，後二種是戲曲，都是採用傳唱較久的著名曲文，用緩慢的水磨調清唱，所以和唱得較快的「戲場聲口」迥別。

一個聲腔的流傳，是需要眾人的努力，此時舞臺上出現了驚天之作——梁辰魚以水磨調譜《浣紗記》，演諸舞臺，獲得極大之迴響。徐樹丕《識小錄》〈梁姬傳〉寫道：

> 吳中曲調，起魏氏良輔。隆、萬間精妙益出。四方歌曲必宗吳門，不惜千里重貲致之，以教其伶、妓，然終不及吳人遠甚。〔註 73〕

崑山腔因其「精妙益出」，自易向外拓展，而形成「四方歌曲必宗吳門」的盛況。從此帶出一種創作風潮，傳奇於焉誕生。

〔註 70〕詳見明・魏良輔《南詞引正》，前揭書，頁 239。下段兩句引文見頁 239、240。

〔註 71〕詳見張牧《笠澤隨筆》，轉引自葉德均《戲曲小說叢考》〈明代南戲五大腔調及其支流〉，頁 28。

〔註 72〕詳見明・沈寵綏《度曲須知》上卷「曲運隆衰」條，此書收於《中國古典戲曲論著集成》五，前揭書，頁 198。

〔註 73〕詳見明・徐樹丕《識小錄》卷 4〈梁姬傳〉，此書收於《筆記小說大觀四十編》第 3 冊，前揭書，頁 661。

於是梁辰魚《浣紗記》便被稱爲第一部用水磨調演出的劇本。

主張《浣紗記》是第一部按崑山腔新聲格律創作的傳奇的學界前賢極多，如：錢南揚《戲文概論》〈海鹽腔到崑山腔〉中說：

> 魏良輔的崑山腔，雖說「盛於明時」，然始終停留在清唱階段。……及梁辰魚（1520～1580）《浣紗記》出，始把崑山腔搬上舞臺。……到梁辰魚時代，不但第一部眞正的崑山腔傳奇《浣紗記》，搬上了舞臺，而且他還親自教歌童舞女度曲，甚至有不遠千里而來的。……崑山腔至此，才建立了群眾基礎，在群眾中間生了根，日趨興盛。〔註74〕

張庚、郭漢城《中國戲曲通史》〈昆山腔的作家與作品概述〉中，在「梁辰魚」之下說：

> 一般相信，他的《浣紗記》是把魏良輔新昆山腔搬上戲曲舞臺的第一部作品。〔註75〕

《中國大百科全書・戲曲曲藝》卷「昆山腔」條說：

> 昆山人梁辰魚，繼承魏良輔的成就，……他編寫了第一部昆腔傳奇《浣紗記》。〔註76〕

〔註74〕詳見錢南揚《戲文概論》〈源委第二〉第四章〈三大聲腔的變化〉第二節〈海鹽腔到崑山腔〉，前揭書，頁55～57。

〔註75〕詳見張庚、郭漢城《中國戲曲通史》第二冊，第三編〈昆山腔與弋陽諸腔戲〉第八章〈昆山腔的作家與作品〉第一節〈昆山腔的作家與作品概述〉，前揭書，頁42。

〔註76〕詳見《中國大百科全書・戲曲曲藝》卷「昆山腔」條，前揭書，頁186、211。
主張《浣紗記》是第一部按崑山腔新聲格律創作的傳奇，尚有：
葉德均《戲曲小說叢考》〈明代南戲五大腔調及其支流〉〈五、崑山腔〉：「把崑腔水磨調的清唱方法應用到戲曲上去，第一個是梁辰魚，他爲了用水磨調唱戲曲創作《浣紗記》。這樣，就把崑腔應用範圍大大擴充了，奠定了用崑腔唱戲曲的基礎。」前揭書，頁44。
顧篤璜《崑劇史補論》〈一、崑腔　魏良輔〉：「第一個爲崑腔撰寫散曲和劇本的是梁伯龍。」前揭書，頁25。
吳敢《曲海說山錄》〈宋元南戲藝術簡析〉：「魏良輔的崑山腔，始終停留在清唱階段，並未應用於戲劇演出。及梁辰魚《浣紗記》出，始把崑山腔搬上舞臺。……因爲崑山腔閒雅整肅，清俊溫潤，適宜表現細膩文靜的曲辭，故士大夫尤爲賞識，因此崑山腔劇本的創作和文獻的紀錄，流傳下來的獨多，蔚爲大國。所以一般習慣，把它從戲文中劃分出來，稱爲明清傳奇。」（北京：文化藝術出版社，1996年12月北京第1版），頁131～132。
侯淑娟《浣紗記研究》上編〈《浣紗記》之背景研究〉第四章〈《浣紗記》在

同書「梁辰魚」條下說：

《浣紗記》的影響比較深遠，它第一次成功地把「水磨調」用於舞臺。

當然，也有反對以《浣紗記》是第一部用魏良輔改革後的崑山腔演唱的劇本。如胡忌、劉致中在《崑劇發展史》〈《浣紗記》和《鳴鳳記》〉中論及《浣紗記》時就說：

沒有一條可靠的材料説明《浣紗記》是第一部用魏良輔改革後的崑山腔演唱的劇本。萬曆初年刊刻的《八能奏錦》所選的崑劇其他作品，尚有汪廷訥的《獅吼記》，張鳳翼的《紅拂記》，高濂的《玉簪記》等，這些作品的出現當與《浣紗記》爲同一時期。根據這一事實，我們認爲：當崑山腔革新成爲「時曲」（蘇州地區流行曲子）而風行時，學唱的人很多；某些劇作家把這種「時曲」運用到劇本創作中，和原來以崑山腔唱的傳奇劇相溶合，於是崑劇演出打開了新局面。而《浣紗記》則是第一批打開崑劇局面劇本中最有成就、最有影響的一部。這和「歌兒舞女，不見伯龍，自以爲不祥」有關，也和《浣紗記》作品本身的長處密切相關。〔註 77〕

王永健〈關於崑山腔研究中的若干問題商兌〉一文，引述王世貞《曲藻》之說，亦言：

吾吳中以南曲名者：祝京兆希哲、唐解元伯虎、鄭山人若庸。希哲能爲大套，富才情，而多駁雜。伯虎小詞翩翩有致。鄭所作《玉玦

崑劇形成中之地位〉第三節〈《浣紗記》在崑劇與「傳奇」形成中之地位〉中說：「『崑腔化』可説是南戲轉化爲傳奇之關鍵，梁辰魚的《浣紗記》可爲承轉變化的標誌，它不只以盛行一時的吳中『時調』——崑山水磨調來演唱，爲配合崑腔輕柔婉轉、悠揚徐緩的歌唱特色，梁辰魚對每一齣曲套長短的配置用心極深，常能因情節關目、角色運用等排場要素整理調配，使之不致過冗長，避免歌者不堪負荷、觀眾厭煩之弊，在曲套運用上雖多受《琵琶記》影響，但它對傳奇曲套趨向定式的規模性穩定影響甚大，因此傳奇之南曲曲套雖仍變化多端，但它已不是南戲時期所謂『隨心令』，這是梁辰魚《浣紗記》在聯套音樂上的貢獻，也是傳奇聯套與南戲的不同之處。由此可見，《浣紗記》在崑劇形成中之地位，不只是將崑山水磨調成熟完整地運用於劇場，成爲新腔劇種成立的宣告，他同時完成了傳奇體製規律變化規模的定式，代表著新體製劇種——明清傳奇，別出於南戲的里程碑。」前揭書，頁 72。

〔註 77〕詳見胡忌、劉致中《崑劇發展史》第二章〈崑劇的興起〉第三節〈《浣紗記》和《鳴鳳記》〉，前揭書，頁 72。

記》最佳，它未稱是。《明珠記》即〈無雙傳〉，陸天池采所成者，乃兄浚明給事助之，亦未盡善。張伯起《紅拂記》潔而俊，失在輕弱。梁伯龍《吳越春秋》滿而妥，間流冗長。陸教諭之裘散詞，有一二可觀。吾嘗記其結語：「遮不住愁人綠草，一夜滿關山。」又：「本是個英雄漢，差排作窮秀才。」語意雋爽。其他未稱是。〔註78〕

而得結論：

結論只能是，第一，梁辰魚的《浣紗記》，絕非按魏良輔等人革新後的崑山腔格律創作和演唱的第一部傳奇；但它也是最早誕生的崑曲傳奇作品之一。第二，梁辰魚的名聲，比鄭若庸、張鳳翼，以及《鳴鳳記》作者（我認爲是太倉的唐儀鳳）響得多，而《浣紗記》又以西施和范蠡爲主人翁，敷衍吳越的興亡故事，其聲譽和社會影響亦比《紅拂記》、《玉玦記》和《鳴鳳記》等作品更大。第三，梁辰魚不僅按崑山腔新聲的格律創作散曲和傳奇，還曾親自向歌兒舞女傳授水磨調的唱法。因此，與同時代的傳奇家相比，他爲崑山腔新聲的傳播出力也更多。〔註79〕

兩種不同的說法，皆有人認同。那麼讓我們看看明人的記載。在明、清人的著述中，沒有任何資料明白說出梁辰魚《浣紗記》是第一部用「水磨調」來演唱的劇本。而萬曆初年刊刻的《八能奏錦》，其所選的作品，《浣紗記》除外，尚有與梁氏同時的汪廷訥《獅吼記》、張鳳翼《紅拂記》、高濂《玉簪記》，可見用「水磨調」來演出的戲曲劇本，與《浣紗記》同時的，就不只一

〔註78〕詳見明・王世貞《曲藻》「吾吳中以南曲名者條」，收於《中國古典戲曲論著集成》四，（北京：中國戲劇出版社，1982年11月第4次印刷），頁37。

〔註79〕詳見王永健〈關於崑山腔研究中的若干問題商兑〉，此文收於國立清華大學人文社會學院中國語文學系編《小說戲曲研究》第5集，（臺北：聯經出版事業公司，民國84年2月初版），頁362～363、365～366。
類似之說還有：廖奔《中國戲曲聲腔源流史》第二章〈南曲單腔變體勃興〉第二節〈南戲諸腔調述略〉中說：「今人都把當時文人梁辰魚撰寫的傳奇《浣紗記》作爲崑山腔的第一個劇本，我頗懷疑這種看法，因爲崑山腔決不可能是一直停留在清曲階段，直到《浣紗記》傳奇按照崑曲格律寫出，才把崑山腔搬上戲劇舞臺。在《浣紗記》之前，崑山腔一定也和其它諸多南曲單腔變體一樣，一直在民間傳演，只是他的劇本更多是經過藝人加工的古南戲傳奇本子，因而引不起文人重視而已。……梁辰魚的功勞在於開創了文人專門爲崑山腔創作劇本之先河，並用他的生花妙筆使之聲譽大漲。」前揭書，頁71～72。

種。如，徐復祚《曲論》中即說：

> 伯起有《處實堂集》，著述甚富。……晚喜爲樂府新聲。天下之愛伯起新聲，甚於古文辭。樂府有《陽春堂六傳》，……伯起善度曲，自晨至夕，口嗚嗚不已。吳中舊曲師魏良輔，伯起出而一變之，至今宗焉。常與仲郎演《琵琶記》，父爲中郎，子趙氏，觀者填門，夷然不屑意也。〔註 80〕

張鳳翼，字伯起，蘇州府長洲人（今屬吳縣），嘉靖四十五年（西元 1564 年）舉人。由《曲論》所述可知其所撰之《陽春六集》(《紅拂記》、《祝髮記》、《灌園記》、《竊符記》、《虎符記》、《扊扅記》）也是以魏良輔「水磨調」爲基礎稍作改良來歌唱的。

何以會有伯龍爲崑劇開山的說法呢？張大復《梅花草堂筆談》「崑腔」條：

> 梁伯龍聞，起而效之，考定元劇，自翻新調，作《江東白苧》、《浣紗》諸曲；又與鄭思笠精研音理，唐小虞、陳梅泉五七輩雜轉之，金石鏗然。譜傳藩邸戚畹金紫熠爚之家，而取聲必宗伯龍氏，謂之崑腔。〔註 81〕

雷琳《漁磯漫鈔》「崑曲」條云：

> 崑有魏良輔者，造曲律，世所謂崑腔者，自良輔始，而梁伯龍獨得其傳，著《浣紗》傳奇，梨園子弟喜歌之。梁名辰魚，亦崑山人。〔註 82〕

錢謙益《列朝詩集小傳》丁集中「梁太學辰魚」條：

> 辰魚，字伯龍，崑山人。以例貢爲太學生。身長八尺有奇，虯鬚虎顴，好輕俠，善度曲，囀喉發響，聲出金石。崑有魏良輔者，造曲律，世所謂崑山腔者自良輔始；而伯龍獨得其傳，著《浣紗傳奇》，梨園子弟喜歌之。〔註 83〕

〔註 80〕詳見明・徐復祚《曲論》，此書收於《中國古典戲曲論著集成》四，前揭書，頁 245～246。

〔註 81〕詳見明・張大復《梅花草堂曲談》卷 12「崑腔」條，收於任中敏編《新曲苑》第 11 種，（臺北：臺灣中華書局，民國 59 年 8 月臺 1 版），頁 158。

〔註 82〕詳見清・雷琳等編《漁磯漫鈔》二冊，卷 3「崑曲」條，（上海：掃葉山房發行，民國 13 年影印），頁 4。現收於國家圖書館善本書室。

〔註 83〕詳見清・錢謙益《列朝詩集小傳》丁集中「梁太學辰魚」條，前揭書，頁 488。

諸說行文滿是對梁辰魚之讚賞，言「取聲必宗伯龍氏」、「梁伯龍獨得其傳」，自然容易讓人陷入迷思，而以其《浣紗記》專謂水磨調而作。

當然梁伯龍的音樂成就是不容置疑的，他是散曲家也是戲曲家，因此將原本用之於清唱的水磨調發揮到戲曲舞臺上，對他而言應非難事，加上他在當時的知名度，〔註 84〕人們自然容易將開山之祖的美譽加在他身上了。這情況應與魏良輔等人改革崑山腔相似，直接以魏良輔稱之，實則是一群人共同努力所致。

第三節　崑山水磨調的音樂成就

一、演唱技巧的提昇

南戲源自民間，徐渭《南詞敘錄》說「其曲，則宋人詞而益以里巷歌謠，不協宮調，故士夫罕有留意者。」、「則又即村坊小曲而爲之，本無宮調，亦罕節奏，徒取其畸農、市女順口可歌而已，諺所謂『隨心令』者。」〔註 85〕既是不協宮調的村坊小曲，畸農市女順口可歌的表現方式，可想而知它的藝術形式必是簡單的，因此祝允明《猥談》批評當時所見包括崑山腔在內南戲聲腔「歌唱愈謬」、「略無音律腔調」，而視之爲「愚人蠢工」之妄作。可見在魏良輔改革崑山腔成爲水磨調之前，崑山腔的演唱技巧是不及北曲雜劇之成就的。

北曲雜劇一人主唱全劇，演員之藝術成就也往往表現在他的歌唱技巧上，如夏庭芝《青樓集》即稱美許多演員的歌唱〔註 86〕，而芝庵的《唱論》

〔註 84〕關於梁辰魚與傳奇的建立，曾師永義〈從崑腔説到崑劇〉一文論之已詳，此處説法參考其説而成。此文收於曾師永義《從腔調説到崑劇》，前揭書，頁 239～247。

〔註 85〕詳見明・徐渭《南詞敘錄》，此書收於《中國古典戲曲論著集成》三，前揭書，頁 239、240。

〔註 86〕元・夏庭芝《青樓集》所記善歌之演員，略舉數例於下：梁園秀：「姓劉氏，行第四，歌舞談謔。」（頁 17）、順時秀：「劉時中待制，嘗以『金簧玉管，鳳吟鸞鳴』，擬其聲韻。」（頁 20）、聶檀香：「姿色嫵媚，歌韻清圓。」（頁 21）、秦玉蓮：「善唱諸宮調。藝絕一時，後無繼之者。」（頁 23）、賽簾秀：「朱簾秀之高弟，……聲遏行雲，乃古今絕唱。」（頁 25）、趙眞眞：「善雜劇，有遶梁之聲。」（頁 31）、陳婆惜：「善談唱，聲遏行雲。」（頁 33），此書收於《中國古典戲曲論著集成》一，（北京：中國戲劇出版社，1982 年 11 月第 4 次印刷）。

也可視爲專論聲樂的著作。崑山腔的演唱技巧如何呢？張潮輯《虞初新志》記載明末清初余懷〈寄暢園聞歌記〉云：

> 當是時，南曲率平直無意致，良輔轉喉押調，度爲新聲。疾徐高下，清濁之數一依本宮；取字齒唇間，跌換巧掇，恆以深邈助其悽唳。〔註87〕

沈寵綏《度曲須知》「曲運隆衰」條中說：

> 嘉隆間有豫章魏良輔者，流寓婁東鹿城之間，生而審音，憤南曲之訛陋也，盡洗乖聲，別開堂奧，調用水磨，拍捱冷板，聲則平上去入之婉協，字則頭腹尾音之畢勻，功深鎔琢，氣無煙火，啓口輕圓，收音純細。〔註88〕

鈕少雅《九宮正始・自序》，文中說：

> 弱冠時，聞婁東有魏良輔者，厭鄙海鹽、四平等腔，而自製新聲，腔用水磨，拍捱冷板，每度一字，幾盡一刻。飛鳥爲之徘徊，壯士聞之悲泣，雅稱當代。〔註89〕

所謂「率平直無意致」、「南曲之訛陋」、「厭鄙海鹽、四平等腔」等，都可看出人們對當時南曲之評價。

於是魏良輔融合南北曲的長處，並在《南詞引正》中提出了他的改革之道，如：

> 曲有三絕：字清爲一絕，腔純爲二絕，板正爲三絕。
>
> 五不可：不可高，不可低，不可重，不可輕，不可自作主張。
>
> 五難：開口難，過腔難，出字難，低難，高難。
>
> 兩不雜：南曲不可雜北腔，北曲不可雜南字。〔註90〕

經過他們這一群音樂家的努力，崑山腔演唱之際要求「聲則平上去入之婉協，字則頭腹尾音之畢勻」，終於「盡洗乖聲」，而能「別開堂奧」，成爲「功深鎔琢，氣無煙火，啓口輕圓，收音純細」的水磨調，而其動人處，「飛鳥爲之徘

〔註87〕詳見清・張潮輯《虞初新志》卷4載明末清初余懷〈寄暢園聞歌記〉，前揭書，頁63。

〔註88〕詳見明・沈寵綏《度曲須知》上卷「曲運隆衰」條，收於《中國古典戲曲論著集成》五，前揭書，頁198。

〔註89〕詳見明・徐子室編、鈕少雅訂《九宮正始・自序》，此書收於王秋桂主編《善本戲曲叢刊》第三輯，前揭書，頁1383～1391。

〔註90〕詳見明・魏良輔《南詞引正》，收於路工《訪書見聞錄》〈附錄〉，前揭書，頁241。

徊，壯士聞之悲泣」。因此，水磨調一出，其「體局靜好」之特色，更勝於海鹽腔，而爲文人士夫所喜，海鹽腔只能漸漸地消失在劇壇之中了。

二、伴奏樂器的改良

如前所述，早期南戲沒有絲竹伴奏，都是徒歌乾唱、鑼鼓幫襯的簡單伴奏方式。崑山腔亦應如此，所以祝允明才會說「若以被之管絃，必至失笑」。魏良輔改革前之崑山腔其使用樂器之情況如何？前引徐渭《南詞敘錄》中說：

> 今崑山以笛、管、笙、琵按節而唱南曲者，字雖不應，頗相諧和，殊爲可聽，亦吳俗敏妙之事。

可見此時已有「笛、管、笙、琶」作爲崑山腔之伴奏樂器。

至於張潮《虞初新志》載明末清初余懷〈寄暢園聞歌記〉之說：

> 當是時，南曲率平直無意致，良輔轉喉押調，度爲新聲。……今曲必用簫管，而吳人則有張梅谷，善吹洞簫，以簫從曲；毘陵人則有謝林泉，工擫管，以管從曲，皆與良輔游。而梁谿人陳夢萱、顧渭濱、呂起渭輩，並以簫管擅名。〔註91〕

只可視爲當時人們習慣以簫管伴奏，而不能視爲崑山腔第一次嘗試運用簫管。又據葉夢珠《閱世編》〈紀聞〉所記：

> 考弦索之入江南，由戍卒張野塘始。野塘，河北人（按《野獲編》卷二十五謂壽州人），以罪謫發蘇州太倉衛，素工弦索。既至吳，時爲吳人歌北曲，人皆笑之。崑山魏良輔者，善南曲，爲吳中國工。一日，至太倉聞野塘歌，心異之，留聽三日夜，大稱善，遂與野塘定交。時良輔年五十餘，有一女亦善歌，諸貴爭求之，良輔不與。至是遂以妻野塘。吳中諸少年聞之，稍稍稱弦索矣。野塘既得魏氏，並習南曲，更定弦索音，使與南音相近。並改三弦之式，身稍細而其鼓圓，以文木製之，名曰弦子。明王太倉相公方家居，見而善之，命家僮習焉。其後有楊六者（即楊仲修）創爲新樂器，名提琴。……提琴既出，而三弦之聲益柔曼婉揚，爲江南名樂矣。……分派有三：曰太倉、蘇州、嘉定。太倉近北，最不入耳；蘇州清音可聽，然近南曲，稍失本調。惟嘉定得中。〔註92〕

〔註91〕詳見清・張潮輯《虞初新志》卷4余懷〈寄暢園聞歌記〉，前揭書，頁63。
〔註92〕詳見清・葉夢珠《閱世編》卷10〈紀聞〉，收於《藏書傳世・子庫・雜記2》，

這正是魏良輔等人吸收北曲改革崑山腔的情況，張野塘以其唱北曲之經驗，從事樂器改革，解決了南曲無法配弦索的問題，水磨調也因增添了弦索樂器——「三弦」的伴奏，更豐富了其加強音樂的表現力。

此外，潘之恆《鸞嘯小品》〈敘曲〉：

> 魏良輔曲之正宗乎！……善和者，秦之簫、許之管、馮之笙、張之三弦（其子以提琴鳴，傳於楊氏）、如楊之摘阮、陸之搊箏、劉之琵琶，皆能和曲之微，而令悠長婉轉以成頓挫也。〔註93〕

此段資料提及之樂器有簫、管、笙、三弦、摘阮、搊箏、琵琶，再加上《南詞敘錄》提到了笛子，形成了眾樂合奏的情形，這就大大提昇了崑山水磨調在音樂上的藝術技巧，明顯地超越於其他腔調之上。

三、聯套技巧的精進

傳奇講究排場，而聯套安排的合適與否亦爲檢視排場之重要因素。〔註94〕正如王季烈《螾廬曲談》〈論作曲〉所云：

> 作傳奇者，情節奇矣，詞藻麗矣，不合宮調，則不能付之歌喉；宮調合矣，音節諧矣，不講排場，則不能演之氍毹。然自來文人，能度曲者已屬不多，至能知搬演之甘苦勞逸，及其能動人觀聽之處何在，則更爲罕遇，以故所撰傳奇，文詞雖美，而不風行於歌場，反不若伶工所編之劇，轉足以博人喝采也。〔註95〕

可知劇作要能演諸場上，除了情節奇，詞藻麗之外，還要重視宮調、音節的和諧，才能展現戲曲的音樂美，但這卻是文人作劇所不容易做到的事。所謂排場，曾師永義〈說「排場」〉一文之〈結語〉中說：

> 所謂「排場」是指中國戲劇的腳色在「場上」所表演的一個段落，它是以關目情節的輕重爲基礎，再調配適當的腳色、安排相稱的套式、穿戴合適的穿關，通過演員唱作念打而展現出來。〔註96〕

前揭書，頁78。

〔註93〕明・潘之恆《鸞嘯小品》卷2〈敘曲〉，詳見明・潘之恆原著、汪效倚輯注《潘之恆曲話・上編》，前揭書，頁17、8。

〔註94〕關於崑山腔聯套技巧之運用及其對後世劇作之影響，可參看侯淑娟《浣紗記研究》第六章〈《浣紗記》之聯套〉，前揭書，頁216～253。

〔註95〕詳見王季烈《螾廬曲談》卷2〈論作曲〉（臺北：臺灣商務印書館股份有限公司，民國67年臺1版），頁26～27。

〔註96〕詳見曾師永義〈說「排場」〉一文之〈結語〉，此文收於曾師永義《詩歌與戲

可見排場需考慮情節、腳色、套式、穿關和演員的唱作念打的藝術技巧等因素；所謂套式即是聯套之意，它應是結合節情與腳色而作配搭的。

魏良輔等人完成崑山腔之改革後，體製劇種中的南戲，歷經北曲化、文士化、崑山水磨調化後，南戲至此脫胎換骨而成傳奇。〔註 97〕傳奇在曲牌聯套方面之成就如何？元雜劇一折一套數，是嚴謹的體製規律，在傳奇中我們也可以看到嚴謹的套數安排，音樂和劇情的配合亦見作者用心經營。如張鳳翼《祝髮記》第十七齣〈臧氏分食寄姑〉：

> 中呂引子【西江月】－雙調引子【海棠春】－商調【二郎神】－【前腔】－商調【集賢賓】－【前腔】－商調【黃鶯兒】－【前腔】－商調【琥珀貓兒墜】－【前腔】。

此齣演徐孝克家貧難以維生，爲養老母，不得已將妻子臧氏賣於孔景行，臧氏既嫁，爲憂家中無食，乃託鄰母分食寄姑。許守白《曲律易知》〈論排場・訴情類〉：

> 【引】、【二郎神】二、【集賢賓】二、【黃鶯兒】一或二、【簇御林】一或二、【琥珀貓兒墜】一或二、【尾】。
>
> 此套曲或短或長，任人配搭……凡【二郎神】套曲，最宜旦唱訴情，而帶悲情者尤巧。〔註 98〕

以此衡諸此齣，則不僅套數嚴謹，且與劇情做了很好的配搭。

如張鳳翼另一劇作《灌園記》，其第二十齣〈園中幽會〉：

> 正宮引子【七娘子】－雙調【園林好】－【前腔】－雙調【忒忒令】－【前腔】－雙調【川撥棹】－【前腔】－【尾聲】。

此齣演王立（法章）落難，於王太史家灌園，太史之女慧眼識英雄知其必非池中物，此齣即演二人園中幽會。許守白《曲律易知》〈論排場・訴情類〉有：

曲》，前揭書，頁 396。

〔註 97〕此處所謂傳奇，據曾師永義〈論說「戲曲劇種」〉一文中所說：「在體製劇種中，『南戲』與『傳奇』的分野，……若就『南戲』蛻變爲『傳奇』的歷程而言，則筆者有『三化說』，那就是元中葉如《小孫屠》開始『北曲化』，元末明初如《琵琶記》開始『文士化』，明嘉隆間如《浣紗記》開始『崑山水磨調化』，『南戲』經此『北曲化』、『文士化』、『崑腔化』而蛻變爲戲曲史上眞正的『傳奇』。」，收於曾師永義《論說戲曲》，前揭書，頁 281。

〔註 98〕詳見許守白《曲律易知》卷下〈論排場・訴情類〉（臺北：郁氏印獎會，民國 68 年 7 月初版），頁 112。

【引】一、【忒忒令】一、【沉醉東風】一、【園林好】一、【嘉慶子】一、【尹令】、【品令】、【豆葉黃】一、【玉交枝】一、【江兒水】一、【川撥棹】一或二。

此套甚多變化，雖屬普通，亦宜訴情。〔註 99〕

太史之女早識王立不凡，王立又有身世難言之苦，一來一往之間道盡二人情愫，實合此套聲情。

王安祈《明代傳奇之劇場及其藝術》〈崑山腔的音樂成就〉論述崑山腔的音樂成就：

曲牌聯套也愈見成熟，一方面採用雜劇嚴謹的樂曲結構，一方面又保留南戲音樂靈活自由的特點，使得一齣中若干曲牌既有宮調的變化，同時又可依一定的宮調運用法則來加以規範。這對北雜劇的單純結構是一種突破，對南戲音樂的「隨心令」則是進步。〔註 100〕

此處王安祈未做進一步說明，然筆者以爲此處當可就劇作中配合排場所需而有移宮換羽之例爲說明。如梁辰魚《浣紗記》第二十六齣〈寄子〉：

南呂引子【意難忘】－羽調過曲【勝如花】－【前腔】－正宮引子【燕歸梁】－中呂過曲【泣顏回】－【前腔】－【前腔】－大石調引子【催拍】－【前腔】－【前腔】－正宮過曲【一撮棹】。

此齣演吳子胥因夫差聽信伯嚭讒言，致使國家陷於危難之中，本欲以死相諫，然恐禍延其子，遂將之帶往齊國，託孤於昔日結義兄弟鮑牧。兩首【勝如花】，演其行路之狀；【泣顏回】三首，子胥託孤；【催拍】至【一撮棹】，父子分別。一齣之中作者安排三個排場而以音樂加以區隔，並不受一套一宮調之限。許守白《曲律易知》〈過場短類劇〉及〈文靜短劇類〉下說：

【引】、【催拍】二或四、【一撮棹】一。

【催拍】帶【一撮棹】。分別時宜用之曲。

【引】、【勝如花】一。

【勝如花】二支，可自成一套，適用於短劇。〔註 101〕

以此衡諸《浣紗記》〈寄子〉齣，我們可以看到梁辰魚在情節與套數上之密切

〔註 99〕同前註，頁 114。

〔註 100〕詳見王安祈《明代傳奇之劇場及其藝術》第五章〈音樂與賓白〉第二節〈崑山腔的音樂成就〉，前揭書，頁 288。

〔註 101〕詳見許守白《曲律易知》卷下〈過場短類劇〉及〈文靜短劇類〉，前揭書，頁 122、127。

配合，這也是傳奇在聯套技巧上的一大進步。

早期南戲的聯套多爲短套，筆者前章論弋陽腔之音樂特色，其套數亦多不守規律處，但在傳奇中，這樣的情形則是得到極大的改善。

四、北曲的大量運用

北曲雜劇兼用南曲，嚴格說要到明初才出現。《錄鬼簿》說：「沈和字和甫……以南北調合腔，自和甫始。」〔註102〕但他的南北調合腔應只是用於散曲。到了明初，由元入明的賈仲明，才打破了元人雜劇的舊規，在《昇仙夢》雜劇本中採用了南北合套的形式，正末唱北曲，正旦唱南曲，這對元雜劇的體製規律而言無疑地是一大突破。

南北曲兼用，爲劇作家塑造人物、表達情感，增加了一樣利器。徐渭《南詞敘錄》說：

> 今之北曲，蓋遼、金北鄙殺伐之音，壯偉很戾，武夫馬上之歌，流入中原，遂爲民間之日用。
>
> 聽北曲使人神氣鷹揚，毛髮洒淅，足以作人勇往之志，信胡人之善於鼓怒也，所謂「其聲噍殺以立怨」是已；南曲則紆徐綿緲，流麗婉轉，使人飄飄然喪失其所守而不自覺，信南方之柔媚也，所謂「亡國之音哀以思」是已。夫二音鄙俚之極，尚足感人如此，不知正音之感何如也。〔註103〕

徐復祚《曲論》中也言：

> 我吳音宜幼女清歌按拍，故南曲委婉清揚。北音宜將軍鐵板歌「大江東去」，故北曲硬挺直截。〔註104〕

二者之說都認爲北曲的聲情高亢激烈，南曲則委婉清揚，二者截然不同的情味，自然豐富了劇作中的音樂形象。

〔註102〕詳見《錄鬼簿》卷下〈方今已死名公才人，余相知者〉：「沈和，和字和甫，杭州人。能詞翰，善談謔。天性風流，兼明音律。以南北調合腔，自和甫始，如《瀟湘八景》、《歡喜冤家》等曲，極爲工巧。」此書收於《中國古典戲曲論著集成》二，（北京：中國戲劇出版社，1982年11月第4次印刷），頁121。

〔註103〕詳見明·徐渭《南詞敘錄》，此書收於《中國古典戲曲論著集成》三，前揭書，頁240、245。

〔註104〕詳見明·徐復祚《曲論·附錄》，此書收於《中國古典戲曲論著集成》四，前揭書，頁246。

早期南戲作家對於北曲的使用，只是「偶一爲之」，到了傳奇階段，它已成爲劇作中的重要一部份了。如呂天成《曲品》批評李開先的作品說：

熟騰北曲，悲傳塞下之吹；間著南詞，生扭吳中之拍。才原敏贍，寫冤憤而如生；志亦飛揚，賦逋囚而自暢。此詞壇之飛將，曲部之美才也。〔註105〕

李開先山東章丘人〔註106〕，雖因不諳南音，導致劇作「生扭吳中之拍」，但因他「熟騰北曲」、「才原敏贍，寫冤憤而如生；志亦飛揚，賦逋囚而自暢」，仍然被呂天成以「詞壇之飛將，曲部之美才」讚美之。

李開先劇作不合於崑山水磨調之要求，還可由下列記載看出，王世貞《曲藻》：

北人自王、康後，推山東李伯華。……所爲南劇《寶劍》、《登壇記》，亦是改其鄉先輩之作。二記余見之，尚在《拜月》、《荊釵》之下耳，而自負不淺。一日問余：「何如《琵琶記》乎？」余謂：「公辭之美，不必言。第令吳中教師十人唱過，隨腔字改妥，乃可傳耳。」李怫然不樂罷。〔註107〕

沈德符《萬曆野獲編》亦言：

章邱李中麓太常亦以塡詞名，與康、王俱石友，而不嫻度曲，即如所作《寶劍記》生硬不諧，且不知南曲之有入聲，自以《中原音韻》協之，以致吳儂見誚。〔註108〕

可知李開先創作《寶劍記》並以之實際演出〔註109〕，但因他是山東人，不懂

〔註105〕詳見明・呂天成《曲品》卷上〈具品〉下，此書收於《中國古典戲曲論著集成》六，前揭書，頁211。

〔註106〕詳見清・張廷玉等撰《明史》卷 287〈列傳第一百七十五　文苑三〉：「李開先，字伯華，山東章丘人。東同年進士。官至太常寺少卿。性好蓄書，李氏藏書之名聞天下。」前揭書，頁7370。

〔註107〕詳見明・王世貞《曲藻》條，此書收於《中國古典戲曲論著集成》四，前揭書，頁26。
此外，祁彪佳《遠山堂曲品》「能品」亦言：「《寶劍》中有自撰曲名。……李自負在康對山、王渼陂之上，問王元美：『此記何如《琵琶》？』王謂：『公辭之美，不必言。第令吳中教師十人唱過，隨腔字字改妥，乃可耳。』李怫然罷去。」詳見明・祁彪佳《遠山堂曲品》，收於《中國古典戲曲論著集成》六，前揭書，頁47。

〔註108〕詳見明・沈德符《萬曆野獲編》卷 25〈詞曲〉「南北散套」條，前揭書，頁684。

〔註109〕李開先《寶劍記》之演出，可見於：雪簑漁者〈《寶劍記》序〉說：「常拉數

吳語，寫來自然不合崑山水磨調之音律，所以王世貞才會批評此劇要經過吳中教師改過才能傳之久遠。雖然如此，我們還是看到了呂天成對他的讚美，只因他「熟膾北曲」。

當水磨調盛行以後，北曲的演出情況爲何？沈寵綏《度曲須知》〈曲運隆衰〉說：

> 北劇遺音，有未盡消亡者，疑尚留於優者之口。蓋南詞中每帶北調一折，如《林沖投夜》（筆者按：即《夜奔》，出自李開先《寶劍記》）、《蕭相追賢》（筆者按：出自沈采《千金記》）、《虯髯下海》（筆者按：出自張鳳翼《紅拂記》）、《子胥自刎》（筆者按：出自梁辰魚《浣紗記》）之類，其詞皆北，當時新聲初改，古格猶存，南曲則演南腔，北曲固仍北調，口口相傳，燈燈遞續，勝國元聲，依然嫡派。雖或精華已鑠，頗雄勁悲壯之氣，猶令人毛骨蕭然。〔註110〕

所謂「當時新聲初改，古格猶存」，應是水磨調初興之時，對北曲的改動還不多，「雄勁悲壯之氣，猶令人毛骨蕭然」，北曲特色還沒有失去。至少在《浣紗記》、《紅拂記》、《千金記》、《寶劍記》等劇作中所見如此。然而，何以在傳奇中必有北曲套數之安排呢？許守白《曲律易知》〈論體例〉道其原因：

> 北曲獨唱之法，既拙若是，而仍不能廢，且爲曲家所必習者，何也？蓋南曲柔曼，只宜於寫情及閒逸優游之境，若遇英雄豪傑慷慨悲歌之際，則南曲牌名，多不適用。縱有一二套可用，亦因其有贈板之故，柔緩不合劇情，不若北曲之伉爽。是以傳奇全部，仍多有數折用北曲者。而崑山樂子，不能不兼習北曲者，職是之故也。〔註111〕

柔曼的南曲，是不宜於唱英雄豪傑慷慨悲歌，北曲的伉爽終非南曲所能取

友款予，搬演此劇，坐客無不泣下霑襟。」、姜大成〈《寶劍記》後序〉：「或有問乎崧澗子者：『世鮮知音。何以謂之知音者？』曰：『知塡詞，知小令，知長套，知雜劇，知戲文，知院本，知北十法，知南九宮，知節拍指點，善作而能歌，總之曰知音。』問者乃笑曰：『若是者，不惟世鮮，且無之矣！』予曰：『子不見中麓《寶劍記》耶？又不見其童輩搬演《寶劍記》耶？嗚呼！備之矣！』」詳見明．李開先著，卜鍵箋校《李開先全集　修訂本》中（上海：上海古籍出版社，2014年2月第1版），頁1129、1259。

〔註110〕詳見明．沈寵綏《度曲須知》上卷〈曲運隆衰〉條，此書收於《中國古典戲曲論著集成》五，前揭書，頁199。

〔註111〕詳見許守白《曲律易知》卷上〈論體例〉，前揭書，頁30。

代。這應是傳奇的創作始終少不了北套或南北合套的原因。

以梁辰魚《浣紗記》爲例，見其北曲之運用：第十二齣〈談義〉：

【北點絳唇】—【混江龍】—【油葫蘆】—【天下樂】—【那吒令】—【鵲踏枝】—【寄生草】—【么篇】—【賺煞尾】。

此爲北曲仙呂宮【點絳唇】套數，全齣由末腳一人獨唱，合於北曲一人獨唱之例。此齣外扮吳子胥因其不爲夫差所用，進退維谷，遂前往陽山之下尋其結義哥哥公孫勝（末扮）與之商議。公孫勝舉子胥當年背楚投吳、江上漁人、溪邊女子、昭王出奔、包胥哭庭之歷歷往事，而今竟作飄然遠去、明哲保身之舉，是不認同其說也。文辭激切，舉一例見之：

【寄生草】兄弟你心空猛，氣枉高，到不如棹船漁父在江心跳，到不如浣紗女子向溪頭躍，到不如炙魚刺客在筵前鬧，你只要秋風荊棘楚王宮，全不管荒烟麋鹿吳門道。

同劇第三十三齣〈死忠〉

南呂引子【掛眞兒】—【北一枝花】—【梁州第七】—【牧羊關】—【四塊玉】—【哭皇天】—【烏夜啼】—【尾聲】。

此齣第一曲爲淨扮夫差上場所唱，其餘全屬北曲南呂宮，由外扮子胥，一人獨唱。寫子胥死諫，看其唱道：

【北一枝花】哀哉我百年辛苦身，你只看兩片蕭疎鬢。我一味孤忠期報國，那裡肯一念敢忘君，千載勳就便是四海聞忠信。好笑我孤身百戰存，盡功兒將社稷匡扶，盡心而將社稷匡扶，那裡有竭心的把山河著緊。

慷慨激昂，自是北曲方能勝任。

至於南北合套之例，如張鳳翼《紅拂記》第十一齣〈髯客海歸〉：

北【新水令】—南【步步嬌】—北【折桂令】—南【江兒水】—北【雁兒落帶得勝令】—南【僥僥令】—北【收江南】—南【園林好】—北【沽美酒帶太平令】—南【尾聲】。

此爲雙調【新水令】南北合套之熟套。外扮虯髯客唱北曲，貼扮虯髯夫人唱南曲，虯髯因中原大勢已去，不免英雄浩歎，悲慨之情正宜北曲，其妻婉轉勉之，則宜南曲。

綜上所述，我們略見傳奇中北曲使用的狀況及原因，亦可作爲前述魏良輔等人改革崑山腔之基礎是「融合南、北曲之長處」之輔證。

五、集曲的廣泛使用

「集曲」〔註 113〕是摘取若干曲牌中之數句，重新組合成一支新曲牌。林鶴宜《晚明戲曲劇種及聲腔研究》〈崑山腔系統〉之〈曲牌內涵的豐富〉中說：

> 集曲所以能夠快速的成長，原本是爲了變化曲調，調劑聆賞，後來則成了「詞家標新領異」(〈九宮大成南詞宮譜凡例〉)的手段。南戲階段由於文人染指有限，並未在此大作文章，到了崑曲時代，大批的學士騷人加入填詞作曲的行列，將文人「遣興炫才」(〈新定十二律京腔譜凡例〉)的習性，帶到戲曲創作中，才使集曲編製成爲曲家熱衷的技法。〔註 114〕

集曲的大量出現除了文人遣興炫才的心態外，就音樂內容之豐富及變化而言亦是有積極的作用的。集曲集數調而成，因之也往往是劇中音樂之美聽處，這對講究「流麗悠遠」、「恆以深邈助其悽唳」的水磨調而言，更有加強的作用。

如沈鯨《雙珠記》第十八齣〈處分後事〉：

> 仙呂宮引子【紫蘇丸】—黃鐘宮集曲【畫眉籠錦堂】—雙調集曲【錦堂觀畫眉】—越調引子【霜天曉角】—商調集曲【黃鶯穿皂袍】—仙呂宮集曲【皂袍罩黃鶯】—【尾聲】。

全齣除了兩首生旦上場時所唱之引曲外，全用集曲組套，且分屬不同宮調，音樂之豐富實可想見。生扮王楫，因營長李克成欲勾引其妻郭氏，怒而持劍殺之，未果，反問成死罪，得知消息後，交代友人，其死後任妻子郭氏改嫁。其妻郭氏誓言「當追隨于九泉之下，誓不改嫁」。此齣譜寫二人死別之情，自以唱工取勝，因之全用集曲，亦見作者用心處。

又如張鳳翼《竊符記》第六齣〈如姬感恩燒夜香〉中，作者更將集曲所採各調曲明標出：

〔註 113〕集曲：南曲中較爲普遍運用的一種曲調變化方法。它是採用若干支舊有的曲牌，各摘取其中的若干樂句，重新組織成一支新的曲牌，因此，集曲乃是多首曲調的綜合。集曲的曲牌名稱，也常爲所集各種曲牌名稱的綜合。例如【五馬江兒水】一曲，便是由【五供養】【駐馬聽】【江兒水】三曲集成。……北曲沒有集曲，卻有借宮一法。……集曲與借宮，又統稱爲犯調。集曲的運用，爲戲曲音樂提供了一種創作和發展曲調的新方法。詳見《中國大百科全書・戲曲曲藝》卷「集曲」條，前揭書，頁 138。

〔註 114〕詳見林鶴宜《晚明戲曲劇種及聲腔研究》下編〈晚明戲曲聲腔考述〉第五章〈崑山腔系統〉第三節〈曲牌內涵的豐富〉，前揭書，頁 161。

仙呂引子【風入松慢】－集曲【六犯宮調】(【梁州序】－【桂枝香】－【甘州歌】－【醉扶歸】－【皂羅袍】－【黃鶯兒】)－仙呂集曲【九迴腸】(【解三酲】－【三學士】－【急三鎗】)。

以一曲而集六調，可知此時集曲之發展已極複雜，文人作劇出奇之意亦明矣。

探討崑山水磨調的音樂成就，它將曲牌聯套推向更成熟的階段，演唱技巧的講究，管絃樂器的融會運用，乃至以南北曲不同的聲情調劑聆賞之趣，甚至集曲的出現，這些現象都說明了一個事實，水磨調是朝向精緻雅化的路上走去的，它與弋陽腔恰巧形成了兩個不同的方向，一雅一俗，各自在自己的世界發光發亮。